리딩
프라미스

THE READING PROMISE
by Alice Ozma

Copyright ⓒ Alice Ozma, 2011
Korean Translation Copyright ⓒ MUNHAKDONGNE Publishing Corp., 2012

This Korean edition is published by arrangement with
Grand Central Publishing, New York, NY, USA. through Imprima Korea Agency
All Rights Reserved.

이 책의 한국어판 저작권은 Imprima Korea Agency를 통해
Hachette Group USA Inc.와 독점 계약한 (주)문학동네에 있습니다.
저작권법에 의해 한국 내에서 보호를 받는 저작물이므로
무단 전재 및 무단 복제를 금합니다.

이 도서의 국립중앙도서관 출판시도서목록(CIP)은
e-CIP 홈페이지(http://www.nl.go.kr/ecip)와
국가자료공동목록시스템(http://www.nl.go.kr/kolisnet)에서 이용하실 수 있습니다.
(CIP제어번호: CIP2012002709)

리딩 프라미스

아빠와 함께한 3218일간의 독서 마라톤

앨리스 오즈마 지음 | 이은선 옮김

문학동네

〈아방트〉와 〈프로스펙터스〉,
그리고 정말 멋진 괴짜 아이들로 득실대는
이 세상의 모든 문학잡지를 위해.
우리에게는 아직 희망이 있다.

차례

후텁지근했던 1998년의 어느 여름밤, 친구 모녀를 필라델피아에서 열리는 콘서트에 데려다주고 집으로 돌아와보니 내 딸 앨리스가 집 앞 진입로에서 정신 나간 사람처럼 두 팔을 흔들고 소리를 지르며 팔짝팔짝 뛰고 있었다. 자정이 가까운 시각이라 뭔가 끔찍한 일이 벌어졌나 싶어 차를 세우고 뛰어내렸다. 딸아이는 이렇게 외치고 있었다. "아빠, 뭐예요? 시계를 봐요! 시계를 보라고요!" 그제야 퍼뜩 생각이 났다. 우리의 독서 마라톤을 까맣게 잊고 있었다니! 우리는 집 안으로 들어가 책을 집어 들고 부랴부랴 한밤의 책 읽기를 시작했다.

몇 개월 전 나는 매일 밤 딸아이에게 책을 읽어주기로 약속했다. 딸아이가 더 자라면 책을 읽어주고 싶어도 읽어줄 수 없을 것 같아

그 시간을 연장하기 위해서였다. 앨리스는 포부도 크게 천 일 밤은 되어야 하지 않겠느냐고 했다. 나는 그 소리를 듣고 당황했다. 천 일 이라니, 중간에 상황이 꼬일 수도 있고 현실적으로 불가능한 일이었다. 하지만 부모인 동시에 교사로서 아이의 꿈을 짓밟지 않고 격려하는 것이 나의 역할이었다. 천 일 밤이라니 생각만 해도 아찔했지만.

이 책에 소개된 것처럼 우리의 독서 마라톤은 그 뒤로도 한참 동안 계속됐다. 온갖 어려움에도 불구하고 거의 구 년 동안 이어졌다. 앨리스와 나는 무얼 하든 선례를 따지지 않는 성격이었기 때문에 앨리스가 아홉 살이었을 때부터 열여덟 살 여름까지 날마다 짬을 내 같이 책을 읽었다는 것이 그렇게 별나게 느껴지지는 않았다.

독서 마라톤을 계속 이어나가려다보니 자정에 책을 읽기 시작한 날도 있었고, 꼭두새벽에 책을 읽기 시작한 날도 있었다. 곤히 잠들어 있는 딸아이를 깨운 적도 한두 번이 아니었다. 딸아이가 (조심스럽게) 나를 깨운 적도 있었다. 하지만 우리 둘 다 불평하지 않았다. 일단 하기로 했으니 그 어떤 불편함도 감수할 작정이었다. 거저 되는 일은 없는 법이다. 우리가 가장 자랑스럽게 여기는 일들은 아주 많은 노력 끝에 이루어낸 일들이다.

책 읽기가 끝나면 그날 하루를 어떻게 보냈는지, 요즘 무슨 일이 있는지 딸아이에게 물어보곤 했다. 우리는 이런 식으로 자연스럽게 서로의 근황을 파악했다.

우리가 읽은 책들은 대부분, 사서 교사인 내가 세 군데 도서전을 둘러보고 학교로 주문한 책이었다. 내가 도서 목록을 들고 오면 둘이서 머리를 맞대고 고민하며 일부분을 읽어보고 우리 목적에 맞는 책을 골랐다.

독서 마라톤은 일단 시작하면 멈추기가 어렵다. 우리도 시작하고 거의 구 년이 지나 딸아이가 독립하게 되었을 때에야 비로소 중단할 수 있었다.

독서 마라톤을 시작하고 싶다면, 여러분도 아이를 동네 도서관으로 데리고 가서 읽고 싶은 책을 같이 찾아보아야 한다. 눈에 띄는 책이 있으면 서로에게 보여준다. 부모가 선택한 책을 아이가 거부할 수도 있다. 하지만 아이가 읽고 싶어하는 책에 반대할 때에는 신중해야 한다. 부모는 아이를 '위해' 책을 읽어주는 것이라는 사실을 명심해야 한다.

목적에 맞는 책을 충분히 골랐다면 대출해 집으로 가져온다. 아이는 앞으로 며칠 동안 밤마다 책을 읽을 수 있다는 데 신이 나서 깡충깡충 뛸 것이다. 시간이 어느 정도 지나면 여러분도 아이도 마음에 드는 작가와 시리즈를 만날 수 있을 것이다. 몇 번이고 다시 읽고 싶은 작품이 생길 것이다. 그러면 아주 마음에 드는 작품은 동네 서점이나 온라인 서점에서 구입해도 좋다. 이런 보물 같은 책은 대대로 물려줄 수 있으니까. 아직 태어나지 않은 후손들에게 책과 독서를 사랑하는 마음을 물려주는 것만큼 값진 선물이 또 있을까?

나는 아주 어렸을 때부터 책 읽기를 좋아했다. 우리 집은 아버지가 자동차로 출퇴근을 해서 낮에는 차를 쓸 수 없었다. 어머니는 우리 형제를 데리고 동네 도서관까지(2.4킬로미터 거리였다) 걸어가서 각자 책을 두 권씩 빌리게 했다. 한 권은 스스로 읽을 책, 다른 한 권은 어머니가 읽어줄 책이었다.

어렸을 때 누가 읽어주는 이야기를 듣고 자란 사람은 아이가 태어났을 때 그 아이에게 책을 읽어줄 가능성이 크다. 대대로 이어질 집안의 전통이 만들어지는 것이다.

아이들에게 줄 수 있는 가장 큰 선물은 바로 시간과 오롯한 관심이다. 세월이 흘러 지난날을 되돌아보면 왜 엉뚱한 것을 그렇게 중요하게 생각했나 싶어 후회가 될지도 모른다. 아무리 좋은 부모라도 "아이가 어렸을 때 나는 아이와 너무 많은 시간을 함께 보냈다"고 말할 수 있는 사람은 없을 것이다.

아이들은 쉽게 속지 않는다. 아이들은 부모가 가장 중요하게 생각하는 일들이 무엇인지 눈치로 알아차린다. 아내가 떠났을 때 나는 육 년 넘게 다른 동반자를 찾지 않았다. 내가 언제나 곁에 있을 거라고 두 딸을 확실하게 안심시키고 싶었다. 한쪽 부모는 집을 떠나고 다른 쪽 부모는 밤마다 집 밖을 헤매면 아이들이 어떻게 되겠는가? '엄마한테 새 남자가 생겼고 아빠도 새로운 여자친구가 생겼는데 우리한테는 누가 있을까?' 이런 생각을 할 수밖에 없을 것이다.

미국 교육부의 후원을 받는 독서교육위원회가 1985년에 발표한 내용에 따르면 "성공적인 독서생활에 필요한 지식을 쌓는 데 가장 결정적인 역할을 하는 것은 아이들에게 책을 읽어주는 것"이라고 한다. 독서는 학교와 집, 양쪽 모두에서 이루어져야 한다. "학년을 막론하고 지속되어야 할 습관"이라는 것이 위원회가 내린 결론이었다.

내 학창 시절을 돌이켜보면 책을 읽어주었던 선생님이 딱 한 분 있었다. 고등학교 3학년 때 선생님이었다. 윌리엄 셰익스피어의 희곡 『맥베스』를 아주 맛깔스럽게 읽어주었던 프랭크 더피 선생님. 그때 우리들은 선생님이 꾀를 피우는 거라고, 너무 게을러서 뭘 제대로 가르치질 못하는 거라고 생각했다. 그런데 이삼 주가 지나자 다음 부분을 듣고 싶어 좀이 쑤시기 시작했다. 모두들 한마디도 놓치지 않으려고 자기 자리에서 몸을 내밀고 귀를 기울였다. 더피 선생님이 책을 읽는 동안 누가 입이라도 열면 바로 조용히 하라는 핀잔이 날아왔고, 그 아이는 진짜 멍청이 취급을 당했다.

더피 선생님이 그 작품을 우리가 직접 읽게 하지 않고 시간을 들여 읽어준 덕분에 나는 셰익스피어의 작품에 대해 평생 관심을 갖게 되었다. 만약 더피 선생님이 통상적인 방법으로 가르쳤다면 수업이 끝났을 때 우리는 윌리엄 셰익스피어라는 이름을 두 번 다시 듣고 싶어하지 않았을 것이다.

앨리스가 이 책에서 언급할지 모르겠지만, 앨리스는 중학교 2학년 때 주에서 개최한 읽기 능력 평가에서 참가자 삼백여 명 가운데 '매우 우수' 등급을 받은 세 명 중 한 명이었다. 그때 우리의 독서 마라톤은 사 년을 넘기고 있었다. 고등학교 2학년 때 치른 진학 적성 예비 시험에서는 반 최고 점수를 받았다. 그때 우리의 마라톤은 칠 년 넘게 계속되고 있었다. 단 하루도 빠짐없이 책을 읽은 지 팔 년이 지난 고등학교 3학년 때는 전국 글짓기 대회에서 두 차례나 최우수상을 수상했다.

독서가 딸아이를 멍청한 아이로 만들지 않은 것만큼은 분명하다. 누구나 살다보면 자신의 성격과 특징을 결정짓는 사건을 겪기 마련이다. 나는 앨리스가 학교에 다니는 동안은 가욋일을 하지 않길 바랐다. 학창 시절에는 여러 가지 것들을 배우고 재미있게 보내는 데에만 시간을 쏟아야 한다고 생각했다. 앞으로 일을 할 날은 많을 것이었고, 내가 교사로 근무하면서 받는 월급으로 우리가 생활하는 데에 큰 어려움이 없었기 때문이다. 앨리스는 여가 시간에 무엇이든 하고 싶은 일을 할 수 있었다. 그렇게 해서 「타이니」라는 희곡을 쓸 수 있었고, 재능 있는 십대 아이들을 끌어모아 여름방학 때 내가 근무하던 학교에서 무대에 올리기도 했다.

의상과 소품을 준비하는 데 필요한 비용을 마련해주고 참관하는 것으로 내 역할은 끝이었다. 연기는 공연에 참여하겠다고 자원한 우리 학교 학생들이 맡았다. 연령은 2학년에서부터 5학년까지 다양했다. 이렇게 신나는 일은 모두 처음이었다. 우리 학교는 언제나 빈곤율이 88퍼센트를 웃도는 곳이었다. 앨리스는 집 근처의 재정이 좀더 넉넉한 모교를 선택할 수도 있었지만, 한 번도 이런 경험을 해보지 못한 아이들에게 공연을 선물하고 싶어했다.

사십 명이 넘는 아이들이 신청서를 제출했다. 리허설 일정을 비롯해 배우로서 지켜야 할 것들을 아주 상세하게 적은 신청서였다. 1차 리허설에 참석한 미래의 배우들은 신청자 수의 절반이 채 되지 않았다. 연습 때 가장 큰 가능성을 보였던 아이는 여주인공 역할을 맡지 못하자 중도 하차했다. 그때부터 상황이 점점 악화됐다.

연습을 하는 동안 그날 대본 연습을 해야 할 아이들이 절반 이상 참석하는 경우가 드물었고, 그나마도 지각을 밥 먹듯이 했다. 주요 배역을 맡은 아이들이 연락도 없이, 이유도 없이 며칠 동안 연습에 불참해 딸아이의 인내심을 잔인하게 시험했다. 연습에 참여한 배우들 숫자에 맞춰 역할을 없애거나 합치느라 대본을 수도 없이 고쳐야 했다. 때로는 중간에 빠졌던 아이들이 일주일 뒤에 불쑥 나타나 자기 배역을 다시 요구하는 경우도 있었다.

이 모든 과정과, 연극을 현실로 이루어내느라 엄청난 스트레스에 시달리는 앨리스를 보고 있으려니 가슴이 찢어지는 듯했다. 그러나 앨리스는 단 한 번도 화를 내거나 낙담한 적이 없었다. 나는 여가 시간에 딸아이 앞에서는 연극 이야기를 피했다. 심란해하는 모습을 내비쳐 아이에게 안 좋은 영향을 미치고 싶지 않았기 때문이다. 성자의 인내심을 시험하고 에이허브*보다 더 강인한 남자도 무너뜨릴 만한 고충을 겪으면서도, 앨리스는 매일 마음을 추스르고 이미 잃어버린 것보다는 할 수 있는 것에 더 집중했다.

결론부터 이야기하자면 고등학교 연극부라도 자랑스러워할 만한 작품이 탄생했다. 그리고 딸아이는 그 이듬해 연극 무대에서도 비슷한 결과물을 내놓았다. 따뜻한 마음씨, 자신감, 낙천주의. 이것이 딸아이를 규정하는 단어다. 내가 아는 한 딸아이는 음흉한 짓을 꾸미거나 자기 일을 남 일보다 우선시한 적이 한 번도 없었다.

아이를 낳기 전만 해도 나는 "아이가 생기면 아무 말도 않다가 아이가 열여섯 살이 됐을 때 일을 구하라고 시킬 거야"라고 말했다. 그런데 아이들을 품에 안고 보니 생각이 달라졌다. 알고 보니 내가 일상생활에서 그보다 잘하는 일은 없었다. 나는 차도 못 고치고, 지붕 수리도 서툴고, 심지어 못 하나 제대로 박을 줄 모른다. 하지만 아빠 노릇에 내 모든 것을 바쳤고, 행복하게 뒤로 물러서서 결과를 바라본다.

부모에게서 닮고 싶은 부분을 발견하면 아이는 그런 부모를 모방하며 만족스러워한다. 부모가 연민과 이해, 인내와 사랑이 무엇인지 보여주는 삶을 살면 아이는 그런 부모에게 반항하지 않을 것이다. 자기 말에 귀를 기울이고 자신의 꿈을 이룰 수 있도록 도와주려는 사람에게 반항할 이유가 없지 않은가. 아이의 성장과 행복을 가장 중요하게 여기는 마음을 몇 번이고 증명해 보인 부모라면 아이들이 살아가

---

*『모비 딕』에서 모비 딕을 집요하게 쫓는 선장.

며 어떠한 길을 걷게 될지 걱정할 필요가 없다. 아이는 감수성이 풍부하고 생산적인 사회의 일원으로 살아갈 테니 말이다.

이 책은 그런 아이가 쓴, 그런 아이의 이야기이다.

앨리스의 아버지, 짐 브로지나

Chapter 1

첫날

"떨어질까봐 정말 겁이 나, 나는." 겁쟁이 사자가 말했다.
"하지만 해보는 수밖에 없겠지. 그러니까 내 등에 올라타. 한번 해보자."
—L. 프랭크 바움, 『위대한 마법사 오즈』

그 일은 기차 안에서 시작되었다. 장담할 수 있다. 아버지와 내가
독서 마라톤이라고 부른 3218일간의 책 읽기 대장정은 내가 초등학
교 3학년이었을 때 보스턴으로 가는 기차 안에서 시작되었다. 우리
는 몇 시간째 기차를 타고 있었고, 사랑해 마지않는 오즈 시리즈 중
열두번째 책인 L. 프랭크 바움의 『오즈의 양철나무꾼』을 읽고 있었
다. 통로 건너편의 여자 승객이 우리 쪽을 돌아보더니 왜 아버지가
기차 안에서 책을 읽어주느냐고 물었다. 우리는 늘 이런다고 대답했
다. 내가 네 살이었을 때 『피노키오』로 시작한 이래 내 기억이 닿는
한 아주 오래전부터 매일 밤마다 아버지가 책을 읽어주었다고. 휴가
때라고 해서 달라질 건 없었다. 책을 읽어주는 게 뭐 어떻다는 거지?

항상 읽으면 안 되나?

하지만 놀라워하는 그녀의 모습을 보고 우리는 곰곰이 생각하게 되었다. 어차피 휴가에도 책을 읽는데 매일 밤마다 책 읽는 걸 정식 목표로 정하면 많이 힘들까? 나는 아버지에게 백 일 동안 하루도 빠짐없이 밤마다 책 읽는 것을 목표로 삼으면 어떻겠느냐고 의견을 물었고, 아버지도 이 도전에 응했다. 내 기억으로는 그렇다.

하지만 아버지에게 물으면(요즘 들어 아버지에게 묻는 사람들이 많다) 이야기가 전혀 달라진다.

"러비." 아버지는 이야기를 시작하고, 나는 아버지가 기억하는 버전을 듣는다. "머리가 고장이 난 모양이로구나. 진상을 알고 싶니, 아니면 네가 기억하는 대로 책에 쓸 작정이니?"

이미 짐작했겠지만 러비는 내 이름이 아니다. 내 이름은 앨리스다. 크리스틴 앨리스 오즈마 브로지나. 하지만 크리스틴은 영 내 취향이 아니다. 앨리스와 오즈마는 아버지가 문학작품에서 고른 이름이고, 내가 스스로 선택한 이름이다. 오랜 고민 끝에 내린 결정인데, 아주 마음에 든다. 나중에 설명하겠지만, 이 이름들이야말로 내 진짜 이름처럼 느껴진다. 그리고 여러분의 짐작과 달리 '러비'는 사랑스러운 애칭이 아니다. 우리 아버지가 쓰는 단어들은 대부분 어딘가에서 인용한 것인데 '러비'도 〈길리건의 섬〉*에서 하월 씨가 자기 부인을 부

---

* 1960년대에 방영된 미국의 시트콤.

를 때 썼던 별명이다. 아버지는 나를 이름으로 부른 적이 한 번도 없다. 아버지가 가장 애용하는 대안이 러비다. 내가 뭘 떨어뜨리거나 잊어버리거나 인간이라면 누구나 저지를 법한 한심한 짓을 하고 나면 "이 바보야!"가 "러비"의 뒤를 잇는다.

"그럼 아빠 생각은 어떤데요?" 나는 문 앞에 서서, 볼일이 있어 나갈 준비를 하는 아버지에게 말한다.

"엄마가 언제 떠났지?" 아버지가 묻는다.

"제가 열 살 때요."

"맞아, 그러니까 1997년에 시작된 거지. 독서 마라톤을 시작하고 일 년쯤 지났을 때 너희 엄마가 떠났으니까."

"그때 우리가 뭘 읽고 있었죠?"

"음," 아버지는 곰곰이 생각한다. "분명 오즈였을 거야. 그 무렵엔 오즈에 푹 빠져 있었으니까. 나는 다른 책을 시도해보고 싶었지만 네가 고집을 부렸지."

여기까지는 우리의 의견이 일치한다. 하지만 이것도 그리 오래가지는 않을 것이다.

"책 읽기를 막 끝내고 침대에 누웠을 때였지." 아버지가 말한다. "나는 헨쇼 선생님의 저주를 두려워하고 있었고."

"그게 뭔데요?"

"내가 캐시에게 『헨쇼 선생님께』를 읽어주고 있었는데 캐시가 앞으로는 책을 안 읽어줘도 된다고 그러더라." 아버지가 거의 속삭이

듯 말한다.

거의 이십 년이 지난 지금도 아버지는 그때 기억을 떠올리면 심란한 것이다. 앞으로는 책을 안 읽어줘도 된다고 말했을 때 언니는 4학년이었다. 언니는 이미 혼자서 소설을 읽고 있던 터라 그런 것이 유치하게 느껴졌던 모양이다. 아버지는 초등학교 사서 교사였고, 아이들에게 책을 읽어주는 걸 무엇보다 좋아했다. 그리고 아마 아버지 노릇 다음으로 가장 잘하는 일이기도 했을 것이다. 아버지는 사서 교사로 일하면서 편안한 목소리와 오랜 연습 끝에 터득한 표정 연기로 수많은 아이들의 마음을 사로잡았다. 물론 내 마음도. 하지만 나는 그 이전부터 아버지 편이었다.

"나는 예전부터 독서 마라톤을 제안하려고 생각 중이었단다. 그러면 네가 좀더 자랄 때까지 함께 책을 읽을 수 있을 테니까. 나는 마라톤 이야기를 꺼냈을 때 솔직히 네가 백 일 밤 동안 읽자고 할 줄 알았다!"

아버지는 그때 기억을 떠올리며 웃음을 터뜨린다. 하지만 나는 웃지 않는다. 내 기억에 따르면 정말로 나는 백 일 밤을 제안했기 때문이다. 처음에는.

"그런데 아니었어." 아버지는 하던 이야기를 계속한다. "너는 내 말을 듣자마자 '그럼 천 일 밤을 목표로 해요!'라고 했지. 나는 물론 열렬히 환영하는 척했지만, 그다지 낙관하지는 않았단다. 천 일 밤은 정말 긴 시간이니까."

나는 이쯤에서 끼어들 수밖에 없다. 내 관점에서는 사실과 거리가 먼 이야기니까. 우선 우리의 처음 목표는 백 일 밤이었다고 상기시킨다. 그 목표를 달성했을 때 동네 싸구려 식당에서 아침으로 팬케이크를 먹으며 자축하고 새로운 목표를 세웠다고. 이백 일과 오백 일 등 좀더 낮은 목표를 이야기하다 결국 천 일 밤에 도전해보기로 했다고. 내가 이렇게 말해도, 아버지는 고개를 젓는다. 독서 마라톤은 원래 기차에서 시작되었다고 설명이라도 할라치면 아버지는 내 말허리를 자른다.

"아, 한밤중에 기차에서 벌어진 의문의 사건이겠지!" 아버지는 우리가 좋아하는 셜록 홈스 시리즈의 작품 제목을 이런 식으로 바꿔 되받아친다.

"그날 일은 나도 똑똑히 기억해." 아버지가 하던 이야기를 계속한다. "왜냐하면 나는 내가 얼마나 좋은 아버지인지 과시할 수 있는 기회를 놓치는 법이 없거든. 그때 우리는 주말 관광 삼아 기차를 타고 보스턴으로 가는 길이었는데, 통로 건너편의 여자가 책을 읽어주다니 참 자상한 아버지라고 했지. 그 말을 듣고 내가 독서 마라톤을 하는 중이라 사십 일째 밤마다 책을 읽어주고 있다고 했어! 사십 일 동안 하루도 빼먹지 않았다는 데 내가 얼마나 우쭐했는지 모른다. 정말 우스울 정도로 우쭐했어."

이번에는 우리 둘 다 웃음을 터뜨린다. 하지만 내가 웃음을 터뜨리는 이유는 아버지의 기억이 잘못됐다는 걸 알기 때문이다. 기차가 시작점이었다. 분명하다.

　문제는 똑같은 질문을 정말 여러 번 받았는데도 이야기가 하나로 정리되지 않는다는 것이다. 몇몇 부분에서는 의견이 일치하지만, 그때 나는 너무 어렸고 아버지는 점점 나이를 먹고 있다. 기억들이 서로 섞일 때도 있다. 독서 마라톤이 어떤 식으로 시작됐는지 이야기할 때마다 아버지와 나의 말이 수시로 달라져서 합의점을 찾는 게 거의 불가능하다. 심지어 언제부터 독서 마라톤이라는 표현을 쓰기 시작했는지, 그런 표현을 쓰기 시작한 게 누구의 발상이었는지조차 생각이 나지 않는다. 초등학교 때부터 내가 대학에 입학하는 날까지 거의 구 년에 걸쳐 삼천이백 일 동안 계속될 줄 알았더라면 처음 시작했을 때 적어놓는 건데. 우리가 '열정적인 독서(Read Hot)'(우리의 야간 중독을 지칭하는 또 다른 말로, 『위풍당당 질리 홉킨스』에 나온 표현 (Red Hot)을 변형한 표현이다) 목록을 기록으로 남긴 것도 독서 마라톤을 시작하고 몇 년이 지난 다음부터였다.

　하지만 어떤 식으로 끝날지 몰랐다고 해서 우리가 독서 마라톤을 대수롭지 않게 생각했던 것은 아니다. 우리의 규칙은 언제나 분명하고 확고했다. 매일 밤 예외 없이 자정 전에 최소 십 분씩(십 분을 넘기는 경우가 거의 대부분이었지만) 책을 읽을 것. 책은 그 당시 읽고 있는 것으로 정했지만, 자정이 다가오는데 집 밖에 있는 경우라면 잡지가 됐건 야구 일정표가 됐건 상관없었다. 책은 직접 읽어줘야 하지만, 상황이 여의치 않으면 전화로 읽어줘도 괜찮았다. 사실 괜찮았다기보다 간신히 기준을 통과하는 것이었지만. 내가 친구네 집에서 자고 간다고 전화를 할 때마다 아버지의 목소리에서 짜증이 느껴졌다. 아버지가 한숨을 내쉬며 수화기를 내려놓으면 나는 아버지가 책을 들고 올 때까지 기다렸다. 가끔 아버지가 십 분 뒤에 다시 전화해달라고 할 때도 있었다.

"미리 읽어보지도 못했단 말이야!" 아버지는 이렇게 투덜거렸다. 아버지는 어떤 책이 됐건 당신이 미리 읽어보아야 한다고 고집했다(특히 어른용 책일수록 종종 검열이 필요했다).

독서 마라톤의 후반부는 우리 둘 다 좀더 세세한 부분까지 기억한다. 최근 일이기도 하고 우리의 기록에 점점 무게가 실렸기 때문이기도 하다. 천 일을 넘기자 자정 직전에 전화를 하고 책을 읽는 것에 점점 집착하게 됐다. 물론, 마라톤이 결국 어떤 식으로 끝이 났는지는 우리 둘 다 기억하고 있다. 아버지조차 잊지 못하는 일대 사건이었고, 우리가 오랫동안 피하고 싶어했던 일이었으니까. 마지막을 이야기하려면 출발점이 있어야 하는데, 이 일이 어떤 식으로 시작됐는지는 솔직히 잘 모르겠다.

보스턴 행 열차가 빠르게 달리면서 집과 학교와 야구장이 다채로운 얼룩으로 변하며 지나가고 있을 때 나는 아버지의 가슴에 머리를 기댄 채 아버지의 품에 안겨 있었던 것 같다. 우리는 그 전부터 L. 프랭크 바움과 오즈 시리즈의 열렬한 팬이었다. 오즈 시리즈를 읽은 게 그때가 두번째인가 세번째였다. 아버지는 바움이 이야기하는 리더십과 여성관을 사랑했고, 다시 읽을 때마다 그 전보다 더욱 배꼽 잡게 만드는 적절하고 노골적인 유머도 사랑했다. 나는 궁전이나, 사람들과 맛있는 음식들로 가득한 으리으리한 식당 같은 근사한 곳을 환상적으로 묘사한 부분이 마음에 들었다. 그때도 보스턴에 도착하면 호텔에 묵기로 되어 있었는데, 나는 호텔에 묵을 때마다 글린다[*]나 링키팅크[**]의 궁전은 어떻게 생겼을까 궁금해했다. 그날 밤, 아버지가 휘황찬란한 깃발과 보석으로 장식한 탑이 있는 에메랄드 시의 궁전을 묘사하는 부분을 읽어주는 동안에도 나는 얼른 메리어트 호텔에 가서 체크인하고 싶은 마음에 가만있지 못하고 꼼지락거렸다.

내가 이렇게 회상하자 아버지는 고개를 젓는다.

"내 기억으로는 이렇구나." 아버지는 고집을 꺾지 않고 오늘만 세 번째로 마라톤의 출발점에 대해 이야기하는데, 매번 말이 조금씩 달라진다. 잠시 후 아버지가 한숨을 푹 쉬며 솔직히 인정한다.

"그래, 언제나 말썽을 일으키는 게 내 기억력의 문제점이지."

나는 자리에 앉아 내 기억과 아버지의 기억을 적어놓은 기록을 비교하며 양쪽의 공통점을 찾는다. 그러면서 다시 한번 내 주장을 펼칠 준비를 한다. 같은 이야기를 여러 번 반복하면 내 말이 맞다고 아버지도 설득당하는 때가 (혹은 지쳐서 인정해버리는 때가) 있기 때문이다. 그런데 내가 짜증이 나기 시작했음을 아버지도 알아차린 모양

---

[*] 오즈 시리즈에 등장하는 착한 마녀.
[**] 오즈 시리즈에 등장하는 유쾌한 왕.

이다. 내가 마구 퍼부으려고 하는데 아버지는 어느새 등을 돌리고 있으니 말이다.

"외투 넣는 붙박이장에 가서 보물을 찾아봐야겠다." 아버지는 이렇게 말하며 계단을 내려간다.

내가 알아서 해석해야 할 암호인지 아버지가 실제로 할 일인지는 모르겠지만, 이로써 우리의 대화가 끝난 것만큼은 분명하다. 아무래도 우리는 합의점을 찾지 못할 것 같다.

그래도 내가 기억하기로는 이렇다.

Chapter 2

38일째

"나는 헤엄칠 줄 알아." 루가 말했다.
"강물에 빠졌을 때 헤엄쳤거든. 티거들도 헤엄칠 줄 아니?"
"당연하지. 티거는 못하는 게 없어."
—A. A. 밀른, 『푸우 코너에 있는 집』

필라델피아의 벤저민 프랭클린 기념관 한가운데에는 세파에 지친 것 같지만 그래도 여전히 호기심은 있어 보이는 한 남자의 6미터짜리 동상이 서 있다. 나는 오랫동안 프랭클린 박물관의 회원으로 들락거리면서 보아온 그 익숙한 동상 앞에 서 있었다. 하지만 내 시선은 그를 지나 다른 곳을 향해 있었다. 그날 우리는 하늘을 쳐다보고 있었다.

어떤 남자가 한쪽 팔에 손수건을 감고 25미터 높이의 둥근 천장 한복판에 매달려 산들바람에 흔들리는 풍경처럼 가볍게 움직이고 있었다. 전시실 안은 고요했다. 적어도 나는 그랬다. 내가 아무 말도 하지 않다니 좀처럼 없는 일이었다. 아버지도 놀라워하며 미소 지었다.

강렬한 레오타드* 밖으로 드러난 그 이상한 남자의 근육이 실룩거렸다. 남자의 이마에서 떨어지는 땀방울이 25미터 밑에 서 있는 내 눈에까지 보였다. 하지만 남자의 표정은 더할 나위 없이 평온했다. 희미하고 잔잔한 미소는 연습의 산물인 게 분명했다. 그래서 더 좋았다. 나는 쇼맨십을 사랑했다. 그는 심심풀이로 곡예를 하는 애송이가 아니었다. 평소처럼 일을 하러 나선, 신나게는 아니더라도 정확하고 우아한 움직임을 연출하러 나선 프로였다. 그는 아름다움을 창조해 돈을 받는 사람이었고, 자기에게 주어진 임무를 제대로 해내고 있었다.

"이걸 보러 여기 온 거예요?" 내가 물었다. 우리는 필라델피아에 있는 수많은 박물관의 회원이었고 매주 토요일마다 박물관을 순회했는데, 오늘은 일찌감치 프랭클린 박물관을 찾은 길이었다. 아버지는 고개를 끄덕였다.

아버지가 의도한 바는 아니었을지라도, 어쨌든 내 눈에는 상관관계가 보였다. 불과 몇 주 전에 독서 마라톤을 시작한 터라 줄타기를 하는 기분이었던 것이다. 우리의 시도는 물론 근사했지만, 힘겨운 일이기도 했다. 지난주 토요일처럼 볼티모어로 당일치기 여행을 갔다 너무 늦게 돌아온 날이면 눈이 저절로 감길 만큼 정말로, 정말로 피곤했다. 아버지가 『제임스와 슈퍼 복숭아』의 마지막 부분을 읽어주는 동안 기를 쓰고 버텼다가, 전날 밤에 들은 게 꿈인 줄 알고 다음

---

* 무용수나 곡예사들이 입는 몸에 꼭 붙는 옷.

날 다시 읽어달라고 했을 정도였다. 그런데 꿈이 아니었다. 로알드 달의 책은 모든 걸 꿈처럼 만드는 뭔가가 있었다. 강렬한 색상과 그 안에 내재된, 가끔 절망을 암시하기도 하는 어둠. 결말이 너무 행복 해서 앞부분과 동떨어진 느낌이 없지 않았지만, 나로서는 해피엔딩 을 마다할 이유가 없었다.

"너도 저걸 할 수 있겠니?" 이상한 옷을 입은 남자가 얼마나 높이 매달려 있는지 보여주기 위해 아버지가 손가락으로 가리키며 물었 다. 나는 그 남자에게서 눈길을 떼지 않은 채 대답했다.

"당연하죠. 누가 못 하겠어요?"

"못 하겠다고 할 사람 많을걸? 저 남자는 정신을 똑바로 차리고 있 지만, 그래도 위험하기는 마찬가지야. 너 정말 저기 올라갈 수 있겠 어? 떨어지면 어쩌려고? 머리가 완전히 박살날걸. 뇌가 곤죽처럼 온 대리석 바닥을 뒤덮으면 사람들이 나더러 치우라고 하겠지."

나는 공중에 매달려 있는 남자를 쳐다보았다. 그는 열심이었고 지 칠 줄 모르는 듯했다. 이십 분이 지났는데도 처음처럼, 아니 처음보 다 훨씬 더 움직임이 부드러웠다. 나는 주변에서 천장을 올려다보고 있는 백여 명의 사람들을 둘러보았다.

"죽더라도 모든 사람들이 지켜보는 가운데 죽을 거 아니에요." 마 침내 나는 명랑한 목소리로 이렇게 말했다.

아버지는 웃음을 터뜨렸다. 우리는 고개를 길게 뺀 채 몇 분 더 그 자리에 서 있었다. 모두들 저 남자를 응원하는 건지 아니면 속으로는 저 남자가 추락하길 바라는 건지 생각하면 생각할수록 헷갈렸다. 하지만 수많은 사람이 지켜보는 가운데 좋아하는 일을 하다 죽는 것도 괜찮지 않을까?

그러다 문득, 어떤 것이든 내가 좋아하는 일을 할 때 사람들이 옆에서 보고 있으면 어떤 기분일까 하는 생각이 들었다. 우리는 책 읽기를 좋아했고, 독서 마라톤은 지금까지 별 탈 없이 굴러가고 있었다. 재미있었고 하룻밤도 건너뛴 적이 없었다. 나는 이 일이 아무도 보는 이 없이 집에서 진행된다는 게 마음에 들었다. 아직 친구들한테조차 알리지 않았다. 백 일 밤쯤은 계속할 자신이 있었다. 심지어 아주 쉬워 보였다. 하지만 아버지가 자신 없어했고 그 때문에 나까지 불안했다. 만에 하나 추락하더라도 우리를 볼 사람은 없었다. 저 남자는 달랐다. 저 남자는 추락하면 만인에게 공개된다. 좋아하는 일을 하다 죽는 건 맞지만, 추락하는 모습을 만인에게 보여주게 되는 것이다. 추락할 것 같지는 않았다. 그는 열심히 움직였고, 땀을 비 오듯 흘렸지만 자기 일을 완벽하게 이해하고 있었다. 아버지와 나처럼.

돔 모양 천장의 꼭짓점에 남자와 함께 조그만 장치가 매달려 있는 게 보였다. 모형 비행기처럼 생긴 반짝이는 은색 물체였다. 나는 넋을 잃었다. 처음에는 무대장치인 줄 알았다. 남자가 공중에서 비행기를 멈추고 뛰어내려 구름에 매달려 있는 조종사를 연기하는 건가 싶었다. 그런데 자세히 보니 비행기도 흔들리고 있었다. 남자보다 훨씬 더 부드럽게 흔들려 움직임이 거의 느껴지지 않았지만, 왠지 최면 효과 같은 게 있었다. 내 시선이 남자와 비행기 사이를 오갔다. 나는 어떤 일이 일어나길 기다리고 있었는데, 그게 뭔지는 알 수 없었다. 비행기가 날아오를까? 손수건을 감고 천장에 대롱대롱 매달린 남자를 보고 난 다음인데 비행기가 날아오른들 감탄이 터질까?

모형 비행기 창문 안에서 언뜻 어떤 색깔이 보였다. 누군가 혹은 무언가가 그 안에 있었다. 공연이 거의 끝나가는 듯해 보일 무렵 남자가 창문 쪽으로 손을 뻗었다. 예쁜 공작새 빛깔의 옷을 입은 여자가 조그만 좌석에 웅크리고 있다 껑충 튀어나왔다. 숨이 멎는 줄 알았다. 저 여자는 줄곧 저기 있었던 걸까? 남자는 왜 여자를 실타래처럼 돌돌 말아 조그만 비행기 안에서 기다리게 해놓고 혼자만 천장을 누빈 걸까? 조금 이기적으로 보였다. 무엇보다 바보 같은 짓이었다. 여자가 저렇게 예쁜데.

여자가 남자와 함께 춤을 추었다. 조용하고 열정적인 공연이었다. 춤을 추는 내내 여자는 한 번도 아니고 세 번씩이나 남자의 손에 매달렸다. 여자가 남자를 얼마나 믿고 있는지 알 수 있었다. 나라면 자기만 사람들 앞에 나서고 나는 상자 안에 가두어놓은 남자를 믿지 않을 텐데. 하지만 두 사람의 춤이 끝났을 때 나는 박수를 쳤다. 여자를 위해서.

우리는 집에서 점심으로 싸 가지고 온 땅콩버터 샌드위치를 먹기 위해 '정상'으로 향했다. 중앙 홀이 내려다보이는 계단 꼭대기에 사람들이 잘 모르는 층계가 있는데, 그곳이 우리의 비밀 장소였다. '정상'은 사람들 구경하기에 딱 좋았다. 사람 구경은 우리 둘 다 사랑해 마지않는 일이었다. 나는 계단을 올라가다 요요를 가지고 노는 남자아이에게 한눈을 파는 바람에 신발 끈을 밟았다.

"요 덜렁대는 원숭이!" 아버지가 애정 어린 목소리로 놀리며 나를 일으켜주었다. "저 비행기에 태우자마자 공중에서 곤두박질치겠구나. 내가 받아줄 새도 없을 거야. 설령 받아내더라도 너한테 깔려 짜부라질 거고."

"저도 할 수 있어요." 나는 아버지가 주는 샌드위치를 받으며 말했다. 그러면서 아버지가 먹어야 한다고 강요하는 땅콩버터 속 알갱이들을 골라냈다.

"아까도 여자가 남자보다 훨씬 잘했잖아요." 나는 이야기를 계속했다. "여자들이 원래 그런 데 재주가 있거든요."

이로써 내가 아버지에게 한 방 먹인 셈이었다. 딸만 둘이라 그럴 수도 있겠지만, 아버지는 예나 지금이나 열렬한 페미니스트였다. 여성 지도자들을 보며 끝없이 감탄했다. 그 무렵 우리의 독서 마라톤은 오즈 시리즈를 다시 읽는 데에 머물러 있었다. 냉철하면서도 따뜻한 (게다가 미모까지 겸비한) 이 사랑스러운 여성 군주들이야말로 아버지와 내가 처음으로 함께 사귄 책 속 친구들이었다. 아버지는 강인한 여자들, 특히 재치 있고 살짝 콧대 높은 여자들이 나오면 박수를 보냈다. 내가 툭하면 셔츠를 뒤집어 입고 얼마 전에는 주방가위로 한쪽 눈썹까지 잘랐건만, 아버지는 모든 여자들이 그렇듯 나에게도 훌륭한 능력이 있다고 믿어 의심치 않았다. 나는 계속 종알거렸다.

"여자가 진짜였다고요. 남자는 여자가 등장하기 전까지 헤매고만 있었잖아요. 빙빙 돌면서 땀만 뻘뻘 흘리고. 여자가 그 곡예를 완성시킨 거예요."

우리는 중앙 홀 끝에 있는 커다란 표지판 뒤쪽 붙박이장에서 새 의상을 꺼내는 공중 곡예사를 발견하고, 우리의 훌륭한 자리 선정과 뛰어난 인간 관찰력을 잠시 자축했다. 과학박물관에서 곡예사를 불러 천장에서 춤을 추게 한 이유는 지금까지도 모르겠지만, 박물관 측에선 그의 공연에 감동을 받았는지 그는 두번째 무대를 준비하는 듯했다.

"저 사람하고 이야기 좀 하고 오마." 아버지가 말했다.

나는 어깨를 으쓱하고 계속 샌드위치를 뒤적였다. 포일에 싸서 캔버스 여행가방에 몇 시간씩 넣고 다니느라 샌드위치가 물컹하고 눅눅해졌다. 하지만 그것보다 알갱이가 씹히는 땅콩버터가 더 싫었다. 게다가 땅콩버터와 잼을 바른 샌드위치는 양쪽 빵에 버터를 듬뿍 바르는 게 무엇보다 중요한데 아버지는 끝까지 내 말을 듣지 않았다. 내가 잼만 빨아 먹고 덩어리진 나머지 부분의 처리는 아버지한테 맡기기로 결심했을 때 아버지가 웃는 얼굴로 돌아왔다.

"에헴." 아버지가 천천히 다시 자리에 앉으며 말했다. "너한테 기회가 생길 것 같구나."

나는 이번 한 번만 박물관 식당에서 점심을 먹자는 뜻인 줄 알고 잼으로 끈적끈적해진 뺨에 보조개가 움푹 패도록 미소를 지었다. 그러고는 허리를 좀더 꼿꼿하게 펴고 앉았다.

"정말요?"

"응." 아버지가 대답했다. "얘기 끝냈다. 방금 전에 내가 가서 저 사람한테 말을 걸어봤는데, 좋은 사람 같더구나. 부인이 배가 아프다고 해서 애를 태우고 있더라. 다음 공연 때 출연을 못 할 것 같아서. 그래서 내가 당장 말했지. 네가 고등학교 연극에 두 편이나 카메오로 출연한 적이 있고, 사람들 앞에 나서도 떨지 않고, 높은 데 올라가는 것도 전혀 무서워하지 않는다고 말이야. 그랬더니 어찌나 다행스러워하던지! 네 몸에 맞는 의상이 있는지 지금 찾아보고 있어. 없으면 그냥 지금 입고 있는 그대로 올라가야겠지만."

나는 빛바랜 내 티셔츠를 내려다보았다. 초록색 별무늬들이 대부분 자주색 잼을 뒤집어쓰고 있었다. 하지만 지금 그게 중요한 게 아니었다.

"그 사람이 정말 그랬어요?" 나는 조심스럽게 물었다. 우리 아버지는 얼마든지 천연덕스러운 표정을 지을 수 있는 사람이었다. 이게 장난일 수도 있었다.

"네가 아홉 살이라고 하니까 조금 놀라기는 하더라. 하지만 그동안 네가 경험한 일들과 스포트라이트 아래서 네가 얼마나 제 실력을 잘 발휘하는지를 듣고 마음을 놓는 것 같았어. 사실 그 사람으로서는 달리 선택의 여지가 없지 않겠니?"

아버지는 이미 끝난 일이라는 듯 고개를 저었다.

나는 곰곰이 생각해보았다. 천장에 매달린다니 흥분도 되고 각오도 되어 있었지만, 연습도 없이 천장에 올라가게 될 줄은 몰랐다. 그 남자는 연습을 정말 많이 한 것 같은데. 공연 내내 그린 듯한 미소를 잃지 않았잖아. 나도 그런 미소를 지어야 할 텐데 그러자면 시간이 필요했다. 최소 몇 시간이라도. 아버지는 나에게 고작 책 한 페이지 읽어줄 때에도 준비할 시간이 필요하다고 늘 주장하는데, 내 목숨이 걸린 마당에 예행연습 한 번쯤은 당연히 요구해도 되는 게 아닐까.

"다음번 공연은 언제 하는데요?"

아버지는 손목시계를 확인했다.

"한시." 아버지가 대꾸하더니 내 샌드위치를 가리켰다. "그러니까 그거 얼른 해치우는 게 좋겠다."

내 앞에 있는 이 물컹물컹한 덩어리를 먹는 정도가 아니라 해치워야 한다니 생각만 해도 속이 메슥거렸다.

"준비가 안 됐는데요." 내가 말했다. "연습을 해야죠."

"그 사람이 시작하기 전에 어떻게 해야 하는지 다 알려주겠다고 했어. 아주 간단한 것 같던데. 그리고 여자는 나중에 등장했잖니. 그 사람의 두번째 공연을 보면서 요령을 터득하면 될 거야. 어떤 식으로 하면 되는지."

"그 쪼끄만 비행기 안에 내가 못 들어가면 어떡해요?"

"너는 어린애잖아." 아버지가 대답했다. "아까 그 여자는 어른이고. 어른이 들어가는데 네가 왜 못 들어가."

아버지는 잠시 말을 멈추고 샌드위치를 먹었다. 나는 샌드위치를 슬그머니 뒤에 내려놓고 부스럭부스럭 가방을 뒤졌다. 그러고는 가방에서 찾아낸 치즈 크래커를 아작아작 씹으며 생각에 잠겼다.

"입을 다물고 먹어야지!" 내가 크래커를 한 입 베어 물자마자 아버지가 소리쳤다. 아버지는 시끄러운 소리를 내면서 먹는 걸 가장 질색했다. "백 명도 넘는 사람들 앞에서 한 손으로 천장에 매달릴 아이가 입 다물고 치즈 크래커 하나 못 먹다니!"

나는 입을 다물고 계속 생각했다. 어떻게 하면 되는지만 잽싸게 알아내면 천장에 매달리는 것쯤 무섭지 않았다. 하지만 실전에 들어가기 전에 땅에서 정식으로 연습은 해야 했다. 직업도 있고 부인도 있고(우리 어머니와 아버지는 서로에 대한 관심을 급속도로 잃어가는 중이었지만) 과학박물관에 관심도 있는 어른 남자 둘이 어떻게 최소한의 연습도 없이 어린아이더러 공중 곡예를 하라는 걸까? 말도 안 되는 일이었다. 나는 하지 않기로 했다. 그렇게 마음먹었다.

"저기 가는구나!" 아버지가 큰 소리로 외쳤다. 곡예사가 이번에는 다른 옷으로 갈아입고 걸어가고 있었다. "내가 가서 얘기를 해보마. 나한테 뺏기기 전에 얼른 샌드위치 해치워라!"

아버지는 계단을 내려가 인파 속으로 사라졌다. 단체 관람 온 학생들이 점심을 먹느라 중앙 홀을 가득 메운 탓에 전보다 더 북적였다. 나는 포일에 싸인 엉망진창 샌드위치를 들고 자리에서 내려와 약간의 부스러기만 포일에 남겨두고 가장 가까운 쓰레기통에 버렸다. 편식이 심하고 입이 짧고 음식 아까운 줄 모르는 아이라면 누구나 알 테지만, 너무 깨끗한 접시는 티가 나기 마련이다. 부스러기 몇 개는 남겨두고 얼굴에도 조금 묻혀야 한다. 나는 거기까지 계산을 해놓았다. 내가 자리로 되돌아가 앉았을 때 아버지가 돌아왔다.

"운이 안 따라주네." 아버지는 충계를 올라오며 고개를 저었다. "네 몸에 맞는 의상에는 죄다 땀자국이 있다는구나. 그리고 부인도 막판에 기운을 차렸대."

"정말요?" 내가 물었다. "아깝다. 천장에 매달릴 수 있었는데."

그 순간, 나는 그렇게 생각하기로 마음먹었다. 그게 엄청난 기회였다고 말이다. 물론 연습을 했다면 훨씬 더 좋았겠지만, 연습을 할 수 없다고 해서 내가 당장 천장에 매달릴 마음이 없었던 건 아니었다. 하면서 얼마든지 요령을 터득할 수 있었을 것이다. 지난 몇 주 동안 매일 밤마다 아버지의 큼지막한 침대 위로 올라가 바짝 붙어 앉아서 아버지가 고전이라고 생각하는 작품을 읽어주는 걸 들으며 그랬던 것처럼. 우리는 불가능해 보이는 일을 시도하며 상황에 맞게 적응해왔다. 그렇게 잘해나가고 있었다.

"진짜예요." 나는 확신에 찬 말투로 다시 이야기했다. "도와드리고 싶었는데. 정말로 제 도움이 필요했다면 말이에요. 아니, 필요 없었더라도요. 제 몸에 맞는 의상만 있었다면. 그랬다면 천장으로 올라갔을 텐데. 다른 애들도 어린애가 매달려 있으면 좋아했을걸요. 저는 잘했을 거예요, 분명히."

아버지는 미소를 지었다.

"분명히, 그랬을 거야." 아버지는 내가 한 말을 따라 했다.

"다음번에 기회가 있겠죠."

"다음번에 기회가 있겠지." 아버지는 내가 한 말을 따라 하고, 가방에서 다른 샌드위치를 꺼내 내 무릎에 올려놓았다.

Chapter 3

100일째

메리는 특이하고 고집 센 아이였는데,
이제 고집을 부릴 만한 흥미진진한 일이 생기자 정말로 흠뻑 빠져들었다.
– 프랜시스 호지슨 버넷,『비밀의 화원』

하루나 이틀 정도 더 읽을 분량이 남아 있었지만, 아버지는 단호하게 책장을 덮었다. 우리는 스티븐 메인스가 쓴『단 삼 일 만에 완벽한 사람이 되는 법』을 거의 다 읽은 상태였다. 이 책은 얇고 조그만 페이퍼백으로, 한 남자아이가 인생을 개선하는 방법이라고 소개된 아주 희한한 조언을 실행에 옮기는 이야기였다. 전날 밤 우리는 이 남자아이가 조언에 따라 브로콜리를 실에 꿰어 목에 거는 대목을 읽고 이런 엉뚱한 방법으로 인생을 바꿀 수 있다고 생각하는 사람이 있다는 데 배꼽을 잡고 웃었다. 책장을 덮은 뒤에도 우리는 아버지의 아늑한 침대에 누워 이상한 조언에 대해 이야기하며 웃고 떠들었다. 오늘 밤 이야기가 어제보다 더 웃기면 웃겼지 덜하지 않았지만, 책장을 덮었을 때 우리는 웃지 않았다. 적어도 처음에는 그랬다. 아무 말 없이 가만히 앉아 미소만 지었다. 그러다 내가 흥분을 참지 못하고 키득거리기 시작했다. 아버지도 덩달아 웃음을 터뜨렸지만, 무엇 때문에 우리가 웃는다고 아버지가 생각했는지는 잘 모르겠다. 불확실하기 때문에 더 우스웠다. 우리는 깔깔대다 침묵으로 되돌아갔다. 그렇게 다시아무 말 없이 앉아 있는데, 이번에는 공기 중에 묘한 분위기가 감돌았다. 공기조차 어떤 느낌이어야 하는지 갈피를 잡지 못하는 듯했다. 그 모든 설렘과 초조함과 줄타기 끝에 우리는 여기 다다랐다. 백 일밤 동안 책을 읽었다. 목표를 이룬 것이다.

"어떤 식으로 축하를 하면 좋을까?" 아버지가 물었다.

우리 둘 다 생각나는 게 아무것도 없었다. 우리는 행복한, 아주 행복한 가족이었지만 축하 파티를 하는 일은 거의 없었다. 몇 년 뒤 언니가 예일 대학교에 합격했을 때도 아버지가 파파존스에서 미디엄사이즈 피자를 사다준 게 전부였다. 우리의 책 읽기가 목표에 도달했을 때 아버지가 축하 파티에 대해 결국 어떤 의견을 내놓았는지를 떠올려보면 그리 놀랄 일은 아니었다.

"내일 아침에 플릭스에 가자." 아버지가 뜻밖에 들뜬 목소리로 말했다. 플릭스에 가본 사람이라면 들뜬 목소리가 뜻밖인 이유를 알 수있을 것이다.

플릭스 카페는 별 특징이 없다는 표현이 딱 어울리는 곳이었다. 그카페는 이 도시에서 환경은 열악하지만 그렇다고 빈민가라고는 할 수 없는 지역의 조그맣고 평범한 건물에 있었다. 납작하고 천장이 조금 낮은 직사각형 모양이었는데, 일부러 걸음을 멈추고 쳐다보아야 있는 줄 알 수 있는 정도였다. 벽은 하얀색이고 바닥에는 타일이 깔려 있고 테이블은 회색이었다. 의자는 한 시간 정도 앉아 있으면 불편해지기 시작했지만, 언제나 불편함을 느끼기 전에 음식이 나왔다. 거의 모든 손님들이 식사 전후에 담배를 피웠기 때문에 담배 냄새가 코를 찔렀지만, 공기가 부열 정도는 아니다. 이곳이 바로 우리가 축하 파티를 벌이기로 한 곳이었다. 뉴저지 주 밀빌에서 이보다 나은 식당이 없기 때문에 여길 선택한 건 아니었다.

하지만 솔직히 밀빌에서 우리에게 이보다 나은 식당은 없었다. 우리는 오래전부터 플릭스의 단골이었다. 어쩌다 여길 드나들기 시작했는지 기억이 나지 않을 정도였다. 폼 나는 식당에서(아버지의 표현을 빌리자면 "지배인이 왔다 갔다" 하는 데서) 외식을 하는 것은 우리 아버지답지 않은 일이었다. 그런데 어쩌다보니 플릭스에서만큼은 '지배인'이 왔다 갔다 해도 아버지가 신경을 쓰지 않았고, 심지어 하루를 산뜻하게 시작하기 위해 10~15달러를 투자하는 것쯤 마다하지 않았다.

우리는 안으로 들어가 늘 애용하는 입구 쪽 자리에 앉았다. 늘 먹던 대로 주문할 것이어서 메뉴판을 달라고 할 필요도 없었다. 아버지는 팬케이크, 나는 시나몬과 건포도를 넣은 프렌치토스트. 우리는 아집에 가까운 고집으로 이 식당의 평범한 분위기를 상쇄하기라도 하려는 듯 매번 똑같은 메뉴를 고수했다. 다른 때와 크게 다를 게 없어서 축하 파티라고 할 수도 없었지만, 해냈다는 감동적인 분위기가 감돌았다. 우리 테이블 옆에서 돌아가는 에어컨 소리 때문에 공기가 윙윙거리는 것이었겠지만, 그래도 이날 아침에는 뭔가 황홀하고 짜릿한 게 있었다. 뒤편의 조그만 창문 너머 하늘엔 태양은 보이지 않았지만 구름 한 점 없었고, 하늘은 방금 전 물을 들여 아직도 물감이 뚝뚝 떨어지는 부활절 달걀 같은 빛깔이었다.

나는 늘 그러듯 설탕 없이 레몬만 넣은 아이스티를 홀짝이며 음식이 나오길 기다렸다. 음식이 나온 다음에야 음료를 마시는 아버지는 테이블 위에 손을 얹고 다른 손님들을 둘러보았다. 넋이 나간 듯한 아버지의 멍한 미소가 눈에 띄었는지 주방장 겸 사장이 다가왔다. 우리는 단골이라 그와 잘 아는 사이였고 그도 평소에 우리 테이블로 건너와 안부를 묻곤 했지만, 음식이 나오기도 전에 오는 건 이례적인 일이었다.

"짐." 그가 주방에서 나와 행주에 손을 닦으며 말했다. "안 물어볼 수가 없군. 복권이라도 당첨된 거야? 앉자마자 계속 웃고 있잖아. 세계적으로 유명한 내 팬케이크가 아직 나오지도 않았는데."

"러비, 네가 얘기할래?"

그렇게 자주 드나들었건만 나는 아직도 플리킹거 씨와 이야기하는 게 수줍었다. 그는 대부분의 딱딱한 어른들보다 유쾌하고 어린아이 같은 태도로 나를 친근하게 대했다. 그는 자기 일에 최선을 다했지만, 털실을 처음 본 새끼 고양이처럼 행복하고 장난기 넘쳤다. 우리를 보면 늘 진심으로 기뻐했다. 나는 아침 일찍부터 플리킹거 씨를 김새게 하는 건 아닐까, 나를 시시하고 바보 같은 아이라고 생각하지는 않을까 걱정이 됐다. 활달한 어른들은 항상 사람을 자극하는 동시에 피곤하게 만드는 구석이 있었다.

"그게요, 플리킹거 씨……" 나는 입을 열었다.

"그냥 플릭이라고 부르렴. 너도 알잖니." 그가 윙크하며 말했다.

"그게요, 플릭 아저씨." 내가 말했다. "우리가 해냈거든요. 백 일 밤 동안 책을 읽었어요."

이렇게 내뱉자마자 플리킹거 씨는 무슨 말인지 모를 수도 있겠다는 생각이 들었다. 지난 십여 일 동안 아버지와 함께 목표를 향해 달리는 데 집중하다보니 세상 모든 사람들이 독서 마라톤을 하는 건 아니라는 사실을 잊고 있었다. 내 상상 속에서는 모든 가족이 책 읽기 기록을 세우려고 분투하고 있었던 것이다. 어쩌면 그들은 우리보다 목표가 소박할지 모르지만(일단 끝내놓고 보니 백 일 밤이라는 기록이 더 엄청나게 느껴졌다), 어느 집이건 아이를 따뜻한 물에 씻기고 나면 꼭 끌어안고 『라모나는 거머리』나 『제임스와 슈퍼 복숭아』를 한두 장 읽어주지 않을까? 나는 심지어 플릭 아저씨가 아이가 없어서 이해를 못 하는 게 아닐까 싶기도 했다. 그러다 독서 마라톤이 결코 평범한 일이라고 할 수 없으니—물론 좋은 의미에서—설명이 필요하겠다는 생각이 들었다. 바로 이때 아버지가 끼어들었다.

"그게 말이지, 플릭, 우리가 백 일 동안 하루도 빠짐없이 밤마다 책을 읽어보자고 목표를 세웠었거든. 마침 어젯밤이 백 일째라 자네가 만든 기름 덩어리로 근사하게 축하하려고 이곳을 찾았지."

아버지 기준에서는 모든 음식이 '덩어리' 아니면 '기름 범벅'이었는데, 플릭스가 파티에 잘 어울리는 근사한 장소라는 말 속에는 의도했든 아니든 빈정거림이 조금 묻어 있었다. 플릭 아저씨는 웃음을 터뜨렸고, 기분 나빠해야 할지, 무한한 영광으로 받아들여야 할지 헷갈리는 듯 얼굴을 살짝 붉혔다. 대부분의 사람들이 아버지에게 어떤 반응을 보이는지 알기에 하는 말인데, 아마 플릭 아저씨는 그 순간까지 동시에 느낄 수 있을 거라고 생각 못 했던 이 두 가지 감정에 휩싸여 있었을 것이다.

"그럼 작은 파티로군!" 평소의 안색을 회복한 플릭 아저씨가 말했다. 진작 주방으로 돌아갔어야 했지만 아저씨는 재미난 이야기라면 사족을 못 쓰는 사람이었다. 아저씨가 테이블 옆에 서서 질문을 퍼붓기 시작했다.

힘들었니? 아뇨, 별로. 예전부터 거의 매일 밤마다 책을 읽어와서 별로 새로울 것도 없었어요. 독서 마라톤을 하자고 목표를 세우지 않았더라도 백 일 중에 건너뛰는 날은 육칠 일밖에 안 됐을 거예요. 그보다 더 적었을 수도 있고요.

예전 같으면 어떤 날 건너뛰는데? 매일 밤 책을 읽기로 결심을 했으니 깜빡하는 일은 없었어요. 하지만 다른 이유들 때문에 하룻밤쯤은 그냥 책장을 덮어두고 침대로 직행했을 것 같은 날이 있어요. 예를 들어 제가 아팠을 때만 해도 감기를 옮길까봐 아버지를 멀리했겠죠. 아니면 공연이나 야구 경기를 보고 열시나 열한시쯤, (아홉 살 기준에서) 아주 늦게 집으로 돌아왔을 때도 아빠도 그렇고 저도 그렇고 그냥 침대 위로 쓰러져 이불을 뒤집어쓰고 싶었을 거예요. 그런 유혹이 너무 강렬했지만 목표가 있어서 유혹에 넘어가지 않을 수 있었어요.

모든 책을 다 끝까지 읽었니? 뭐, 지금까지는요.

나중에는 날마다 책을 읽는 게 지겹지 않던? 이건 바보 같은 질문이었다. 더구나 우리가 식당에 올 때마다 똑같은 음식을 기계적으로 만들어주는 사람이 그런 질문을 하다니. 우리는 원래 정해진 대로 하는 데 익숙한 사람들이지만, 독서 마라톤은 또 달랐다. 날마다 읽는 이야기가 다르니 매일 밤이 달랐다. 후반부로 접어들면서는 이야기가 늘어지는 책이 있어도 목표에 점점 가까워지고 있다는 두근거림 때문에 뭐든 재미있어졌다. 하지만 아버지도 말했던 것처럼, 꼬박꼬박 책을 읽는 사람이라면 누구나 고개를 끄덕이겠지만 책장을 넘기는 그 행위 말고는 날마다 같은 게 하나도 없었다. 새 책을 집어 들고 낯선 인물들이 사는 새로운 풍경 속으로 풍덩 뛰어들면 그 즉시 모든 게 달라졌다. 독서 마라톤은 반복인 동시에 아니었다. 부모와 딸이 함께할 수 있는 모든 일이 그렇듯이.

이윽고 플릭 아저씨가 물었다. 그럼 앞으로는 어떻게 되는 거냐고.

우리는 정답을 이미 알고 있지 않느냐는 듯, 확인차 묻는 게 아니냐는 듯, 그 뒤로 이어질 플릭 아저씨의 이야기를 기다리는 듯한 표정으로 아저씨를 빤히 바라보았다. 아무 말 없이 아저씨를 바라보며 미소 지었다. 그 문제에 대해서는 아직 아버지와 이야기를 나눈 적이 없었다. 어떻게 자축할 것인지에 대해서만 주로 이야기했고, 구체적인 계획조차 전날 밤에야 세웠으니까. 늘 그래왔으니 책은 계속 읽을 것이다. 하지만 이제 어떻게 해야 할까? 우리는 어깨를 으쓱하고 미간을 찌푸렸다. 공식 계획을 선포하려면 먼저 의논을 거쳐야 하니 둘 다 아무 생각 없는 척했다. 아버지는 혼자서도 힘든 일에 도전할 만큼 승부욕이 강한 성격이라 일단 누구에게라도 목표를 알리고 나면 중도 포기라는 것은 있을 수 없었다. 플릭 아저씨가 사라졌다가 접시를 들고 다시 나타났을 때 우리는 본격적으로 이야기를 시작했다.

"우리 작전 계획을 세워야겠다, 러비."

나는 버터 다섯 개를 최대한 빨리 개봉하며 곰곰이 생각했다. 아버지는 손 떨림이 심해서, 식당에서 주는 일회용 버터를 밀봉한 금박지를 뜯거나 하는 정교한 작업에 애를 먹었다. 아버지는 팬케이크에 버터 다섯 개를 발라 먹는 걸 좋아했고, 버터가 골고루 스밀 수 있게 팬케이크가 아직 따뜻할 때 바르는 걸 좋아했다. 우리는 소규모 조립라인이었다. 내가 마개를 뜯어서 건네면 아버지는 팬케이크에 버터를 바르고 그사이 나는 버터의 마개를 뜯어서 준비해놓았다. 말없이 그 일에 몰두했다.

"있잖아요." 아버지의 팬케이크에 버터가 잔뜩 발리고 이제 내 아침을 마음껏 먹을 수 있게 되었을 때 내가 말했다. "제가 그동안 고민을 엄청 많이 했거든요. 심각하게요. 그렇게 고민한 결과 천 일 밤에 도전하는 게 당연하다는 결론을 내렸어요."

나는 안경 너머로 쳐다보며 처방전을 쓰는 흉내를 냈다. 아버지가 웃음을 터뜨릴 줄 알았는데, 눈을 점점 더 휘둥그레 뜨더니 팬케이크를 먹다 말고 멈추었다.

"천 일 밤이라고! 이백 일도 아니고, 오백 일도 아니고? 자동적으로 10을 곱해야 한다고 생각하는 이유가 뭐냐? 한 번 더 곱하면 만일 밤이 될 테니 내가 양로원에서 네 보청기에다 대고 고래고래 소리를 질러가며 읽어줘야겠구나."

"누가 만 일이랬어요? 천 일 밤이랬지. 지금까지 한 독서 마라톤을 열 배로 늘린 거긴 하지만 힘드셨어요? 지금까지 오는 동안 힘들었던 거예요? 전 안 그랬던 것 같은데. 전 안 그랬는데."

방금 막 떠오른 생각이라 말이 두서없이 나왔다. 원래 뭐라고 제안할 생각이었는지는 기억나지 않지만, 아무튼 천 일 밤은 아니었다. 그런데 일단 말을 꺼내고 보니 꽤 그럴싸하게 들렸다. 천 일 밤. 천일 밤 동안의 독서 마라톤. 아라비안나이트에 비하면 하룻밤 모자랐지만 어마어마하기는 마찬가지였다.

"글쎄다." 아버지는 도전장을 내민 상대가 내가 아니라 팬케이크라도 되는 양 팬케이크를 뚫어져라 쳐다보았다. "천 일이면 별의별 일들이 벌어질 수 있잖니. 몇 년이니까. 너는 이제 겨우 아홉 살이야. 그때면 몇 살이지? 우리 인생이 어떻게 될지 누가 알겠니?"

아버지는 또다시 내가 아니라 팬케이크를 쳐다보았다. 팬케이크가 무슨 말이라도 하나 싶어 나도 덩달아 흘끗 보았다. 아버지가 결정을 내리는 데 도움이 되도록 시럽이 앞날을 예언하는 메시지를 보여주었을지도 몰랐다. 만약 그랬다면 시럽이 내 편을 들기라도 한 걸까, 아버지가 결국 고개를 끄덕이며 말했다.

"하지만 한번 해보는 것도 나쁠 건 없겠지. 젠장. 천 일 밤이라니."

나는 너무나 기뻐서 손뼉을 치고 머리 위로 팔을 흔들었다. 방금 전 갑자기 떠오른 아이디어였지만 아주 오래전부터 계획했던 순간이 찾아온 듯했다. 몇 개월 전부터 그 생각이 내 머릿속 한쪽 구석에서 슬금슬금 자라고 있었는지도 모른다. 이보다 더 당연한 일도 없을 듯했다.

우리 테이블 담당 웨이트리스가 나의 박수 소리와 손짓을 플리킹거 씨를 찾는 것으로 해석했는지 플리킹거 씨가 주방에서 나오는 웨이트리스를 따라 우리 테이블로 왔다.

"음식 어때? 특별한 자리에 잘 어울리나?"

내가 열띤 눈빛으로 아버지를 흘끗 쳐다보자 아버지는 웃음을 터뜨렸다.

"플릭, 우리 딸아이가 자네한테 엄청난 소식을 알리고 싶은 모양이야. 자네 식당이 독서 마라톤 공식 후원 업체가 되었는데? 우리가 식사를 마치기도 전에 새로운 목표를 정했으니 말이야. 천 일 밤. 게다가 저 아이 생각이라네."

아버지는 집게손가락에 묻은 시럽을 핥으며 손마디로 나를 가리켰다.

나는 플릭 아저씨를 보며 활짝 웃었다. 아저씨는 감탄은커녕 어리둥절한 얼굴이었다.

"어허, 대단한데?" 아저씨는 평소처럼 열띤 목소리로 말했지만, 그게 다였다.

아저씨는 음식에 대해 몇 가지 더 묻고 우리 음료를 확인하고 주방으로 돌아갔다. 미소를 짓고 있었지만, 이 엄청난 소식을 듣고도 내가 기대했던 것만큼 열렬한 반응을 보이지는 않았다.

나는 그때 처음으로 우리가 시도하는 일을 완벽하게 이해하는 사람이 아무도 없다는 사실을 깨달았다. 우리가 무엇을 하는지 말이다.

Chapter 4

185일째

돼지가 해도 혐오스러운 일을 남자아이가 하면 더 혐오스러운 법이다.
– 찰스 디킨스,『위대한 유산』

"회원들은 모두 모였나?" 아버지가 물었다.

나는 나를 가리키고 그다음 아버지를 가리킨 다음 고개를 끄덕였다.

"좋아. 그럼 집회를 시작해도 되겠군."

나는 옆걸음으로 환풍구와 창문 사이에 난 빈틈으로 들어갔다. 그 와중에 셔츠가 못에 걸렸지만, 아버지가 당장 알아차리고 빼주었다. 박물관의 외진 곳에 있어 아무한테도 안 보이는 한쪽 구석에서 우리 클럽의 모임이 시작됐다.

"주제가를 불러야죠." 내가 말했다. "안 그러면 정식 집회가 아니잖아요."

나는 오페라라도 부를 것처럼 헛기침을 하고 목을 문지른 다음 학교에서 음악 선생님한테 배운 대로 목을 천천히 돌렸다. 주제가는 짧지만 집회에서 가장 중요한 부분이었다. 대충 넘기거나 장난치지 말고 제대로 불러야 했다.

"우리는 미이이이이합중국 나아아아아암자애가 싫어 클럽!" 우리는 한목소리로 노래했다.

"좀더 크게 불러야겠어요." 옆 전시실에서 지나가던 사람들이 우리 쪽을 흘끗거리지도 않자 내가 말했다. 클럽 주제가의 제1지침 중 하나가 사람들의 이목을 집중시켜야 한다는 것이다. 우리가 여기 있고 다른 사람들이 좋아하든 싫어하든 집회를 시작하려 한다고 세상에 알리는 게 목적이니까. 남자아이들이 이 노래를 듣고 우리 집회를 싫어했으면 좋겠다.

"너 지금 과시하려는 거 아니냐?" 아버지도 근처에 있는 일가족을 주시하며 말했다. 하지만 그들이 다른 전시실로 가자 아버지는 이쪽으로 오는 사람들이 또 있나 살핀 뒤 내 신호에 고개를 끄덕였다.

"우리는 미합중국 남자애가 싫어 클럽!" 내가 이번에는 좀더 구호에 가깝게 외쳤다.

아버지는 신고 있던 신발을 벗어 장갑처럼 손에 끼고, 내가 부르는 노래와 전혀 상관없지만 그래도 썩 어울리는 리듬을 툭탁거렸다. 내가 노래인지 구호인지 모를 걸 열 번쯤 되풀이하다 결국 제풀에 지쳤을 때도 아버지는 손에 신발을 끼고 아버지의 머릿속에 박혀 있는 뭔지 모를 노래에 맞춰 즐겁게 박자를 두드렸다. 나는 아무 말 않고 끝나길 기다렸지만, 아버지는 눈을 감고 콧노래를 흥얼거리며 고개를 까닥이기 시작했다. 나는 아버지가 행크 윌리엄스의 노래를 부르고 있다는 사실을 깨닫고, 회의에 집중해달라고 요청했다. 장소의 특성상 때로 산만해지기는 하지만, 이런 행위를 용납할 만큼은 아니었다.

'미합중국 남자애가 싫어 클럽'에는 독서 마라톤 같은 의무조항이 없었다. 마라톤은 거의 이백 일에 가까워지고 있었고, 우리는 라모나 큄비 시리즈를 순서대로 탐독하는 중이었다. 뒷권으로 넘어가도 절대 재미가 덜하지 않았다. 나는 주근깨가 있고 비쩍 마른 내 모습에서 라모나를 보았다. 나는 '미합중국 남자애가 싫어 클럽' 회원으로서 『라모나는 거머리』에서 라모나가 운동장을 빙빙 돌며 데이비를 쫓아다닐 때 특히 킥킥댔다. 나는 내가 거머리 같다고는 생각하지 않지만, 필요한 경우에는 남자아이들을 꽤 괴롭히는 편이었다. 내가 미.남.클럽의 진짜 충성 회원이다보니 그래야 하는 경우가 종종 있었다.

우리는 클럽의 아지트 근처에 있을 때 돌발적으로 모임을 갖기도 했는데 아지트가 한 시간 거리라 생각보다 자주 만났다. 우리의 아지트는 필라델피아에 있는 자연과학아카데미 2층 공룡 전시관 뒤편에 있었다. 카펫이 깔린 계단을 올라가면 환상적인 전망을 자랑하는 큼지막한 유리창이 있어 우리 집회 장소로 안성맞춤이었다. 오늘의 안건은 두 가지였고, 그중 첫번째는 벌써 해치웠다. 바로 주제가 부르기. 아버지가 가사를 썼고, 멜로디는 그다지 특별하지 않았다. 지역 뉴스가 시작될 때 나오는 로고송과 아주 비슷했다. 주제가가 워낙 짧아서 보통 오늘처럼 여러 번 부르는데, 부를 때마다 노래의 질이 떨어졌다. 주제가 부르기가 끝나고 분위기가 잡혔으니 이제 두번째 안건을 처리할 차례였다.

"쟤 좀 보세요! 어휴, 쟤 문제는 척 보면 알겠어요. 방이 난장판일 거예요. 지저분하고. 더러운 옷들이 사방에 널려 있고, 침대 밑에 먹다 만 음식물이 있고, 방 구석구석에 잡지들이 나뒹굴고. 창피해라."

나는 남자아이 방을 한 번도 본 적이 없지만, 아버지와 함께 책에서 읽은 적이 있었다.

"네가 남 말 할 처지는 아닐 텐데, 러비. 지난 일이 년 동안 네 방본 적 있니?"

"이거 딸이 싫어 클럽이에요? 남자애가 싫어 클럽 아니고요? 내가 남자는 아니잖아요."

"그래, 그건 아니지. 어기적어기적 걷고 있는 쟤 좀 봐라. 저 아이의 문제는 뻔해. 척 보면 알 수 있지. 항상 쩝쩝거리고 먹는다는 거."

나는 실눈을 뜨고, 우리 바로 밑에 있는 남자아이를 내려다보았다. 입이 엄청나게 크고 앞으로 튀어나왔다. 저런 입이라면 움직임을 완전히 통제하지 못한대도 놀랄 일이 아니었다. 얼마나 힘들까.

남자아이들을 한 번 보고, 그것도 12미터가 넘는 거리에서 보고 이런 문제점들을 한눈에 알아차리는 건 아무나 할 수 있는 일이 아니다. 연습을 하고 만만찮은 기술을 익혀야 이런 경지에 다다를 수 있다. 어쩌다보니 우리는 이 두 가지에 모두 해당이 됐다. 우리는 오래

전부터, 내가 기저귀를 차고 다니던 시절부터, 심지어 독서 마라톤을 시작하기 전부터 이 아지트를 드나들었다. 대형 공공 박물관 한복판에서 아무도 모르게 일을 벌이고 있다는 게 신났다. 『클로디아의 비밀』에서 메트로폴리탄 미술관에 숨어 지내는 클로디아 킨케이드가 된 것 같았다. 나는 내 자리로 기어 올라가 창밖을 내다보며 욕을 버는 남자아이들을 찾곤 했다. 처음에는 힘들었다. 유치원 때 내가 가장 친하게 지내던 친구들은 모두 남자였다. 하루 일과가 끝나기 전까지 어떻게 하면 옷을 최대한 더럽힐지가 우리의 공통 관심사였다. 하지만 내가 점점 자라고 남자아이들이 점점 이상해지면서 꼬투리 잡을 거리를 생각해내는 게 갈수록 수월해졌다. 3학년이 된 지금은 남자아이들의 실체가 고스란히 내 눈에 보였다. 하나같이 입에서 냄새가 나고 맞지도 않는 풋볼 팀 셔츠를 입고 다니는, 이상하고 낯선 생명체. 이건 그애들이 자초한 일이야. 나는 그렇게 생각했다. 그래서 우리는 아지트에 앉아 잔인하게 그애들을 비웃었다. 온 세상 남자아이들도 아지트에 앉아 여자아이들과 친구들을 상대로 똑같은 짓을 벌이고 있을 것이다. 똑같지는 않더라도 비슷한 짓을. 그럼에도 나는 우리의 집회에 대해 아버지에게 일부러 물어본 적이 있었다. 뭔가 미심쩍은 게 있었다.

"아빠, 계속 이상하다고 생각하던 건데요, 아빠가 미합중국 남자애가 싫어 클럽 부회장을 맡으면 배신 아니에요? 초등학교 때 사진 보니까 아빠도 전형적인 남자애던데. 헤어스타일도 그렇고 전부 다요. 어떤 사진에서는 완전 남자애처럼 웃고 있던데요?"

"애써 부인하지는 않으마. 나도 남자애였지. 그것도 냄새나고 시끄러운 최악의 남자아이. 집 안에 수도가 없어서 항상 고약한 냄새를 풍기고 다녔을걸? 아마도. 그 또래 남자애들은 다 그래서 내가 그런 줄은 몰랐지만. 그런 아이들과 잘 어울려 다녔다는 거, 솔직히 인정하마."

"맞아요, 듣고 보니 아빠도 전형적인 남자애였네요. 저도 그런 애들 본 적 있어요. 냄새나는 남자애들요."

"아주 어릴 때는 그렇게 심각하지 않았어. 여자아이라고 해도 믿을 만큼 깨끗하고 예의 발랐지. 유치원 때 선생님은 내 이름이 제임스가 아니라 제인인 줄 알았단다. 끝까지 그렇게 생각했지."

"어떻게 끝까지 그렇게 생각할 수가 있어요? 끝까지 아빠가 여자아이인 줄 알았던 거예요? 아빠가 아무 말도 안 했어요? 할머니도 아무 말씀 안 하셨어요? 말도 안 돼. 선생님이 놀리느라 그런 거 아니에요?"

"아냐, 아냐, 아냐. 커튼 뒤에 저튼이 있는 것처럼 확실해." 아버지는 닥터 수스의 『내 포켓 속에는 워켓이 있지』에 나오는 구절을 살짝 잘못 인용했다[*]. "선생님은 분명 내가 여자아이고, 내 이름이 제인인 줄 알고 계셨어. 지금도 길거리에서 우연히 만나면 나를 제인이라고

---

[*] 압운이 특징인 닥터 수스의 『내 포켓 속에는 워켓이 있지』에 "커튼 속에 저튼이 있는 게 확실해"라는 구절이 나온다.

부르실 거다."

나는 192센티미터나 되는 아버지를 쳐다보았다. 목까지 단추를 채운 셔츠와 기다란 바지를 걸친 근육질의 체구를. 누구든 아버지에게 다가와 여자 이름으로 부르면 웃음이 터질 것 같았다.

"선생님이 아빠의 이름과 성별을 착각하고 있다는 걸 알면서 왜 바로잡지 않았어요?"

"그게 말이다, 러비. 제인이라는 이름이 제임스보다 훨씬 괜찮은 것 같지 않니? 누가 봐도 그렇잖아."

"아뇨! 거기서 거기예요. 저는 어느 쪽이 됐건 제 이름으로 불리고 싶어요."

"글쎄? 언젠가는 너도 생각이 바뀔지 몰라. 나는 이름을 제인으로 바꾸고 싶구나."

"그럼 바꾸세요. 뭘 망설이세요? 이제 어른이고 집도 있고 직장도 있는데."

나는 아버지가 무얼 하건 별 영향이 없을 거라는 뜻에서 이렇게 말했다.

"바로 그게 문제야. 집을 제임스라는 이름으로 계약했거든. 이제는 너무 늦었어."

나는 안됐다는 눈빛으로 아버지를 바라보았다. 하지만 일리 있는 말이었다. 아버지가 제임스라는 이름으로 사인하는 걸 나도 수없이 봤으니까. 공과금을 낼 때는 하루에 대여섯 번씩 그 이름으로 사인을 했다. 바꿀 생각을 하지 못하는 바람에 처음부터 마음에 안 들었던 이름으로 계속 살아야 하다니, 정말 불행한 일이다. 아버지도 기회가 생겼을 때 놓치지 말고 '제인'을 낚아챘어야 하는 건데. 이제부터 나라도 제인이라고 불러드릴까 생각해보았지만, 애초에 아버지를 제임스라고 부르지도 않았으니 의미 없는 일이었다.

"걱정 마세요." 내가 위로하며 말했다. "다른 회원들이랑 얘기해봤는데 한때 제인이었던 걸로 충분하대요. 아빠는 여전히 미.남.클럽 정회원이에요. 우리는 아빠의 소년 시절을 무시하기로 했어요. 아빠가 한때 고약한 냄새를 풍겼다고 인정한 기록이 남겠지만, 그것도 어떻게 극복해봐요."

"고맙구나. 너 그렇게 이해해줘서 한없이 감사하다고 다른 회원들에게 전해주렴."

나는 한동안 창밖을 내다보았다. 잠시 후 아버지가 내 쪽을 돌아보더니 진지하게 물었다. "네가 더이상 남자를 싫어하지 않겠다고 작정하면 우리 클럽은 해체되는 걸까?"

"음, 지금도 남자를 싫어하는 건 아니에요." 나는 솔직히 시인했다. "그냥 그애들의 정신 상태가 싫은 거지. 그러니까 아뇨, 클럽이 해체될 일은 없을 거예요. 왜 그런 생각을 하셨어요?"

"네가 남자를 붙잡아놓고 무시무시한 키스록을 감행하고 싶어지는 날이 올 수도 있으니까."

키스록은 아버지가 종종 쓰는 레슬링 용어였다. 상대방을 제압하고 입술을 뺨에 갖다 대는 것인데, 가끔 최악의 시나리오에서는 자칫 입술과 입술이 맞닿는 사고가 날 수도 있었다. 아버지의 설명에 따르면 그건 무슨 수가 있더라도 피해야 하는 위험한 일이었다. 그 정도 사고를 제대로 처리하지 않으면 치명적인 결과로 이어질 수 있었다. 가끔 우리가 읽는 책에 이런 상황이 나왔는데, 그렇다고 죽는 사람은 없었다. 하지만 아버지도 조심스럽게 지적했던 것처럼 그 책들은 아이들을 위해 만들어진 이야기였다. 따라서 조만간 들이닥칠 불행은 섬뜩하기 때문에 생략된 것이다.

"제가 그렇게 멍청한 줄 아세요?" 내가 말했다. "아무 이유 없이 목숨을 걸기엔 전 너무 어려요."

"네 말이 맞다. 그럴 이유가 없어. 쓸데없는 모험이야. 영화에서 키스록을 볼 수 있는 건, 그걸 찍을 때 사이드라인에 응급요원들이 서 있기 때문에 가능한 거야. 영화배우들은 고도로 훈련받은 전문가들이잖니."

"다른 여자애들도 이걸 알고 있을까요? 제가 학교에서 이런 이야기를 하면 믿는 애가 한 명도 없거든요. 무시무시한 키스록이 뭔지 들어본 적이 없대요. 키스라는 단어는 들어봤다고 하는데, 그거랑은 다르잖아요."

"그래, 모두가 아는 건 아니야. 너도 떠벌리고 다니면 안 된다. 우리 클럽의 비밀 아니냐? 클럽의 비밀은 목숨을 바쳐 지켜야 하는 법이거든. 비밀 클럽 회원이라면 누구나 아는 사실이지만."

"죄송해요. 몰랐어요." 내가 말했다. "모두들 아는 건 줄 알았어요. 이제 알 것 같아요."

나는 우리 클럽만의 신호라도 되는 것처럼 가슴에 십자를 그렸지만, 사실 그런 건 없었다. 우리는 비밀 신호나 악수는커녕 하이 파이브조차 없었다. 그저 주제가를 부르고, 지나가는 남자아이들을 비웃는 게 전부였다. 우리의 집회는 이 분에서 사 분이면 끝났다. 이번에는 중간에 딴 길로 새는 바람에 길게 한 편이었다. 아직 할 일을 다 마치지도 못했는데. 내가 회장이고 아버지가 부회장인 이유도 이 때문이었다. 내가 일을 매끄럽게 처리하는 방법을 알고 있기 때문인데, 이번에도 솜씨를 제대로 발휘했다.

"저것 보세요." 나는 클럽의 임무로 회원들 관심을 돌리기 위해 일부러 아주 사무적으로 말하며 창밖을 가리켰다. "저앤 학교에서 책상 밑에 껌을 붙여요. 더러워. 그런데 들키질 않아요."

내가 이렇게 말한 순간, 그 아이가 주머니에서 껌을 한 통 꺼냈다. 그러더니 입안에 껌을 하나 쏙 넣고, 포장지는 아무렇지 않게 바닥에 버렸다. 저럴 줄 알았다니까!

"너는 정말 남자애들을 꿰뚫고 있구나." 내가 아래로 내려올 수 있게 도와주며 아버지가 말했다. 단체 관람 온 학생들이 이 전시실로 다가오고 있어서 우리 아지트를 들킬 염려가 있었다.

"그럼요." 내가 대꾸했다. 단체 관람 온 학생들 틈바구니에 서 있던 남자아이 하나가 나를 보고 미소를 지었다. 나는 좀 오래 그애를 째려보았다. 그러다 이내 내 정체가 탄로 나지 않게 미소를 지어 보였다.

Chapter 5

211일째

기억은 영원하다.
– 로이스 로리, 『기억 전달자』

프랭클린은 필라델피아로 들어갈 때 건너는 다리 가운데 내가 가장 좋아하는 다리 이름에서 따온 이름이다. 필라델피아와 연결된 다리라고 해봐야 두 개밖에 없지만, 나는 뭐가 됐든 더 좋아하고 덜 좋아하는 게 있었다. 녀석은 색깔이 화려하고 이국적으로 생긴 베타라는 종의 열대어였다. 예전에 누가 베타는 워낙 싸움을 좋아해서 거울에 비친 자기 모습을 보고도 덤벼들 거라고 말한 적이 있었다. 프랭클린은 절대 그러지 않았을 것이다. 녀석은 착하고 사랑스러운 물고기였다.

가끔 내가 책을 읽어주면 프랭클린은 유리 벽 쪽으로 다가와 귀를 기울였다. 휘둥그레 뜬 눈으로 나를 올려다보며 내가 책을 내리고 떠날 때까지 그 자리에서 헤엄을 쳤다. 녀석은 특히 모험담을 좋아해서 나는 어항 안에만 갇혀 있는 녀석을 볼 때마다 양심의 가책을 느꼈다. 하지만 우리 집 앞마당이 훤히 보이는 곳에 어항을 놓아둔 터라 녀석은 거의 온종일 새와 나무를 구경할 수 있었다. 덕분에 유리로 지어진 집에서 사는 것처럼 어항이 실제보다 훨씬 넓게 느껴졌을 것이다.

하루는 내가 학교에 갈 준비를 하는데 캐스 언니와 어머니가 아래층에서 속삭이는 소리가 들렸다. 아버지와 어머니는 최근 들어 싸움이 잦았다. 며칠 전 어머니는 내게 조만간 집을 나갈 거라고 나지막이 전했다. 그 이야기를 지금 캐스 언니한테 하는 걸까 아니면 며칠 안 남은 내 생일 이야기를 하는 걸까? 그런데 복도로 나가 귀를 기울여보니 이런 소리가 들렸다.

"학교 갔다 올 때까지 기다렸다 알리는 게 좋을까?"

"안 돼요. 매일 아침마다 인사하잖아요. 눈치챌 거예요."

"그럼 뭐라고 하는 게 좋겠니?"

"모르겠어요. 엄마가 잘 생각해봐요."

나는 계단을 뛰어 내려가 주방으로 직행했다. 햇볕을 듬뿍 받을 수 있도록 거실에서 옮겨놓았는지 어항이 싱크대 위에 놓여 있었다. 내가 들어온 것을 보고 두 사람이 얼른 내 앞으로 뛰어들었지만, 나는 이미 보고 말았다. 어항 안에 아무것도 없었다.

"프랭클린이 죽은 거야?" 질문이 아니라 확인이었다. 나는 이미 눈물을 흘리고 있었다.

어머니가 숨도 제대로 못 쉬고 언니를 쳐다보며 고개를 끄덕였다.

"에그." 캐스 언니가 언니만 쓰는 애칭으로 나를 불렀다. "이런 날이 올 줄 너도 알고 있었잖아. 프랭클린은 이미 평균수명을 넘겼어. 물고기치고는 상당히 나이가 많았지."

"하지만 행복한 물고기였잖아." 내가 짚고 넘어갔다.

"그래." 어머니가 말했다. "세상에서 가장 행복한 물고기였지. 너희 둘 다 서로 많이 보고 싶을 거야. 힘들겠지. 네가 학교에 있는 동안 아빠더러 처리해달라고 할까?"

나는 즉시 고개를 저었다. 이건 선택하고 말고 할 문제가 아니었다. 프랭클린은 아버지의 물고기가 아니라 나의 물고기였다. 마지막 순간은 나와 함께여야 했고, 특별해야 했다.

"장례식을 치러줘야겠어요." 내가 말했다. "다들 프랭클린 장례식에 올 거죠? 오늘 방과 후에?"

"당연하지." 어머니가 조금 거북한 목소리로 대답했다. "하지만 그러면 좀더 슬퍼질 것 같지 않니? 장례식이라는 게 어른들이 하기에도 아주 힘든 일일 수 있거든. 정말 장례식을 하고 싶어?"

"네. 학교에서 계획을 세울 거예요. 정말 좋은 친구였던 프랭클린에게 걸맞은 완벽한 작별식을 열어줄 거예요."

"학교에서는 공부를 해야지." 언니가 말했다.

"나는 3학년이야." 나는 이런 핑계를 대면 진지한 면학 분위기에서 구제받을 수 있지 않을까 하는 마음에 언니의 기억을 환기시켰다.

"점심시간이랑 쉬는 시간에 하면 되겠다." 어머니가 옆에서 거들었다.

방과 후 집에 돌아온 나는 스케치와 메모가 담긴 서류철을 꺼냈다. 점심시간과 쉬는 시간만으로는 생각을 정리하는 데 부족해서 수학, 과학, 사회시간까지 활용했다. 이렇게 슬픈 날에는 어차피 집중하기가 힘들었다. 나는 차례대로 그림을 그리고, 순서에 맞춰 부채꼴로 정리해 플립북처럼 만들었다. 그런다고 애니메이션처럼 되지는 않았지만, 그래도 예고편으로는 충분했다. 나는 이제 장례식 준비에 착수했다.

나는 장례식에 참석한 적이 한 번도 없었기 때문에 아버지 방으로 들어가 둘이서 함께 읽은 책들을 훑어보았다. 그즈음 깨닫기 시작한 사실이지만, 허구의 이야기가 담긴 것이라도 책에는 늘 아주 훌륭한 지식과 정보가 있었다. 완벽한 진실이든 아니든 나름의 방식으로 세상을 알려주었다. 정말로 유용할 때도 많았다. 책에서 장례식을 본 기억은 없었지만, 모르고 지나쳤을 수도 있었다. 그런데 놀랍게도 아버지와 내가 그때까지 읽은 책들 중에는 죽음에 대해 이야기하는 작품조차 없었다. 아버지가 나를 보호하려고 했던 걸까? 함께 읽은 책들 중에서 애완동물이 등장하는 작품을 살펴보았지만, 『냥이를 위해 건배!』는 별 도움이 되지 않았다. 장례식장에서 사는 소녀가 주인공이고 독서 마라톤을 하며 내가 가장 좋아했던 책인 『작은 새의 노래』

가 있었다면 많은 도움이 됐겠지만, 『작은 새의 노래』를 읽은 건 몇 년 뒤의 일이었다. 독서 마라톤을 막 시작했을 때라 참고할 만한 책이 많지 않았다. 나는 장례식에 대해서는 아는 게 거의 없지만 파티라면 일가견이 있었다. 둘이 비슷할까? 나는 닮은꼴일 거라고 결론을 내렸다.

먼저 초대장을 만들었다. 나는 어휘력에 비해 맞춤법이 한참 서툴렀지만, 그런 줄 몰랐다. 내가 보기에는 완벽한 초대장이었다. 내용은 이랬다.

> 물고기 프랭클린이 어젯밤 잠을 자던 중에 세상을 떠났습니다. 프랭클린은 사랑스러운 물고기였고, 모든 이들이, 특히 우리 가족이 그를 그리워할 겁니다. 오늘 저녁 한 시간 뒤에 열릴 장례식에 꼭 참석해주세요. 거뭇 옷을 입어주세요.

나는 어두운 표정으로 가족들에게 초대장을 돌렸다. 아버지는 초대장을 읽고 나서 이렇게 말했다. "러비, 한 시간 뒤면 내가 자고 있을 시간인데. 내가 저녁 먹고 나서 잠깐 눈을 붙여야 하는 거 알잖니. 나는 지금 작별 인사를 하면 안 될까?"

"안 돼요." 내가 말했다. "죄송하지만 그럴 수 없어요. 아빠가 연사라 프랭클린을 묻기 전에 사람들 앞에서 근사한 이야기를 해주셔야 해요. 모두들 프랭클린을 기억할 수 있게요."

"어허, 그거 아주 중요한 일인데. 나한테 추모사를 맡기는 거냐?"

"아뇨. 프랭클린이 얼마나 훌륭한 친구였고, 모두들 얼마나 프랭클린을 그리워할지, 그런 이야기만 해주시면 돼요."

"알았다." 아버지가 말했다. "생각을 정리해보마. 명예롭고 영광스러운 일이 되겠구나."

한 시간 뒤 다 같이 주방에 모였다. 실망스럽게도 제대로 옷을 갖춰 입은 사람은 아버지와 나뿐이었다. 어머니는 까만색 웃옷이 없다며 까만 바지에 감색 셔츠를 입었다. 나는 어머니를 2층으로 올려 보내 좀더 격식에 맞는 차림새가 될 수 있게 최소한 립스틱이라도 바르게 했다. 언니는 까만색 치마는 제대로 입었지만, 까만색 셔츠 앞면에 밴드 이름이 찍혀 있었다. 나는 겉과 속을 뒤집어 입으라고 했다. 상표가 튀어나와 언니의 목을 할퀴었다. 나는 사랑하는 이를 잃으면 누구나 얼마간 고통을 감수해야 하는 법이라고 했다.

내가 포일로 만든 은 접시에 애피타이저를 냈다. 음식이 있어야 할 것 같은데 뭐가 좋을지 알 수 없어서 나 혼자 끼니를 해결할 때 만들어 먹는 간식을 준비했다. 식빵에 스트링치즈를 얹어서 전자레인지에 돌린 다음 사각형으로 조그맣게 자르고 하얀 건포도를 얹은 것이었다. 내 예상과 달리 애피타이저는 금세 동나지 않았다. 어정쩡하게 선 채로 십 분쯤 지났을 때 아버지가 나머지는 진심이 담긴 제물로 새들에게 주는 게 어떻겠느냐고 했다. 그 자리를 기리는 의미에서 마음을 비우고 음식을 생략하는 것도 올바른 선택인 듯했다.

내가 뒤뜰에 골라놓은 장소를 향해 다 같이 행진했다. 그냥 걸어가는 것은 격식에 맞지 않았으니까. 그곳은 입지가 완벽했다. 굵고 커다란 나무 밑이자 풀이 가장 길게 자란 곳이었고, 가끔 꽃을 피우기도 하는 덤불이 옆에 있었다. 나뭇잎들이 우수수 떨어졌다 다시 돋아나면서 이 한 뼘 땅 위로 겨울에는 햇볕이 내리쬐었고 여름에는 그늘이 졌다. 날은 조금 쌀쌀했지만 화창했고 지나치게 상쾌한 감마저 있었다. 나는 우리가 이 자리에 모인 것은 생일 파티가 아니라 장례식 때문이라는 것을 온 세상에 일깨워주고 싶었다. 대자연의 아버지도 자신의 딸에게 죽음이 등장하는 책들을 일부러 보여주지 않는 걸까? 하늘이 어두워지고 비라도 조금 내려야 하는데, 나도 그 정도는 알고 있는데. 내 말에 따라 모두 우산을 들고 있었지만, 이따금 부는 3월의 산들바람 말고는 우산으로 막을 게 없었다.

먼저 묵념의 시간을 가졌다. 처음에는 순조롭게 진행되는가 싶었는데 잠시 후 몇 미터 옆에서 누군가 망치질을 시작했고, 이 때문에 짜증이 난 이웃집 아기가 빽빽 소리를 지르자 순식간에 온 동네 개들이 짖어댔다. 나는 여기에 맞서 싸우기보다 프랭클린을 기념하는 의미에서 노래를 불러 소음을 아름답게 승화시키는 게 어떻겠느냐고 제안했다.

나는 원래 조니 미첼의 〈Both Sides Now〉를 부를 생각이었다. 그 노래의 가사를 좋아하는 데다 얼마 전에 아버지가 이 노래로 만든 그림책을 주문했는데 놀랍게도 아버지가 다니는 학교 학생들은 별로 좋아하지 않는다는 이야기를 들었기 때문이다. 나는 그 학교 학생들보다 똑똑했다. 그런데 가사가 얼마나 헷갈리게 반복되는지 우리 모두 금세 알아차렸다. 헷갈리면 헷갈릴수록 웃음이 나왔다. 아니, 다들 웃어대고 나 혼자 식구들을 단속하느라 애를 썼다고 해야 할 것이다. 끝까지 부를 수 있는 사람이 아무도 없다는 게 분명해지자 나는 두번째 카드인 〈오 거룩한 밤〉을 꺼내들었다. 내가 이 노래를 선택한 것은 가슴 뭉클하고 요란하기 때문이다. 크리스마스가 몇 개월 전에 지나긴 했지만, 이 노래만큼은 우리 가족 모두 가사를 알고 있었다. 가족들이 어물거리는 소리를 듣고 내가 더욱 목청을 높이자 개들이 다시 짖기 시작했다. 노래가 끝났을 때 나는 박수를 쳤다. 나중에 알고 보니 장례식 때는 아무도 박수를 치지 않았다. 적어도 내가 참석한 장례식에서는 아무리 아름다운 노래가 끝나도 박수를 치지 않았다.

내 요청에 따라 프랭클린은 물고기 사료 상자에 넣어서 묻기로 했다. 프랭클린이 이 세상에서 가장 좋아한 것이 사료였다. 아버지가 조그만 구덩이에 상자를 넣었다. 내가 부탁해 아버지가 미리 파놓은 구덩이였다. 성분표시가 적힌 옆면이 위에 오는 바람에 조잡해 보였다. 나는 아버지에게 밝은 주황색 물고기가 조그만 알갱이를 먹는 사진이 있는 쪽으로 돌려달라고 했다. 그런 다음 아버지가 추모사를 하기 전에 하고 싶은 말이 있는 사람 있는지 물었다. 언니가 입을 열었다.

"사료 알갱이를 물고기 똥하고 비슷하게 만들다니 참 유감스러운 일이야. 얼마나 헷갈릴까? 물고기들이 사료와 똥을 혼동하지 말아야 할 텐데."

어머니가 흘겨보자 언니는 잠깐 구덩이를 내려다보더니 다시 말을 이었다. "하지만 프랭클린은 절대 그런 실수를 저지르지 않았을 거야. 워낙 똑똑한 물고기였으니까."

내가 만족스러워하며 고개를 끄덕이고 어머니 쪽으로 눈길을 돌리자 어머니는 무척 괴롭다는 듯 고개를 저었다.

"힘들구나. 음, 우리 모두 프랭클린을 아주 사랑했잖니. 프랭클린은 빙글빙글 헤엄치면서 이것저것 구경하는 걸 좋아했지. 가끔 우리가 어항 청소를 깜빡하면 거실에서 지독한 냄새가 났고."

어머니가 목이 멘 것 같아서 등을 토닥여주려고 다가갔더니 어머니는 웃고 있었다. 고개를 돌려보니 언니와 아버지도 손으로 가린 채웃고 있었다. 나는 조용히 하라는 뜻에서 두 팔을 들었다.

"무례한 행동은 그만들 하세요! 이제 우리가 프랭클린을 기억하는 데 도움이 될 수 있게 아빠가 다정한 말씀을 몇 마디 하실 시간이에요. 아빠, 이 자리에서 함께하고픈 이야기는 적어 오셨어요?"

아버지가 주머니에서 색인 카드를 꺼냈다. 아버지는 내게 보이지 않게 카드를 들었지만, 얼핏 보니 학생들 이름이 적혀 있었다. 이름 옆에 체크 표시가 된 것도 있었다. 나는 학생 명단을 보면 프랭클린의 훌륭했던 점을 기억하는 데 도움이 되는가보다고 생각했다. 아버지가 카드를 내려다보며 추모사를 시작했다.

"프랭클린은 착한 물고기였습니다."

"아멘." 어머니가 격려하듯 고개를 끄덕이며 말했다.

"아멘." 나도 따라 했다. "잠깐, 이러는 거 맞아요?"

"아니, 그냥 맞장구친 거야. 프랭클린한테 우리 모두 그렇게 생각한다는 걸 알리고 싶어서 아멘이라고 한 거야."

"아멘." 나는 다시 한번 말했다. 그러면서 학교에서 국기에 대고 경례를 할 때처럼 가슴에 손을 얹었다.

"프랭클린은 착한 물고기였습니다." 아버지가 하던 이야기를 계속했다. "그리고 예쁜 물고기였죠. 밝은 주황색 지느러미가 멋졌고 유머 감각도 아주 독특했고요. 내가 재미있는 얘기를 해도 프랭클린은 절대 웃지 않았습니다. 내 이야기가 재미없었기 때문이죠. 그는 진짜로 재미있는 이야기를 기다리고 있었습니다. 그런데 이제는 기다릴 수가 없게 되었네요."

"아멘." 우리 모두 중얼거렸다.

"프랭클린이 가장 좋아했던 텔레비전 프로그램은 〈브래디 번치〉였습니다. 애완동물가게에서 대가족의 일원으로 지내던 시절을 그리워했거든요. 하지만 그는 새로운 가족도 사랑했습니다. 심지어 고양이까지도요. 고양이들이 유리 벽 너머로 프랭클린을 물끄러미 바라보면 프랭클린은 고양이들에게 행운을 빌어주었죠. 한번은 천적이라 할 수 있는 고양이 브라이언에게까지 점심으로 맛있는 벌레를 잡을 수 있길 바란다고 빌어주었답니다. 그리고 실제로 바라던 대로 이루어졌죠. 이렇듯 프랭클린은 마음이 넓은 친구였습니다."

"아멘." 우리 모두 중얼거렸다.

"프랭클린은 취미와 관심사가 많았습니다. 특히 고풍스러운 사다리에 관심이 많았죠. 그는 고풍스럽고 근사한 사다리를 독창적이고 유용하게 활용할 방법에 대해 종종 고민했지만, 어항 바닥에 깔린 파란색 돌과 잘 어울리지 않는다는 결론을 내렸습니다. 그것이 프랭클린의 또 다른 면모입니다. 예술과 인테리어에 대한 뛰어난 감각 말입니다."

"아멘." 우리 모두 중얼거렸다. 나는 아버지가 이런 정보를 어디에서 얻었는지 궁금해지기 시작했다. 색인 카드에 뭐가 적혀 있는지 몰라도, 아버지의 기억을 돕는 데 별 도움은 되지 않는 게 분명했다.

"하지만 프랭클린 하면 가장 유명한 건 테이블 하키에 대한 엄청난 열정일 겁니다. 그가 테이블 하키에 대한 관심을 처음 저에게 은밀히 표현했을 때 저는 말도 안 되는 일이라고 대꾸했습니다. 테이블 하키를 하는 물고기가 어디 있느냐고요. 하지만 제 생각이 틀렸다는 걸 당장 입증해 보이더군요. 저한테 불가능하다는 소리를 듣자마자 물고기 리그에서 지역 챔피언 자리에 올랐으니 말입니다. 그는 테이블 하키가 올림픽 정식 종목으로 채택될 수 있도록 오랫동안 열심히 노력했고, 위원회에서는 지금 이 순간에도 그의 요청을 검토하고 있습니다. 그가 테이블 하키와 테이블 하키를 사랑하는 물고기들을 위해 엄청난 발전을 일구어낸 겁니다."

"아멘." 언니와 어머니가 이렇게 중얼거렸지만, 둘 다 웃고 있었다.

"잠깐만요, 저는 그런 거 하나도 기억이 안 나는데요."

"그리고," 아버지는 하던 이야기를 계속했다. "특별한 자리와 행사 때 필요한 의상을 만들어내던 그의 놀라운 솜씨를 어느 누가 잊을 수 있겠습니까. 마치 어제 같은 일입니다만, 하루는 제가 계단을 내려가 보니……"

고개를 들어보니 어머니와 언니가 허리를 잡고 눈물을 줄줄 흘리고 있었다. 그런데 애도의 눈물이 아니었다. 웃느라 흘린 눈물이었다.

"그런 일은 있지도 않았잖아요. 그리고 지금은 심각한 순간이라고요!" 나는 소리를 질렀다.

다들 잠시 침묵을 지켰고, 나는 아버지의 추모사가 계속 이어지기 전에 막았다.

"한 가지 공지 사항이 있어요. 저는 앞으로 죽을 때까지 어떤 종류든 생선과 해산물은 절대 먹지 않을 거예요. 착했던 물고기 친구 프랭클린을 기리는 뜻에서요. 모두들 참석해주셔서 고마워요. 정말 아름다웠던 물고기의 무덤 앞에서 결례를 저지르기 전에 이제 그만 떠나주세요."

나는 모범을 보이기 위해 두 다리를 높이 들고 뻣뻣한 팔을 휘두르며 집으로 다시 행진을 시작했다.

"언제쯤 다시 생선을 먹기 시작할 건데?" 언니가 뒤에서 행진하며 물었다.

"시시덕거리지 않고 내가 하는 말을 잘 들었다면 앞으로 죽을 때까지 어떤 종류가 됐든 생선이나 해산물을 먹지 않겠다고 한 거 알 거 아냐."

"아, 맞다, 죽을 때까지라고 했지? 깜빡했다." 언니가 말했다.

프랭클린, 듣고 있니? 나는 지금 스물두 살이야. 네가 죽은 그날부터 생선이나 해산물은 입에 대지도 않았어. 우리 가족들이 저지른 결례는 용서해줘.

추신: 네가 그렇게 테이블 하키를 좋아한 줄은 몰랐어.

Chapter 6

440일째

하지만 엄마는 멀리 있고 돌아보지 않는다. 엄마는 다른 곳에 있다.
– 패트리샤 매클러클런, 『여행』

나는 언제나 추수감사절이 싫었다. 워낙 조그만 위를 타고났다보니 먹기만 해대는 명절에 열광할 수가 없었다. 물론 나도 먹는 걸 좋아하기는 했지만, 배가 부르면 그만 먹는 편이었다. 나는 칠면조도, 그 안에 넣는 소도(사체의 배 속에서 꺼내 먹으며 좋아하는 음식이 이것 말고 또 있을까), 그레이비 소스도, 크랜베리 소스도 좋아하지 않았다. 게다가 내가 아는 사람들은 모두 해마다 같은 집을 찾는 데 반해 우리는 늘 이 친척 집, 저 친척 집을 전전했다. 최근에는 집에서 추수감사절을 보내기 시작했지만, 음식이 마음에 들지 않기는 마찬가지였다. 그래서 나는 명절날 절대 큰 기대를 하지 않았고, 구름이 잔뜩 낀 11월의 이날 오후도 예외는 아니었다.

사실 관심을 기울일 만한 게 딱 하나 있었다면 구름이 잔뜩 긴 하늘이었다. 삼 년 전에는 추수감사절에 눈이 왔다. 날씨가 이대로만 유지된다면 올해에도 그럴 수 있을 것 같았다. 나는 눈을 사랑했다. 내 썰매가 우리 동네에서 최고라는 것은 모두들 인정하는 바였다. 매끈한 서프보드인데, 해마다 언덕에서 최고 속도를 자랑했다. 이뿐 아니라 내게는 하얀 눈송이가 살짝 흩뿌려지면 특히 예뻐 보이는 재킷과 목도리가 많았다. 나는 이미 완벽한 조합─밝은 파란색 재킷에 유니콘 무늬 목도리─을 만들어 침대 밑에 숨겨놓았다. 미리 펼치면 재수가 없을 테니까. 하지만 나는 장담할 수 있었다. 오늘은 눈이 내릴 것이다.

쉬는 날이면 안절부절못하는 아버지는 밖에서 낙엽을 치우는 중이었고, 나는 그 일에서 내가 맡은 임무를 충실히 이행하고 있었다. 아버지가 마당 앞쪽으로 낙엽을 들고 와 쌓으면 그 낙엽 더미 위로 뛰어들어 이 정도도 상당하지만 많으면 많을수록 좋다고 알리는 역할이었다. 그러니까 아버지가 계속 낙엽을 긁어모을 수 있도록 자극을 주는 역할이라고 할까. 나는 아버지가 낙엽 더미에서 나오라고 할 때마다 열심히 응원하는 뜻에서 그 말을 반복했다.

낙엽 더미 안에 서 있는데 어머니가 상자를 몇 개 들고 차로 걸어가는 게 보였다. 나는 꼼짝 않고 서서, 몇 번씩 왔다 갔다 하는 어머니를 한참 동안 쳐다보았지만 어머니가 뭘 하는 건지 알 수 없었다. 수수께끼를 해결하려고 단서를 짜 맞추며 열심히 머리를 굴리는 과학탐정 브라운*이 된 듯한 기분이 들었다. 아버지도 나만큼 과학탐정 브라운 시리즈를 좋아했지만, 이 책이 아이들의 기대치를 비현실적인 수준으로 높일 수 있다고 했다. 대학을 졸업한 교사이자 왕성한 독서가인 아버지조차 듣도 보도 못한 것을 주인공 소년이 알고 있다는 것이다. 수수께끼 해결이 얼마나 어려운 일인지 나도 알고 있었지만, 과학탐정 브라운과 달리 나에게는 귀찮게 따라다니는 벅스 미니 같은 숙적이 없었다. 이야기 말미에서 브라운이 늘 그러는 것처럼 나도 눈을 감고 심각하게 생각을 해야 하는데, 눈을 감으면 어머니가 뭘 하는지 볼 수 없었다. 나는 브라운이 충분히 정보를 수집한 다음에야 눈을 감는다는 사실을 떠올리고 일단 지켜보기로 했다.

처음에 나는 어머니가 저녁식사를 준비하느라 그러는 줄 알았다. 식사가 아무리 조촐해도(그해에는 언니가 교환학생으로 독일에 가 있었기 때문에 우리 셋뿐이었다) 모든 준비를 마치려면 몇 시간은 걸릴 테니까. 나는 어머니를 돕지 않는 게 많이 미안해졌다. 주방보다 낙엽이 더 좋았지만, 어머니는 정말 바쁜 듯했고 뭘 하는지 몰라도 피곤해 보였다. 하지만 저녁 준비를 하는 데 상자가 왜 필요한지는 여전히 수수께끼였다. 다른 집에서 냄비와 프라이팬을 빌렸나? 그럴 수도 있었다. 우리 부모님은 요리를 자주 하지 않았다. 아버지가 상자 나르는 걸 도울 수도 있었을 텐데, 뒷마당으로 가는 바람에

---

* 도널드 J. 소볼이 쓴 과학탐정 브라운 시리즈의 주인공인 소년 탐정.

어머니를 보지 못한 모양이었다. 과학탐정 브라운이라도 이 정도 단서로는 부족했다. 결국 나는 집 안으로 들어갔다.

부모님 방으로 올라갔을 때 가장 먼저 눈에 띈 것은 서랍장 위 하얀 쟁반에 뒤죽박죽 섞여 있던 어머니의 향수와 액세서리가 없어진 것이었다. 남은 것이라고는 초록색 귀걸이가 한 짝뿐이었다. 나는 그 귀걸이를 주웠다. 고등학교에서 영어를 가르치는 어머니가 출근할 때 하는 귀걸이였다. 어머니가 출근할 때 걸치는 것은 무엇이든 그 학교처럼 푸근한 커피 냄새, 향수 냄새를 풍기지 않을까? 나는 귀걸이를 코에 대보았지만, 아무 냄새도 나지 않았다. 다른 액세서리는 어디 있나 찾아보았다. 도둑맞았다고 생각하는데 어머니가 침대 옆에 쭈그리고 앉아 책을 상자 안에 꾹꾹 채워 넣고 있는 게 보였다.

"뭐 하시는 거예요?" 이렇게 묻는 순간 문득 방 안이 텅 비었다는 걸 깨달았다.

어머니는 화난 티를 감추지 않았다.

"나가려고." 어머니가 말했다. "얘기했잖아. 몇 달 전부터."

"알아요. 그런데 오늘요?"

"지금 당장."

나는 무슨 말을 하면 좋을지 알 수 없었다. 사실 그렇기는 했다. 나는 어머니가 언젠가는 집을 떠나리라는 것을 알고 있었다. 어머니는 전부터 그 이야기를 했고, 심지어 집을 고르면서 내 의견을 묻기까지 했다. 하지만 먼 미래의 이야기, 거의 가능성으로만 존재하는 이야기였다. 어머니의 이사는 내가 운전을 하는 것과 비슷한 거였다. 언젠가는 올 일. 결국에는 닥칠 그런 일.

"추수감사절에요?" 내가 물었다.

내 머릿속에는 어머니가 나를 돌아보며 "너는 추수감사절 좋아하지도 않잖아"라고 했던 기억이 남아 있다. 하지만 실제로는 내가 속으로 추수감사절을 어떻게 생각하는지 어머니는 알지 못했을 것이다. 나는 훨씬 나중에야 그 생각을 말로 표현할 수 있었다. 그때까지만 해도 애국심이 부족한 게 아닌가 죄책감이 들었다.

어머니는 소지품을 상자에 넣는 일을 도와달라고 했고, 나는 어머니가 시키는 대로 했다. 달리 어찌하면 좋을지 알 수 없었기 때문이었다. 어머니는 소지품이 많았다. 어머니가 떠난 뒤에도 어머니 하면 항상 그 풍경이 떠올랐다. 어머니가 가지고 있던 그 많은 물건들. 상자며 봉투며 정말로 도처에 있던 물건들. 너무 많아서 사놓고 풀어볼 시간조차 없었던 것들도 있었다. 차 안에 다 들어갈 수 없을 만큼 많았는데, 어머니는 다음 날 와서 더 가지고 갈 거라고 했다. 그 말을 들으니 조금 안심이 됐다. 소지품이 남아 있으면 어머니가 떠나지 않을 수도 있으니까. 나는 어머니 냄새도, 그 어떤 냄새도 나지 않는 초록색 귀걸이를 주머니에 넣었다. 그러면 어머니는 아무리 많은 것을 쑤셔넣고 떠나도 무언가를 찾으러 다시 돌아올 수밖에 없었다.

둘이서 상자를 차로 옮겼다. 어머니의 차는 내가 기억하는 것보다 훨씬 넓었다. 몇 번씩 왔다 갔다 하다보니 문득 어머니가 앞으로 어디에서 살 건지조차 알려주지 않았다는 생각이 났다.

"고등학교에서 오 분 거리에 있던 그 아파트 생각나?"

"오리들이 있던 아파트요?"

"아니, 풀장이 있던 아파트."

그 말에 내 표정이 밝아졌는지 어머니가 살짝 미소를 지었다.

"엄마는 사실 떠나는 것도 아니야. 바로 옆에 살 거고, 풀장도 있고, 네 방도 만들어줄 수 있으니까."

"제 침대도 있어요?"

"당연히 아직은 없지. 내 침대도 아직 없는걸? 나중에 사줄게."

심지어 그때에도 왠지 모르게 그 말이 믿기지 않았다. 어머니가 어디서 돈을 구하지? 침대 두 개는커녕 한 개라도 살 수 있을까? 내가 알기로 어머니는 돈을 쓰는 사람, 아버지는 돈을 모으는 사람이었다. 어머니는 가톨릭계 고등학교 선생님으로 연봉을 꽤 많이 받았지만 소용없었다. 우리에게는 빚이 있었다. 금액이 얼마나 되는지 몰라도 종종 전화벨이 울리고 섬뜩하고 집요한 기계음이 수화기 저편에서 들리는 것으로 미루어보아 누군가에게 많은 빚을 지고 있는 듯했다. 그런데 아버지가 뭘 사는 건 본 적이 없으니 내 생각에 곤경에 처한 쪽은 어머니였고, 어딜 가든 어머니는 곤경에서 벗어날 수 없을 것 같았다.

상자에 테이프를 붙이면서 문득 깨달았는데, 어머니는 울지 않았다. 크리스마스카드에서부터 애정이 담긴 장난에 이르기까지 온갖 상황에서 눈물을 흘리던 어머니였는데. 충격적이었다. 나는 어머니의 눈에서 시선을 뗄 수 없었다. 작은 갈색 눈이 붓기는 했지만 — 좀 전에 울어서 그런가? — 눈물은 보이지 않았다. 이 사실이 나에게는 어머니가 지금까지 흘린 눈물보다 더 큰 충격이었다. 어머니에게 눈물은 일상이었는데, 우리 둘 모두에게 일대 사건으로 기록될 이 순간 눈물이 맺히지 않은 눈이라니. 뜻밖이었다. 어머니가 차로 상자를 나르는 광경을 보았을 때 그랬던 것처럼 이 눈의 의미를 해석하기까지 어느 정도 시간이 걸렸다. 하지만 나는 마침내 결론에 이르렀다. 어머니는 정말로 우리 곁을 떠나고 있었고, 그 사실에 기뻐하고 있다고.

그렇게 결론을 내리고 보니 앞뒤가 맞았다. 어머니와 아버지는 대화가 거의 없었다. 서로 고함을 지를 뿐 건설적인 대화를 나누는 법이 없었다. 에어컨을 틀 건지 말 건지 의논하다가 두 시간이 넘는 격렬한 언쟁으로 이어지기 십상이었다. 그럴 때마다 어머니는 처음부터 끝까지 눈물을 흘리고 아버지는 체계적으로 주장을 펼치다 어머니가 열심히 귀 기울이고 있지 않다는 사실을 뒤늦게 깨달았다. 나는 토론 전문가를 자처하며 늘 한쪽 편을 들었는데, 공평하게 어떤 날은 어머니 편을, 어떤 날은 아버지 편을 들었다.

기를 제대로 받은 날에는 어머니가 다른 남자들과 통화하는 것까지 변호할 수 있었다. 어머니가 슬프고 외로워서 그런 거라고. 남자들은 아버지가 없을 때 전화했고, 어머니는 지하실로 내려가는 계단에서 소곤소곤 속삭이곤 했다. 어머니가 그 남자들을 직접 만났는지

어땠는지 모르겠지만, 아버지 앞에서 보란 듯 과시하지는 않았다. 전화 통화와 이메일은—그리고 그들이 어쩌다 한 번씩 찾아오는 것도—대부분 일종의 기분 전환에 지나지 않았다.

어머니와 둘이서 마지막 짐을 옮기고 그 위로 트렁크를 닫느라 낑낑대는데, 그중 한 남자가 아파트에서 기다리고 있지는 않을까 궁금해졌다.

"당연히 놀러 오겠지." 어머니가 지금 만나는 남자친구를 두고 한 말이었다. "하지만 거기서 살지는 않을 거야."

다행이었다. 침대가 있건 없건 다른 사람이 내 방을 차지하는 건 싫었다.

진입로를 빠져나가는 어머니가 실눈을 뜬 이유가 드디어 눈물을 흘리기 시작했기 때문인지 아니면 때마침 구름 뒤에서 신기한 듯 삐죽 고개를 내민 태양 때문이었는지는 알 수 없었다. 눈이 내렸으면 좋겠다는 희망도 깨지고, 나는 집 안으로 들어가 좋아하지도 않는 만화영화를 연달아 보기 시작했다.

삼십 분 뒤, 아버지가 들어왔다.

"너희 엄마가 한 번도 밖에 나와 보지 않고 나에게 물 한 잔 안 준 거 아니?" 아버지가 문가에서 내게 외쳤다. 그러더니 장갑을 벗으며 오븐 쪽으로 걸어가 문을 열었다. 안에 아무것도 없는 것을 보고 아버지가 물었다. "칠면조는 어떻게 된 거냐?"

"네?" 나는 몇 개월째 머리 땋기 연습 중이었는데, 가늘고 예쁘게

이마를 가로지르도록 한 줄로 머리를 땋는 데 드디어 진척을 보이고 있었다.

"칠면조는 어떻게 된 거냐고?" 아버지가 좀 전에 했던 말을 반복했다. "그거 만들려면 몇 시간씩 걸리는 거 아닌가?"

아버지는 시계를 보았다. 저녁시간 아니면 저녁에 가까운 시간이었다.

나는 아버지가 당혹스러워하는 걸 알아채지 못했다.

"왜요, 아빠가 만드시려고요?" 나는 땋은 머리에서 눈도 들지 않고 대꾸했다.

"왜 내가 만들어야 하는데? 여섯 시간 동안 낙엽 쓸고 뒷마당 정리하던 거 아직 끝내지도 못했는데. 네 엄마는 이 집에서 아무것도 못하는 사람이냐? 엄마 어디 있어?"

아버지가 2층을 향해 외쳤다. "도서관이 다섯시야!"

여러분도 짐작했을지 모르겠지만 우리 아버지가 있는 곳, 그중에서도 특히 책으로 가득한 우리 집은 어디가 됐건 '도서관'이었다. 아버지가 도서관 운운한 것은 놀랄 일이 아니었지만, 아버지의 행동은 놀라웠다. 그러다 나는 깨달았다.

"아," 나는 영문을 모르고 있었다는 데 문득 엄청난 죄책감을 느끼며 말했다. "엄마 나갔어요."

"엄마가 나갔다고? 어딜? 칠면조는 언제 준비할 생각이래?"

"아뇨. 떠났어요. 집을 나갔다고요."

아버지는 내 말이 안 들리는 눈치였지만, 아무 말 없이 계단을 올라 침실로 향했다. 위에서 아버지가 벽장문을 열고 서랍을 여는 소리가 들렸다. 집에서 나는 삐걱거리는 소리에는 익숙했다. 아버지가 어머니의 차를 찾느라 창문 앞에서 발걸음을 멈추었을 때도 나는 소리로 알 수 있었다. 잠시 후 아버지가 다시 1층으로 내려왔다. 나는 텔레비전을 껐다.

"그래도 칠면조는 아직 있지?"

나는 냉장실을 뒤지고 다시 냉동실도 뒤져 아버지에게 칠면조를 건넸다.

"이거 어떻게 만드는지 아니?"

나는 어깨를 으쓱했다. 모른다고 대답하고 싶지 않았다. 한번 해보면 재미있을 것 같았다. 게다가 남들이 만드는 걸 본 적도 있었다. 오븐을 켜고 칠면조를 넣고 찟고. 간단했다. 하지만 아버지는 그렇게 생각하지 않는지 이렇게 말했다. "이걸 어떻게 하면 되는지 우리 둘다 모르는구나."

나는 고개를 끄덕였다. 아버지가 그렇다고 하면 그런 거였다.

아버지는 고깃덩어리를 다시 냉동실에 넣고 그 옆에 있던 상자를 꺼냈다.

"미트볼이로군." 아버지가 맥 빠진 목소리로 말했다.

"스웨덴식 미트볼이에요." 내가 바로잡았다. 내가 질색하는 것들 리스트에 그 미트볼도 있었다. 열 살짜리가 만든 리스트치고 꽤 길었지만, 내가 미치도록 사랑하는 것들을 적은 리스트에 비하면 짧게 느껴졌다.

"눈이 올까요?" 내가 물었다.

"어느 방송국에서도 그런 예보는 없던데." 아버지가 키친타월로 미트볼을 싸고 전자레인지에 3분 33초를 입력하며 말했다. 나는 상자에 그렇게 적혀 있을 리 없다고 장담할 수 있었지만, 아버지가 이미 상자를 찢어버린 뒤였다.

나는 내 몫으로 우유를 조금 따르고 식탁에 앉았다. 아버지가 종이 접시에 미트볼을 몇 개 담았고, 나는 아무 이유 없이 손으로 집어서 천천히 씹었다. 갈색의 그 덩어리들은 한가운데가 조금 차가웠다. 그러고 보니 아버지가 아무 말이 없었다. 내가 말을 해야 한다는 뜻일까?

"사실 칠면조 별로 안 먹고 싶었어요." 결국 나는 이렇게 말했다.

"나도." 아버지가 말했다. "어쨌거나 나는 매시트포테이토만 좋아하니까."

아버지가 뉴스를 틀었고, 우리는 아무 말 없이 미트볼을 먹었다.

Chapter 7
529일째

읽으면 읽을수록 그림들이 더 근사해지고 박진감 넘쳤다.
—C. S. 루이스, 『새벽 출정호의 항해』

당신의 아버지가 우리 아버지처럼 엉뚱하고 흥분을 잘하는 어린이 전문 사서이건 아니건 도서전의 즐거움은 누구나 알 것이다. 아버지 직업이 무용수이건 배관공이건 찻주전자 디자이너이건 누구나 한 번은 도서전에 가보았을 것이다. 아이가 있는 어른이건 아이이건 누구건 도서관 (혹은 체육관이나 구내식당) 안으로 들어가 어슬렁거리다, 딱 맞는 책을 골라 가길 묵묵히 기다리며 줄줄이 늘어선 큼지막한 은색 책장들을 맞닥뜨렸을 때의 그 짜릿함을 기억할 것이다. 도서전이 시작되기 전, 책장이 아직 잠겨 있을 때 찾아갔다 하더라도 그 책장들을 뚫어져라 쳐다보며 올해에는 어떤 책을 만날 수 있을까 궁금해할 때의 그 설렘과 애타는 마음을 알 것이다. 같은 반에 전학생이 있다면, 도서전의 즐거움을 한 번도 경험해보지 못한 친구가 있다면 동참할 수 있도록 끌어들이는 것이 우리의 의무이자 기쁨이다. 아무리 사소한 것일지라도 그 즐거움에서 배제되는 사람이 한 명이라도 있어서는 안 된다.

때문에 어느 해인가 아버지가 도서전 일을 도와달라고 했을 때 나는 당연히 온 힘을 쏟았다. 도서전은 며칠 일정이었고 아버지가 저녁 때 학부모 간담회도 열 예정이라, 나도 방과 후에 참석할 수 있었다. 나는 논리적인 4학년생이라면 누구나 생각해낼 수 있는 일부터 시작했다. 그러니까 하얀 종이 더미와 64색 크레용을 앞에 차려놓고 바닥에 풀썩 주저앉은 것이다.

나는 스스로 크레용 다루는 솜씨가 아주 뛰어나다고 자부하는 편이었다. 안에 들어 있는 크레용깎이는 어떻게 써야 하는지 아직까지 파악을 못 했지만(이름과는 달리 크레용을 날카롭게 깎아주는 게 아니라 둥그렇게 만든다) 어찌어찌 사용해보았다. 훌륭한 전시회는 포스터가 있어야 하는 법이고, 도서전이라면 특히 그렇다. 그래서 나는 독서 마라톤 때 마음에 들었던 작품의 주인공들을 놓고 포스터를 만들기 시작했다. 앨리스, 도로시, 셜록 홈스…… 이름만 대면 알 만한 주인공들은 총출동이었다. 그런 다음 관심 있는 독자라면 누구든 책을 찾아 집으로 들고 갈 수 있게 각 포스터에 제목과 저자 이름을 적었다. 결국 가장 좋은 건 그런 거다. 새 책을 집고 만지고 냄새 맡고 끌어안는 것보다 집으로 들고 가 내 침대, 내 이불 밑에서 내 스탠드를 켜놓고 누군가 불 끄고 그만 좀 자라고 소리 지를 때까지 읽어내려가는 것.

나는 포스터에 꽤 많은 시간과 공을 들였다. 스무 장을 만드는 데 꼬박 삼십 분은 걸렸을 것이다. 다 완성됐을 때는 빨리 포스터를 붙여서 사람들에게 보여주고 싶어 좀이 쑤셨다. 올해는 내 덕분에 아버지가 그 어느 때보다 책을 많이 팔 수 있을 것이다. 한밤중까지 불을 켜고 있다고 잔소리를 듣는 아이들이 늘어날 테고, 방 안을 몰래 들여다보다 이불 밖으로 손전등 불빛이 비치는 걸 보고 속으로 기뻐할 엄마 아빠들이 늘어날 것이다. 이것이 나의 목표였다. 사상 최고의 도서전을 만드는 것. 나의 도움과 지원사격이 있으니 얼토당토않은 목표가 아니었다. 그렇게 될 가능성이 컸다. 아니, 확실했다.

"이 미라는 왜 이렇게 겁에 질려서 화장실을 찾는 듯한 표정을 짓고 있니?" 아버지가 나 혼자 읽은 R. L. 스타인의 작품에 등장하는 주인공을 가리키며 물었다. 아버지는 내 작품을 도서관 벽에 걸기 전에 먼저 살펴보고 완벽하게 이해하고 싶어했다. 나는 고품격을 원하는 아버지의 마음을 존중했지만, 내 작품에 대한 공격은 달갑지 않았다.

"흠. 아빠 그 책 안 읽어봤죠? 딱 그런 내용이라고요."

"화장실을 못 찾는 겁에 질린 미라가 등장하는 구스범스*도 있나?"

---

* R. L. 스타인의 작품으로, 아동용 호러 · 미스터리 시리즈물.

"네, 아빠도 짐작하다시피 그 시리즈의 다른 책들보다는 인기가 없지만, 진정한 팬들 사이에서는 나름 유명하다고요."

"짐작이 되는구나." 아버지가 나머지 포스터들을 좀더 빠르게 넘기며 말했다.

"흠." 마지막 포스터에 다다랐을 때 아버지가 말했다. "책을 소개하는 포스터인 것만큼은 분명하구나."

아버지는 거짓말을 못 하는 성격이기 때문에 진실의 범주 안에서 가장 그럴듯한 말을 고르느라 애쓰고 있었다. 차라리 자신의 생각을 최대한 세련되게 전달하는 것이 더 낫다는 사실을 잘 모르는 것 같았다. 나는 그런 데 익숙했고 아버지가 평가를 내리면 지금처럼 어깨를 으쓱하며 받아들였지만, 누구나 나 같은 건 아니었다. 한번은 아버지의 친구가 생일 쿠키를 구워주었는데, 맛이 어떠냐고 물었을 때 아버지가 "솔직히 말해서 모든 쿠키 안에 초콜릿 칩이 들어 있지는 않은 것 같네"라고 대답하는 바람에 뜻하지 않게 말다툼으로 이어진 적도 있었다.

그렇다고 아버지가 바뀌는 일은 없었다. 그러니 아버지가 내 포스터에 대놓고 조잡하다는 혹평을 퍼붓지 않자, 나는 기쁜 마음으로 포스터를 한데 모아 품에 안은 다음 테이프를 집어 들고 차로 향했다. 학교로 가는 길에 잠깐 들러 내 친구도 태웠다. 브리타니는 내가 어떤 일을 벌이건 언제든지 달려와주는 친구였다. 그러니 내가 도서전을 주관할 수 있게 돕는 것쯤은 특별한 일도 아니었다. 심지어 자기가 할 일이 뭔지, 몇 시쯤 집으로 돌아갈 수 있는지조차 묻지 않았다. 이렇게 훌륭한 친구가 있다니.

학교에 도착하자, 우리는 취지를 확실히 전달할 수 있게 도서관 사방에 포스터를 붙였다. 관습을 따라 몇 개는 벽에 붙였다. 하지만 깜짝 효과를 위해 몇 개는 책상에 붙였다. 그리고 카펫에도 몇 개 붙였다. 할인 판매되는 페이퍼백이 수북이 쌓인 회의 테이블 밑을 기어다니기로 작정한 꼬맹이가 등장할 경우에 대비해 그 아이만을 위해 포스터를 거꾸로 붙여놓기도 했다. 우리는 공략 대상을 세심하게 분류해 정복할 생각이었다.

학부모들이 아이들과 함께, 혹은 혼자 드문드문 입장하기 시작했다. 눈 깜짝할 새 도서관이 잠재 고객들로 북적댔다. 내 마케팅 전략을 실행해보기에 딱 좋았다. 나는 의자 위로 올라가 확성기처럼 손을 입에 대고 광고를 하기 시작했다. 학부모들은 아이들이 내는 귀에 거슬리는 소리에 면역이 되었는지 내가 이런 문구를 외쳐도 한 귀로 듣고 한 귀로 흘렸다.

"책은 수집할 만한 가치가 있는 물품입니다. 책을 좋아하는 분이라면 더욱 그렇구요."

사이비 잠언 같은 문구도 있었다.

"지금 사세요. 나중으로 미루지 말고. 지금! 너무 늦기 전에요."

일주일 동안 심사숙고하며 다듬은 내 최고 걸작은 또 어떤가.

"학부모님들은 모두 주목해주세요. 오늘 저녁에 책을 구입하시면 자동으로 어느 소중한 아이에게 사랑과 감사의 인사를 받으실 겁니다. 바로 여러분의 아이에게요."

마지막 문구는 집 없는 아이들에게 먹을거리를 마련해주자는 광고에서 힌트를 얻은 것이었다. 이 문구를 들은 사람들이 발걸음을 멈추고 호기심 어린 눈으로 나를 올려다보았다. 그들은 내가 누구인지 그리고 내가 의자에 올라가 사람들에게 이런 문구를 외치는 걸 저 훌륭한 사서가 왜 그냥 내버려두는지 궁금해했다. 훌륭한 마케팅에는 때로 수수께끼가 필요한 법이다.

이런 식으로 몇 시간 홍보하고 났더니 내 목이 쉬었고 전달력이 떨어졌다. 나는 아버지가 임시로 설치한 계산대로 가서 동업자 대 동업자로 이야기를 나누었다. 아버지는 실적이 좋다고 인정했지만, 내 기대만큼은 아니었다.

"사상 최고의 도서전으로 만들려면," 아버지가 말했다. "또 다른 비장의 무기가 있어야겠는데? 지금 상태로는 2위 아니면 3위야. 사람들에게 네가 일을 대충 하는 듯한 인상을 주고 싶지는 않겠지?"

나는 교무실로 찾아가 교내방송으로 공지하기로 마음먹었다. 공식적으로 모든 저녁 행사가 끝났으니 방송을 한다고 방해될 일은 없었다. 브리타니도 따라와 어깨 너머로 몇 가지 아이디어를 얘기해주었고, 내 삼십 초짜리 광고가 참신함을 잃기 시작하면 이따금 자기가 직접 마이크를 잡았다. 누구나 그렇겠지만, 특히 아이들에게는 스피커를 통해 울려 퍼지는 자기 목소리를 듣는 것이 은밀한 즐거움이다. 그날 밤 우리는 몇 번이나 교무실을 들락거렸다.

"손님들이 너희들 뜻을 제대로 이해하기 시작하는 것 같구나." 어느 시점에 이르렀을 때 아버지가 말했다.

"그러니까 이제 방송을 그만하라는 말씀이세요? 아니면 더 짧게 줄일까요? 제 생각에는 딱 적당한 것 같은데."

"다음 방송을 끝으로 마감하면 어떨까? 사람들이 너희들의 권유를 충분히 음미할 수 있게 말이다. 그래야 너희들이 한 말을 되새기면서 도서전 체험에 대해 곰곰이 생각해볼 수 있지 않겠니?"

이 실망스러운 말을 부드럽게 마무리할 겨를도 없이 아버지는, 원플러스 원 할인 행사에서 두번째 책을 고르느라 삼십 분 동안 고민한 남자아이에게 붙들렸다.

"하지만 이번에는 제가 아니에요. 제 남동생이에요." 문을 닫는데 남자아이가 이렇게 설명하는 소리가 들렸다.

브리타니와 나는 교무실로 돌아가 전파로 내보내기 전에 대본 연습을 했다. 마지막 방송에서는 노래도 부를 예정이지만, 무엇보다 우리 아버지의 도서관 운영 능력을 '허심탄회하게' 논의하는 것이 주된 내용이었다. 도서 판매가 아니라 도서관과 사서 교사인 아버지를 홍보하기로 노선을 바꾼 것이다. 그러면 판매 실적이 부진해도 사람들이 도서전을 되돌아보며 우리 아버지가 얼마나 대단한 사람이었는지 기억할 것이다.

"와우." 준비가 끝났을 때 브리타니가 마이크에 대고 외쳤다. "서비스가 훌륭한데요!"

"그럼요." 나는 사람들에게 편파적인 칭찬으로 들릴까봐 목소리를 애써 변조하며 맞장구쳤다. "브로지나 선생님이 얼마나 훌륭한 사서인데요. 도서전에서 여러분이 원하는 책을 찾을 수 있게 언제든지 도울 준비가 돼 있거든요!"

"하지만 어떤 책을 굴라야 좋을지 모르는 사람은 어쩌죠?" 속삭이며 대본을 부스럭거리는 소리. "앗, 굴라야가 아니라 골라야입니다!"

"도서관 곳곳에 도움이 될 만한 포스터가 붙어 있고, 브로지나 선생님이 그보다 더 훌륭한 방법들을 많이 알고 있답니다!"

"와우, 이제 그만 가봐야겠어요. 도서전을 놓치면 안 되니까요. 너무 늦지 않았을까요? 다시 한번 말씀해주세요, 어디라고 하셨죠?"

"도서관은 계단을 올라가서 2층에 있어요. 아홉시에 문을 닫는대요. 달려요, 달려!"

나는 마이크를 끄고 문 쪽을 가리켰다. 방송을 하는 동안 교직원 하나가 우리 옆을 지나 불을 끄고 문을 닫고 자물쇠에 열쇠를 꽂더니 뭔가를 했던 것이다. 뭔지는 확실히 알 수 없었다. 문을 잠근 모양인데, 설마 문이 잠기면 못 나가는 건 아니겠지. 그렇다면 그녀가 문을 잠갔을 리 없었다. 우리와 눈을 맞추고 미소까지 지었는데. 그녀는 우리가 여기 있다는 걸 알고 있었다. 사실상 온 학교에서 우리가 여기 있다는 걸 알고 있었다. 그래도 나는 마이크를 내려놓자마자 문 쪽으로 달려가 확인 차원에서 손잡이를 당겨보았다.

"잠겼어!" 나는 고함을 질렀다. 브리타니가 다가와 직접 손잡이를 당겼다. 우리는 손잡이를 비틀고, 몸무게를 실어 문을 밀고, 손잡이에 대롱대롱 매달려보았다. 아마 우리는 문을 열려는 게 아니라 힘겹게 세상을 떠받치고 있는 아틀라스처럼 보였을 것이다.

문에 아무리 달려들어도 소용없겠다는 생각이 들자 이번에는 문 아래쪽 틈새에 대고 소리를 질렀다. 저녁 행사들이 끝나가고 있어서 근처에 아무도 없었다. 우리는 탈출 가능한 경로를 찾아 교무실 안을 샅샅이 살피기 시작했다. 교무실은 2층에 있어서 창문으로 빠져나가는 건 불가능했다. 그리고 다른 문은 없었다. 누구인지 몰라도 이 교무실을 지은 사람은 안에 갇혀본 적이 없는 게 분명했다.

"어쩌면 예전에 여기가 지하철도* 탈주로로 쓰였을지 몰라." 나는 사회시간에 배운 내용을 떠올리며 말했다. "사실 문이 있는데 감춰놓아서 우리 눈에 안 보이는 거야. 팩스 뒤에 조그만 비밀 문이 숨겨

---

* 미국에서 남북전쟁이 일어나기 전, 노예제도 폐지론자들이 도주 노예들을 북부나 캐나다의 안전지대로 피신시키려고 결성한 비밀 조직.

져 있을 거야."

십 분 동안 땀을 뻘뻘 흘리며 그 육중한 기계를 옮기느라 지칠 대로 지친 나는 팩스야말로 쓸모없는 기계라는 결론을 내렸다. 비밀 문을 감추는 용도로조차 쓰이지 않는다면 더더욱 그랬다. 나는 우드 초등학교 교무실이 『사자와 마녀와 옷장』의 세계와 연결돼 있을 수도 있으니 옷장이 있는지 찾아봐야겠다고 말했다. 『사자와 마녀와 옷장』은 아버지와 내가 얼마 전부터 읽기 시작한 책인데, 그 어떤 작품보다 스릴이 넘쳤다. 나라고 수전—혹은 앨리스나 도로시—이 되지 말라는 법도 없잖아. 그 아이들이 일상 속에서 또 다른 세상과 연결된 통로를 찾았다면 나도 그럴 수 있었다. 사실, 언젠가는 나도 찾을 수 있을 게 거의 분명했다. 나는 종종 내 벽장을 확인했지만, 그 정도로 신비로워 보이지는 않았다. 어쩌면 이 교무실이 좀더 가능성이 있을지 모른다. 분명 무언가가 숨겨져 있을 것이다.

"네가 말하는 옷장이 종이랑 스테이플러 같은 물건들이 꽉 찬 벽장처럼 생겼어?" 브리타니가 물었다.

"아니, 다른 세상과 연결된 통로처럼 생겼어. 모피코트가 걸려 있고."

"없어, 여긴 그런 거 없는데." 브리타니가 벽장 안으로 손을 넣어 사방을 더듬으며 말했다. "과일 맛 막대사탕은 한 통 있다. 레몬 맛만 남았어. 다른 맛은 누가 다 먹어치웠고."

"몇 개인지 세봐." 내가 말했다. "비상식량이 필요하니까. 내일 아침까지 버티려면 나는 레몬 맛 사탕이 최소 일곱 개는 있어야 해. 오렌지 맛이었다면 네 개로 버틸 수 있었을 텐데. 하지만 레몬은 간에 기별도 가지 않아."

"내일 아침까지? 지금 아홉시도 안 됐잖아! 내일 아침까지 왜 여기 있어야 하는데?"

"그럼 나갈 방법이 있으면 알려줄래?" 나는 책상다리를 하고, 첫 번째 레몬 맛 막대사탕 포장을 벗기며 말했다. 나는 이게 내 인생 최후의 막대사탕이 될 게 분명하다는 판단 아래 한 입, 한 입 음미하며 천천히 먹었다.

"방송을 하면 되잖아." 브리타니가 다시 마이크 쪽으로 걸어가며 말했다.

"응?"

"우리가 여기 갇혔다고 방송하면 되잖아. 방송하는 방법은 이미 알고 있고."

"왜 진작 말하지 않았어! 나는 죽음을 각오하고 있었단 말야!"

"그런 것 같더라." 브리타니는 이렇게 말하며 나에게 마이크를 건네고 스위치를 켰다.

나는 잠시 생각에 잠겼다. 내 방송으로 큰 혼란을 일으키고 싶지는 않았다.

"안내 말씀 드리겠습니다. R. D. 우드 초등학교 교무실에 두 어린이가 갇혔습니다. 당장 두 아이를 구하러 와주시기 바랍니다."

내가 마이크를 내려놓고 브리타니에게 다가가 온기를 느낄 수 있게 꼭 끌어안자 브리타니는 교무실 안이 불쾌할 정도로 후덥지근하다는 사실을 일깨워주었다. 나는 막대사탕을 또 한 개 먹었다.

마침내 교무실 유리창 너머로 웃으며 수위와 이야기를 나누는 아버지의 모습이 보였다.

"아빠!" 나는 문 너머로 고함을 질렀다. "우리 여기 있어요! 우리 여기 있어요! 문 열어주세요!"

"내가 뭐하러 교무실을 찾아왔겠니? 벽지 감상하러?"

아버지가 문을 열어주었고, 나는 아버지를 향해 달려갔다.

"아빠가 우리를 구해주셨어요!" 나는 펄쩍펄쩍 뛰며 아버지의 손을 잡고 고함을 질렀다.

아버지는 웃음을 터뜨리며 다시 도서관 쪽으로 걸어가기 시작했고, 우리는 아버지를 놓치지 않으려고 달려갔다.

"나중에 우리 아이들한테 오늘 이야기를 들려줄 거예요." 나는 계속 재잘거렸다. "도서전 때문에 제 목숨이 얼마나 위험했는지. 그러면 아이들이 책이 얼마나 중요한지, 얼마나 위대한지 알게 될 거예요."

"설마, 자기 엄마가 얼마나 한심한 바보였는지 알게 되겠지." 아버지가 바로잡아주었다.

잠시 후 아버지가 돈 상자를 열고 판매 총액이 적힌 종이를 꺼냈다. 지난 십 년을 통틀어 최고치였다.

Chapter 8

646일째

"음, 나는 예뻐." 샬롯이 대답했다.
"그건 누가 봐도 분명한 사실이야. 거미들은 대부분 잘생긴 편이지.
내가 몇몇 친구들만큼 화려하지는 않지만, 나도 화려해질 거야."
—E. B. 화이트, 『샬롯의 거미줄』

"정말로 거미는 아닌 것 같은데." 좀더 잘 볼 수 있게 현관 불을 켜며 아버지가 말했다.

"그럼 뭐겠어요? 긴 다리, 작은 몸통…… 저애 꼭 수거미처럼 생겼는데."

"암컷일 수도 있지. 거미강에 속하는 다른 곤충일 수도 있고."

"거미강에 또 뭐가 있는데요?"

나는 열한 살이었고, 궁금한 것만큼이나 아는 것도 많았다.

"백과사전에서 찾아보자꾸나." 아버지가 말했다. "그런데 사실 정확한 명칭은 잘 모르겠다. '장님거미'가 아닐까 싶긴 하다만."

그 조그만 녀석이 기다란 손톱 같은 다리를 툭툭 치며 현관 기둥을 천천히 기어 올라가는 폼이 어쩐지 초조해 보였다.

"색깔이 예뻐요." 나는 거미 다리를 쓰다듬으려고 손을 내밀었다.

"조심해, 그러다 쟤 다치겠다!" 아버지가 나를 막지는 않았지만, 그래도 나는 손을 거두었다.

"해치지 않을게." 나는 조그맣게 속삭였다.

녀석의 눈이 어디 달렸는지 알 수 없었지만, 신뢰가 담긴 눈빛으로 나를 바라보고 있을 거라고 상상했다. 거미들은, 혹은 이 경우 거미처럼 생긴 녀석들은 우리를 믿어야 한다. 아버지와 나는 모든 거미들의 보호자이자 지지자이자 대체적으로 팬이었다. 우리 집 현관은 거미들이 지내기에 더할 나위 없이 완벽한 곳이었다. 커다랗고 어설프게 생긴 다른 벌레들이 불빛을 보고 몰려들었다. 그러면 거미들이 벌레를 붙잡고, 선물로 주고받기라도 할 것처럼 꽁꽁 감쌌다. 그 모습이 내 눈에는 꼭 생일 파티에 갑자기 초대받을까봐 걱정돼 미리 준비를 해두는 것처럼 보였다. 거미줄 한구석의 조그만 하얀색 점처럼 보이는 뭉치들은 언제 봐도 정말 깔끔하고 사랑스러웠다. 그때 갑자기 끔찍한 생각이 떠올랐다.

"아빠, 버사가 이 아이를 잡아먹을까요? 이 아이, 거미가 아니면 위험한 거 아니에요?"

버사는 우리 집 현관의 자랑거리였다. 엄청나게 근사하고 통통하며 타란툴라 미니어처 같은 고동색 미녀로, 종종 열띤 대화의 주제가 되었다. 나는 버사를 처음 본 날 밤 바로 이름을 지어주었다. 손님을 맞으면서 뭐라고 불러야 하는지는 알아야 하는 법이니까. 버사는 환영받는 기분을 느낀 게 분명했다. 벌써 한 달이 넘게 우리 집 현관에서 매일 밤마다 달빛 아래서 거미줄을 만들며 우리 아버지의 표현에 따르면 '손님'을 기다렸다. 그런데 우리가 아무리 일찍 일어나도 아침이면 거미줄이 사라지고 없었다. 설마 버사가 치워버린 것 같지는 않았다. 얼마나 복잡하고 예쁘고 특별한 대칭이었는데. 하지만 산들바람에 날려 갔을 거라고 생각하기엔 너무나 튼튼했기 때문에 어디로 사라졌는지 설명이 되지 않았다. 거미줄도 버사만큼이나 신비로웠다. 그런데 지금 거미줄이 쳐져 있고 버사가 거의 한복판을 지키고 있는데, 아직 방문객이 한 명도 없었다. 거미가 아닐지 모르는 새로운 친구가 걱정스러웠다.

"아니야." 아버지가 대답했다. "걸음이 재빠르면 버사한테 잡아먹힐 걱정은 없을 거다. 보렴, 얼마나 기운 넘치는지! 분명 자기 한 몸쯤 건사할 수 있을 거야."

버사와 신참을 번갈아 바라보며 이렇게 말하는 아버지의 목소리는 경외감으로 가득했다. 나는 거의 매일 밤마다 듣는, 거미들의 아름다움에 대한 아버지의 강연이 시작될 조짐을 느꼈다. 항상 듣고 싶은 강연이었기 때문에 아버지를 부추겼다.

"아빠, 아빠는 왜 그렇게 거미를 좋아하세요?"

아버지는 만족이 깃든 한숨을 쉬고 꿈꾸는 듯한 표정으로 복잡한 거미줄을 물끄러미 바라보았다.

"그게 말이다, 러비, 우리가 항상 이야기하는 그런 이유에서지. 나는 거미들이 바지런해서 좋아. 풀밭에 앉아서 일광욕이나 하고 그러지 않잖니. 이렇게 거미줄을 만드는 것처럼 나가서 뭐라도 할 일을 찾고, 그런 다음 뭔가를 잡고, 그런 다음 잡은 걸 저장하지. 나는 거미들 걸음걸이도 마음에 들어. 물웅덩이를 우아하게 건너는 것처럼 다리를 드는 것이. 그리고 거미들이 과소평가되고 있다는 것도 좋단다. 모두들 거미를 해로운 곤충이라고 생각하지만 사실은 상당히 이로운 존재잖니."

"잠을 자다 일어났는데 아빠 몸 위에 거미가 한 마리 앉아 있으면 어떡하실래요?"

"적어도 내 몸 위에 다른 곤충은 없다는 뜻 아니겠니?"

"큰 녀석이면 어떡하실래요?"

"크면 클수록 좋지!"

"크면 클수록 좋다." 아버지의 말을 따라 하는데, 버사의 거미줄에서 움직임이 감지됐다. 나는 버사가 뭔가를 잡은 줄 알고 자리에서 벌떡 일어났지만, 거미줄에는 아무것도 없었다. "멀리서 들리던 소리가 천둥소리인가봐요!"

"어이구머니나 맙소사!" 아버지가 외쳤다. "깜빡할 뻔했구나, 오늘 밤에 엄청난 폭풍이 들이닥친다고 했는데. 다행히 책 읽기를 마쳤으니 구경할 수 있겠다!"

물론 아버지는 깜빡하지 않았다. 우리가 『냥이를 위해 건배!』한

장(章)을 마치자마자 현관으로 직행한 것도 그 때문이었다. 물론 버사를 살펴보기 위해서이기도 했지만, 한편으로는 우리가 사랑해 마지않는 또 다른 광경을 관찰하기 위해서이기도 했다. 바로 여름 폭풍의 출현.

번개를 최대한 극적으로 감상할 수 있게 현관 불을 끄고(이 때문에 버사가 하는 일에 지장이 생길 경우에 대비해 미리 사과해두었다) 파인애플 주스를 얼려 만든 아이스캔디를 먹으며 기다렸다. 번개와 천둥의 간격이 짧아질수록 점점 흥분이 됐다. 번개가 치고 천둥소리가 들리기 전에 '미시시피'를 몇 번 중얼거릴 수 있느냐에 따라 폭풍이 얼마큼 멀리 있는지 계산할 수 있다고 학교에서 배웠다. 정확한 계산법은 잊어버렸지만, 지금 폭풍은 미시시피를 여섯 번 중얼거릴 만한 거리에 있으니 엄청난 거였다. 나는 신이 나서 아버지에게 이 이야기를 했다. 아버지는 미소를 지었다.

"너, 폭풍 무서워했던 거 기억나니?" 아버지가 물었다.

"아뇨." 나는 말도 안 된다는 듯 대꾸했다. "그런 적 없는데요. 스파이더 말씀하시는 거 아니에요?"

스파이더는 다리가 길고 가는 언니에게 붙여준 안성맞춤 별명이었다. 언니가 나보다 칠 년하고 육 개월 먼저 태어나기도 했고 키가 큰 편이었기 때문에 언니의 다리를 볼 때마다 내 키의 두 배쯤 되는 것처럼 느껴졌다. 내가 거미만큼 머리에서 발끝까지 사랑하는 대상이 몇 안 되는데, 나보다 성격이 냉정한 언니가 그중 하나였다. 서로 비교되는 건 거미와 언니, 양쪽 모두에게 최고의 칭찬이었다.

"아니, 아니, 너였어." 아버지가 딱 잘라 말했다. "너는 두 살인가, 세 살 때까지 천둥 번개를 무서워했어. 네 엄마 때문일 거야. 멀리서 우르르 쾅 하고 천둥 치는 소리가 들리면 엄마가 널 당장 집 안으로 불러들이고, 헤이즐 대로에서 벌어진 가장 끔찍한 사건이라도 되는 양 난리법석을 떨었거든."

나는 그래도 아버지 말을 믿을 수가 없었다.

"그때는 무서워했는데 지금은 무서워하지 않는 건 그럼 왜 그런데요?" 내가 의심스러운 목소리로 물었다.

"내가 천둥 번개처럼 멋진 걸 무서워하게 내버려뒀을 것 같니? 천만에! 네 엄마가 그런다는 걸 눈치채자마자 폭풍이 한창일 때 현관으로 너를 데리고 나가서 번갯불이 번쩍일 때마다 내가 소리를 질렀지. '저거 멋진데!' 하고."

"그랬더니 제가 어떻게 했어요?"

"지금은 어떻게 하고 있니? 몇 분 지나니까 너도 '저거 멋진데요!' 하고 소리를 지르면서 개구리처럼 폴짝폴짝 뛰기 시작했지. '저거 멋져요! 저거 멋져요!' 하면서. 바로 머리 위에서 번개가 치는데도 있는 대로 환호성을 지르고 조그만 주먹을 흔들며 깡충깡충 뛰고 뛰고 또 뛰었지. 가끔은 이러다 우리 집이 쩍 하고 갈라지는 게 아닐까 싶을 때도 있었단다. 하지만 현관 지붕 아래 서서 집하고 바짝 붙어 있는 한 우리는 비교적 안전할 거라고 생각했지. 다른 데 있는 것만큼은 안전할 거라고."

폭풍이 점점 가까워졌다. 창문들이 멋지게 흔들리며 흥분과 설렘의 콧노래를 부르기 시작했다.

"그러니까 제가 폭풍을 좋아하는 이유가 단지 아빠의 설득에 넘어갔기 때문이라고요?"

"네가 폭풍을 좋아하는 거야 재미있기 때문이지! 하늘에서 불이 번쩍하고, 온 길거리가 보이잖니. 시끄럽기도 하고. 조금 위험하기도 하고."

아버지는 현재 상황을 설명하는 것이기도 했다. 하늘이 쩍 하고 갈라지더니 비가 억수같이 쏟아지기 시작했다. 본능적으로 버사가 괜찮은지부터 살펴보았지만, 똑똑한 녀석답게 일찌감치 자기만의 비막이로 이동해 배수구 뒤에 숨어 있었다. 추파라도 던지듯 고동색 다리 한 짝만 하얀 페인트 위로 삐죽 내밀고 있어서 어디에 숨었는지 확실히 알고 살피지 않는 한 보이지 않았다. 신참은 창문 쪽으로 자리를 옮긴 뒤였는데, 안을 들여다보는 건지 밖을 내다보는 건지 알 수 없었다. 눈이 그렇게 생겼으니, 어쩌면 둘 다일 수도 있었다.

"제가 거미는 무서워한 적 없죠, 그렇죠?" 무서워했다는 대답을 들으면 치욕의 종결편이 되리라는 걸 알면서도 물어볼 수밖에 없었다.

"네가 거미를 무서워했던 기억은 없구나." 아버지는 웃음을 터뜨렸다. "하지만 내가 사전에 예방 조치를 해뒀지."

나는 『샬롯의 거미줄』을 떠올렸다. 독서 마라톤 초창기에 아버지와 함께 읽은 책이었다. 샬롯은 그 책에서 내가 가장 좋아했던 등장 인물이었다. 윌버나 심지어 템플턴보다 더 좋았다. 샬롯이 거미줄로 쓰곤 했던 단어들을 나도 막 쓰기 시작한 때라 샬롯이 얼마나 자부심을 느꼈을지 공감할 수 있었다. 자기 손으로 쓴 글씨도 하나같이 예뻐 보이는데, 거미줄로 쓴 글씨는 얼마나 예쁠까. 어쩌면 버사도 글을 쓸 수 있을지 모른다. 다만 구해야 할 돼지가 없으니 굳이 영어로 쓰지 않는 것일지도. 사람들은 읽지 못하는 빽빽한 대문자로 이루어진 거미들의 문자를 쓰고 있을지도. 샬롯이라면 무슨 말인지 알 수 있을 텐데. 워낙에 언어 쪽으로 출중하니 말이다. 영어가 됐든 거미 말이 됐든 돼지나 쥐나 거위 말이 됐든 샬롯은 모두 다 알고, 그러고도 시간이 남아서 뭔가 근사한 것까지 만들 수 있었을 것이다. 하지만 그렇다고 해서 버사를 존경하는 내 마음이 사그라들지는 않았다. 버사는 실재하는 우리 친구였으니까.

"아빠가 아니었어도 저는 거미를 좋아했을 거예요." 내가 주장했다.

정말 그랬을 것이다. 그 특유의 빛깔과 눈과 선물을 포장하는 솜씨와 눈부신 거미줄 때문에. 그리고 언니를 닮은 다리 때문에.

"아빠는 버사라는 이름을 지어주지도 않았잖아요. 내가 지어줬지." 내가 지적했다.

"맞아, 어쩌면 너는 처음부터 거미를 좋아했을지도 모르겠다." 아버지도 인정했다.

그래도 살짝 속은 듯한 기분이 들었다. 아버지가 모든 공을 차지하려고 했으니 말이다. 하지만 덕분에 이런저런 생각도 했고, 새로운 걸 느낄 수도 있었다.

솔직히 속으로는 나 자신이 조금 자랑스러웠다. 폭풍이나 거미처럼 친구들은 대부분 질색하는 걸 사랑하는 것이. 용감하게 현관으로 나와 바람이 나무를 채찍질하는 광경을 지켜보고, 번개가 치길 기다리는 것이. 몇 년 전 아버지의 부추김으로 두려움을 떨쳐낸 게 사실이라 해도 그게 그렇게 기분 나빠할 일일까? 밤샘 파티 때 보았던 여자아이들처럼 이불을 뒤집어쓰고 침대 속에 숨어 있는 것보다는 나았다. 게다가 이제는 내 속에서 끓어넘치는 흥분을 아버지의 도움 없이 오롯이 나 스스로 즐기고 있으니까.

마침내 번개가 눈앞에서 내리쳐 카메라 플래시처럼 우리 얼굴 위로 번쩍였다. 아버지와 나는 동시에 벌떡 일어섰다. 하지만 대사를 외치는 것은 내 몫이었고, 나는 그 순간을 즐겼다.

"저거 멋진데요!" 나는 이렇게 외치고, 의기양양하게 주먹을 흔들며 팔짝팔짝 뛰었다.

Chapter 9
758일째

모두들 눈물을 흘렸다. 죽음은 힘든 것이기에. 죽음은 슬픈 것이기에.
하지만 죽음은 생의 일부이다.
아는 사람이 죽었을 때 계속 살아나가는 것이 그대들의 임무다.
- 데버러 와일스, 『작은 새의 노래』

　할아버지는 한 번도 내게 아버지의 아버지로 다가온 적이 없었다. 젊었을 때 할머니를 만나 반지를 고르는 할아버지의 모습은 상상이 가지 않았다. 할아버지가 전쟁 때 뭔가를 했다는 건 나도 알고 있었지만, 정확히 어떤 일을 했는지 아는 사람은 아무도 없을 것이다. 어느 때인가 아이들이 태어나자 할아버지는 아이들을 키웠고, 그런 다음 할아버지가 되었다. 나는 찰스 브로지나에 대해서라면 아는 게 별로 없었지만, 할아버지라면 최소한 낯설지는 않았다.

　할아버지는 집 뒤편에 텃밭을 만들어 호박, 딸기, 내 주먹을 두 개 합친 것보다 더 큰 토마토 등 뉴저지에서 흔히 볼 수 있는 것들을 키웠다. 한때는 파란색이었을 회색 줄무늬 작업복을 입고 날마다 몇 시간씩 텃밭에서 땀을 흘렸다. 나는 할아버지의 직업이 농부인 줄 알고 지내다 돌아가시기 몇 달 전에야 할아버지가 텃밭 가꾸기를 사랑하는 퇴직한 도로 공사 인부라는 사실을 알게 됐다. 할아버지는 내 앞에서 예전에 무슨 일을 하셨는지 언급한 적이 한 번도 없었다. 놀러 가면 항상 구깃구깃한 비닐 봉투에 수확물을 들려 보내서, 한동안 내 장래희망이 농부였다. 할아버지한테서 나는 흙과 아이보리 비누 냄새가 내게는 완벽한 조합처럼 느껴졌다.

할아버지의 장례식에 대한 거라면, 어머니가 집을 나간 날 어머니의 체취가 사라졌던 것처럼 할아버지의 체취도 사라졌다는 것 말고는 남은 기억이 거의 없다. 할아버지의 관이 놓인 방에서는 꽃과 향수와 나무 광택제 냄새만 날 뿐, 흙이나 비누 냄새는 조금도 나지 않았다. 마분지로 만든 조그만 기도 카드들이 있기에 내가 그중 한 장을 자그마한 사각형으로 접었는데, 언니가 나중에 내가 그걸 찾을지 모른다고 말한 기억이 난다. 그날의 나머지 부분은 세월이 흐르면서 희미해졌다. 그 주와 관련해서 내가 기억하는 것은 장례식 전날 밤에 일어났던 일이다.

그날 밤 아버지와 형제들이 장례식장으로 불려 갔다. 다음 날 아침에 할아버지를 그대로 공개하면 되겠는지 확인하기 위해서였다. 볼일을 마치고 집으로 돌아와 책을 읽으러 2층으로 올라온 아버지는 살짝 충격을 받은 얼굴이었다. 대부분 형식적인 절차인 것 같던데 (시신을 처음 본 것도 아니었다) 아버지가 그런 데 영향을 받다니,

조금 놀라웠다. 할아버지의 죽음에 대해 이야기한 적이 없었기에 나는 아버지에게 무슨 일이냐고 물으면서 시트콤에서 보았던 그런 대화를 예상했다. 할아버지가 돌아가셨단다. 돌아오지 못할 더 좋은 곳으로 떠나셨어. 시간이 지나면 내 마음이 조금 편안해지겠지만, 절대 잊지 못하겠지. 아버지가 다른 누구도 아닌 나에게 속마음을 털어놓을 줄은 몰랐다. 살아온 날이 겨우 십 년 남짓밖에 안 되는 내가 연민을 가지고 다른 사람의 이야기를 들어주는 역할을 맡다니 적절하지 않은 일처럼 느껴졌다. 하지만 아버지의 침대 위에서 옆에 앉아 고개를 끄덕이고 적절한 때 질문을 던지던 그 순간, 내가 바로 그런 역할을 하기 위해 애를 쓰고 있었다. 별로 부추기지도 않았는데 이야기를 시작하는 걸로 보아 아버지는 죽음을 설명하기보다 괴로움을 나누려고 했던 것 같다.

"관을 사이에 두고 다 같이 서 있었어." 아버지는 차분하지만 놀랍도록 부드러운 목소리로 설명했다. "할머니와 우리 넷이 들어갔으니 방이 가득 찼지. 다들 어찌어찌 가까이서 할아버지를 볼 수 있는 자리를 차지했는데, 나만 자리가 없었어. 나도 어떻게든 끼어보려고 했지만 잘 안 돼서 결국 발치로 가서 섰단다."

나는 고개를 끄덕이고 얼마 전에 학교에서 배운 표현을 동원해 물었다.

"그랬더니 기분이 어땠어요?"

"글쎄다, 처음에는 짜증이 많이 났어. 나도 남들만큼 할아버지를 보고 싶었고, 내가 키가 크긴 해도 다른 형제들 머리 위로 볼 수 있을 정도는 아니니까. 그래서 어쩔 수 없이 발치에 섰는데, 기분이 좋지는 않더구나. 장의사한테 발에 대해 무슨 의견을 낼 수 있겠니? 구두를 좀더 닦아야겠다고?"

"정말 그랬어요?"

아버지는 내 질문을 못 들은 척했고, 나는 아버지가 말하고 싶어하는 부분이 아니면 물어도 소용없다는 사실을 머릿속에 새겼다. 내 능력이 닿는 한 가장 열심히 귀를 기울이려 노력하느라 손톱을 물어뜯는 것조차 자제했다. 실은 완벽하게 자제하지는 못했는데, 그래도 집중하는 데 도움이 될 때만 물어뜯었다.

"일종의 우울 상태로 그 자리에 서서 머리 쪽으로 움직일 수 있는 기회를 노리다 문득 할아버지 발을 쳐다보게 됐지. 그 발을 보고 있으려니 생각이 나더구나."

"무슨 생각이요?"

이렇게 묻지 않아도 어차피 아버지는 이야기를 꺼냈을 것이다. 하지만 나는 아버지에게 알리고 싶었다. 내가 정말로 귀를 기울이고 있다는 것을, 그리고 부모들은 대개 아이들에게 죽음에 대한 이야기를 감추지만 나는 아버지가 진짜로 어떻게 생각하는지 듣는 게 두렵지 않다는 것을.

"어렸을 때 생각이 나더구나." 아버지의 목소리에 힘이 들어간 걸로 보아 아버지가 동요한 건 바로 이 때문이었다. "발을 주물러드리면 할아버지가 5센트씩 주셨거든. 퇴근하고 집에 오면 발이 욱신거린다며 나한테 5센트씩 주고 마사지를 맡기셨지. 나는 그때 받은 5센트로 야구 카드를 사곤 했어. 우린 형제가 넷이었잖니. 할아버지가 다른 형제들한테도 발을 주물러달라고 하셨는지 그건 모르겠다. 내가 기억하기로 그건 우리 둘만의 일이었거든."

아버지는 여기까지 말하고, 숨을 참는 것보다 내쉬는 게 좀더 고통스러운 듯 한숨을 쉬었다. 나는 속으로 다짐했다. 내가 아무리 나이를 먹더라도 아버지가 저렇게 한숨을 쉬는 일은 두 번 다시 없게 하자고. 그러고 났더니 나에게 새로운 비밀이 생긴 것처럼 느껴졌다.

"다른 건 없었어요? 독서 마라톤처럼 두 분이서 같이 한 일 말이에요."

"그런 건 없었어. 우리 둘 다 야구를 좋아하긴 했지만, 큰아버지도 야구를 좋아했으니까."

아버지는 잠시 생각에 잠겼다. 이번에도 나는 적절한 질문을 한 것이다. 나는 침대 맞은편에 걸린 거울 속의 내 모습을 바라보았다. 갑자기 키가 조금 자랐거나 좀더 어른이 되었는지 궁금해서였다. 그런 것 같았다. 아주 조금 그런 것 같았다. 아버지는 평소처럼 커 보였지만, 폭풍에 대비라도 하는 것처럼 웅크리고 있었다.

"흠, 권투가 우리의 공통된 취미생활이었구나. 내가 아직 페어턴 대로에 살 때는 거기서 할아버지와 같이 경기를 시청했고, 내가 이사한 뒤에는 할아버지가 이쪽으로 건너와 함께 보았지. 가끔 내가 할아버지를 모시고 경기를 직접 보러 가기도 했단다. 아주 근사한 경기를 몇 번 보기도 했지."

"그러니까 발을 주물러드리는 것 말고도 두 분이서 같이 하신 게 있다는 말씀이네요?"

"그렇기는 하지만 많지는 않았어. 아이가 넷이니 힘들 수밖에. 한 아이하고만 시간을 보낼 수는 없지 않겠니? 그동안 나머지 셋은 뭘 하라고? 어른이 된 후에야 단둘이 시간을 보낼 수 있게 되는 거지. 그런데 어른이 된 후에는 같을 수가 없어. 세상에 대해 알아나가려고 열심히 애를 쓸 때 서로를 이해하는 것하고는 말이다."

"하지만 아빠는 지금도 세상에 대해 알아나가려고 열심히 애를 쓰는 중이잖아요, 안 그래요?"

"아주 지당한 말씀. 너는 어떠니?"

"저도 그래요. 알고 싶은 것들이 많아요. 스파이더도 분명 알고 싶은 것들이 많을 거예요." 나는 아버지의 협탁에 놓인 언니 사진을 가리키며 말했다.

"넷보다는 둘이 훨씬 쉽지."

"그래도 할아버지, 그러니까 아빠의 아빠를 이해할 시간이 있었을 거 아니에요. 그럴 시간이 많았을 거 아니에요."

아버지는 고개를 저었다. 무시하는 투의 '그럼, 당연하지'라는 뜻일 수도 있었고, '전혀 그렇지가 않았단다'라고 솔직히 말하는 것일 수도 있었다. 아버지는 책을 무릎에 올려놓고 읽을 준비를 마쳤지만,

그저 멍하니 바닥만 바라보았다. 어쩌면 발을 바라보고 있었을지도 모른다. 나는 적절한 질문을 계속 던지고 싶었다. 아버지는 늘 나를 솔직하게 대했지만, 지금처럼 속내를 털어놓은 적은 없었다. 내가 아는 한 어린아이에게 죽음을 설명할 때 지켜야 할 규칙을 모두 어겨가며 나를 어른 취급하고 있었다. 아버지는 죽음을 설명하는 게 아니었다. 당신의 아버지인 찰스 브로지나를 설명하는 중이었고, 그러면서 나의 아버지인 제임스 브로지나를 그 어느 때보다 명료하게 설명하고 있었다.

"할아버지는 사는 동안 매일매일 죽도록 일을 하셨단다. 네 증조할아버지가 돌아가셨을 때 겨우 어린애 티를 벗은 정도였는데도 하루 종일 일을 하셨단다."

이 말은 전에도 들은 적이 있었지만, 어린아이였을 때, 그러니까 지금의 나만 한 나이 때 가족을 부양하기 위해 일에 매달렸을 할아버지의 모습을 그려본 것은 이번이 처음이었다. 그저 생각만 해도 기운이 빠졌다. 아버지를 여읜 할아버지의 삶을 상상하면 더 우울해졌다. 자식들이 아직 어렸을 때 할아버지가 돌아가셨다면 우리 아버지는 어떻게 됐을까? 어른처럼 일을 하느라 어린 시절을 포기했던 할아버지가 당신의 자식들하고는 어떤 식으로 유대관계를 맺을 수 있었을까? 잠깐 발을 주물러준 아들에게 돈을 주다니. 할아버지가 열네 살에 몇 푼 안 되는 월급을 받으며 육체노동을 시작한 걸 생각하면 아 이러니했다. 할아버지 얼굴을 머릿속에 떠올리자 풍파에 시달리고 지쳤지만 행복해 보이던 얼굴이 기억났다. 내 기억으로는 피부가 조금 칙칙하고 거칠었지만, 입가에 살짝 미소를 짓고 있었다. 겨우 며칠 전에 살아 계신 모습을 보았으니 확실히 그렇다고 장담할 수 있었다.

"할아버지가 죽도록 일을 하셨을지는 몰라도," 나는 솔직히 인정했다. "행복하게 눈을 감으셨잖아요."

"그렇게 생각하니?"

이렇게 묻는 아버지의 목소리는 똑같은 질문을 할 때의 내 목소리와 희한할 정도로 비슷했다. 희망에 부풀어 낙관할 수 있는 이유를 찾고 있지만 약간의 지원사격이 필요한 상태. 나는 늘 지원사격을 받는 쪽이었으니 이 역할을 어떻게 수행하면 되는지 알 수 없었다. 그래서 아버지라면 이런 때 뭐라고 했을지 열심히 상상해보았다. 그리고 흔들림 없고 자신감 넘치는 목소리로 대답했다.

"그럼요. 훌륭한 자식이 넷이나 되는데, 하나같이 직업도 안정적이고 가정도 있잖아요. 할아버지를 사랑하는 손주들도 두셨고요. 할머니도 계셨고." 여기서 아버지가 걱정스러워하는 표정을 짓자 나는 얼른 수습에 나섰다. "할머니는 할아버지를 그리워하시겠지만, 두 분이 함께 근사한 날들을 오랫동안 누리셨잖아요. 게다가 할아버지한테는 맛있는 게 가득한 멋진 텃밭도 있었고, 근사한 작업복도 있었고, 아주 인상적인 체취도 있었어요. 할아버지는 훌륭한 분이셨고 훌륭하게 사셨으니 행복하게 눈감으셨을 거예요."

그러고 나서 내가 아버지의 이야기를 정말 열심히 듣고 있었다는 것을 보여주기 위해 던진 한마디.

"열심히 책 읽고 난 다음에, 아빠가 발을 주물러드리고 받은 5센트로 샀다는 야구 카드 보여주실래요?"

이 소리에 아버지는 해야 할 일이 있음을 깨닫고 책갈피를 빼냈다.

"너한테 추도사를 맡겨도 참 잘 쓰겠구나, 러비."

아버지의 목소리와 미소로 보아 분명 기분이 좋아진 듯했다. 나는 이 말이 나에게 솔직하게 털어놓은 것을 후회하지 않는다는 뜻이었으면 좋겠다고 생각했다. 누군가를 잃는 것은 슬픈 일이다. 아버지는 어른이고 내게는 아버지였지만, 슬픔을 느끼는 건 마찬가지였다. 아버지가 괜찮은 척했다면 나는 아버지 말을 믿지 않았을 것이다. 하지만 아버지는 숨김없이 솔직하게 털어놓았고, 나는 좀처럼 볼 수 없는, 앞으로 한참 동안 다시 보지 못할 아버지의 여린 모습을 언뜻 볼 수 있었다. 죽음을 오롯이 이해하기엔 내가 너무 어렸을지 몰라도, 방금 전에 특별한 일이 일어났고 아버지가 사별의 슬픔을 극복할 수 있도록 나만의 방식으로 도와드렸다는 사실을 깨달을 만큼은 나이를 먹었다.

아버지가 책을 읽기 시작했고 나는 아버지의 품속으로 더욱 바짝 파고들었다. 할아버지가 보고 싶어 나지막이 울었더니 아버지의 셔츠와 베개 위로 눈물이 떨어졌다. 나는 알았다. 그래도 괜찮다는 걸.

Chapter 10

829일째

사소한 것들이야말로 최고로 중요하다는 것이 내 오랜 원칙이다.
– 아서 코넌 도일 경, 「신랑의 정체」, 『셜록 홈스의 모험』

보건 선생님은 내 수법을 알고 있었다. 내가 학교를 싫어하거나 조퇴를 유난히 좋아했던 것은 아니다. 오전 아홉시부터 오후 두시까지는 텔레비전에서 재미있는 프로그램을 하지도 않았다. 하지만 나는 양호실에 가는 게 좋았고, 조퇴를 하는 게 좋았다. 연기 연습도 하고 잘하면 곱셈 훈련까지 건너뛸 수 있었다. 게다가 보건 선생님은 상냥하고 격의 없고 따뜻했다. 나를 조퇴시키지 않더라도 얼마 동안 양호실에 데리고 있어주었다. 보건 선생님도 학생들의 출입을 거의 나만큼 즐기지 않았을까 싶다. 선생님도 반복적인 일상에서 한숨 돌리고 싶었을 테니까.

선생님들은 금세 눈치채고 내 양호실 출입을 제한했지만, 그래도 방법은 많았다. 예를 들어 임시 선생님들은 대개 귀에 거슬리는 기침 소리나 차갑고 축축한 손을 유난히 동정하는 편이었다(나는 선천적으로 손이 차갑고 축축해서 필요할 때 종종 써먹곤 했다). 운동장 보조요원 선생님들은 양호실에 가겠다는 아이들을 누구든 보내주었다. 킥볼이나 도지볼을 기꺼이 포기할 정도라면 정말 몸이 안 좋은 거라고 생각했기 때문이다. 나는 새빨간 공을 차거나 받거나 피하는 게임이라면 질색이었고, 앞으로도 죽을 때까지 그럴 것이다. 나는 이런 온갖 '스포츠'에 젬병이었다. 스포츠가 지루했고, 무엇보다 난 공에 맞는 경우가 많았다. 하지만 보조요원 선생님들은 이런 사실을 알아차리지 못했다. 나는 얼른 배를 가리키고 가볍게 숨을 헐떡이는 한편, 내 차례를 건너뛰게 돼서 아쉽다는 둥 하며("아아! 이 위험해 보이는 공을 상대 진영으로 뻥 차서 날리는 순간을 정말 손꼽아 기다리고 있었는데!") 양호실 출입 허가증을 손에 쥐고 학교 건물 쪽으로 걸어갈 수 있었다.

내가 들어가면 보건 선생님은 웃으며 의자를 내주었다. 대부분은 어디가 아파서 왔느냐고 물었지만, 내 표정이나 자세를 보고 짐작할 때도 있었다.

"목이 아프구나?" 선생님은 이렇게 말하며 기침약 쪽으로 손을 뻗었다.

"아, 네." 나는 속삭이며 배에 대고 있던 손을 얼른 목 쪽으로 옮겼다. "정말 아파요."

처음 십 분 정도는 침대에 누워 있어야 했다. 양호실에는 침대가 세 개 있었는데, 나는 항상 왼쪽 구석 뒤쪽에 있는 침대를 골랐다. 아버지라면 이 침대를 집 밖의 집이라고 불렀을 것이다. 신입생용 기숙사나 병원 등 일반적으로 우울한 건물에 쓰이는 번들번들한 벽돌 무늬 벽지로 덮인 작고 폐쇄된 공간. 반대편 끝에 있는 화장실은 어떤 경우라도 외면했다. 지난 몇 시간 사이 정말로 속이 안 좋은 아이가 거기에 토사물을 쏟아냈을 가능성이 거의 100퍼센트였다. 속이 메슥거리는 척하는 데 그쳐야지, 정말로 메슥거리면 안 된다. 나는 청소하는 분들이 깜빡하는 바람에 소화되다 만 닭고기 패티를 우연찮게 목격하는 사태를 미연에 방지하기 위해 화장실 문을 닫고, 침대로 올라가 눈을 감았다. 하지만 잠을 잘 수 없었다. 침대 머리맡에서 바스락거리는 흰 종이 때문이기도 했고, 또 나이 때문이기도 했다. 열 살이면 억지로 낮잠을 자야 했던 시절과 아직까지 위험할 정도로 가까웠다. 내 반항아 기질은 해가 떠 있는 동안에는 자발적인 낮잠은커녕 눈을 길게 깜빡이는 것조차 용납하지 못했다. 게다가 여기서 관건은 잠을 자는 게 아니었다. 가끔은 잠을 이루지 못하는 게 좀더 그럴듯해 보였다.

"한숨도 못 자겠니?" 침대에 누운 지 이십 분쯤 지나면 보건 선생님이 침대로 다가와 나를 내려다보며 물었다.

"네." 나는 힘없이 고개를 끄덕이며 대답했다.

"목이 많이 아픈 모양이네?"

"네." 나는 얼굴을 찡그렸다.

"집에 연락해야겠구나." 선생님은 나를 부축해 일으키며 말했다.

"아, 아니에요." 나는 쉰 목소리를 내며 중얼거렸다. "얼른 나가서 공을 차고 싶었는데. 제가 공 차는 것도 좋아하고, 제 쪽으로 공이 날아오는 것도 좋아하거든요. 하지만 선생님께서 집에 연락을 하셔야겠다면……"

물론 이런 식으로 한 번 튕기고 나면 언제나 상황 종결이었다. 보건 선생님은 아이들 곁에는 여자가 있어야 한다고 생각하는지 항상 어머니에게 먼저 전화를 걸었다. 이미 집을 나간 어머니에게. 내가 어머니 집으로 갈 때도 있었지만, 어머니도 아프고 나도 아프고 하다 보니 한 해의 절반쯤 지나면 보통 남은 유급휴가가 없었다. 보건 선생님의 전화기는 얼마나 소리가 쨍쨍한지 상대방의 말소리까지 다 들렸다. 안타까워하면서도 살짝 짜증기가 배어 있는 어머니의 목소리가 들리면 나는 그다음 차례가 뭐가 될지 알 수 있었다.

"괜찮습니다." 보건 선생님은 명랑한 목소리로 대답했다. "그럼 아버님께 연락할게요."

내가 아버지와 함께 있는 시간을 싫어한 것은 아니었다. 99퍼센트쯤은 좋아했다. 하지만 빳빳하게 다린 와이셔츠와 바지와 화려한 색깔의 넥타이, 이렇게 딱딱한 옷차림으로 일단 출근을 하면 아버지는 다른 사람이 되었다. 집에서는 내가 앉은 자리에서 몇 시간씩 쓸데없는 이야기를 늘어놓아도 너그럽게 받아주었다. 우리는 같이 아이스크림을 먹고, 50년대 공포영화를 보고, 당연히 책을 읽었다. 하지만 아버지가 출근을 하면 이 중 딱 한 가지에만 무게가 실렸다. 매 순간 책 읽기가 중심이었고, 나머지는 모두 들러리였다.

우리 아버지는 초등학교 사서 교사로 삼십팔 년을 근무했다. 그 일대에서 단연 최고의 사서 교사였다고 아무런 사심 없이 말할 수 있다. 아버지는 유능한 교사였고, 학생들에게 사랑받았다. 책 읽기는 물론이고 규율 잡기, 서로 존중하는 분위기 만들기까지 아이들이 도서관에서 보내는 시간을 사랑하게 만드는 데 전문가였다. 아버지를 보고 있으면 거의 언제나 진심으로 즐거웠다. 그럼에도 아주 가끔은 괴롭고 거의 고문처럼 느껴질 때가 있었다.

어쩌다 한 번 아버지가 연락을 받고 정말로 데리러 오면 나는 정말로 아파야 했다. 아버지는 보건 선생님과 달리 고열이 나지 않으면 꾀병으로 간주했다. 그런 날이면 우리는 집에 잠깐 들러 내 배낭과 베개, 기침약을 챙기고 곧장 아버지의 도서관으로 향했다. 나는 아플 때, 정말로 아플 때 시끄럽고 세균투성이일지도 모를 아이들로 우글거리는 초등학교에 있고 싶은 사람이 어디 있겠느냐고 강변했다. 바로 그런 환경을 피하기 위해 아버지에게 나를 데리고 가달라고 연락한 거라고. 하지만 아버지는 태어날 때부터 청력이 일반인의 25퍼센트밖에 안 됐던 사람답게 마음만 먹으면 언제든 내 투덜거림을 못 들은 척할 수 있었다. 내가 학교 계단을 오르는 데 육체적으로 아무 문제가 없는 한 나는 아버지와 함께 도서관으로 가야 했다.

학교에 도착하면 제일 먼저 아버지는 당신이 복귀했으니 평소처럼 도서관 수업을 재개할 수 있다고 몇 분에 걸쳐 온 학교에 알렸다. 그동안 나는 아버지 책상 뒤쪽으로 가서 학생들 시야에서 어느 정도 벗어나 있고 주목을 덜 끌 만한 지점에 침낭을 폈다. 그래도 책상 밑으로 보였고, 도서관으로 들어서면 바로 눈에 띄었다. 은신처라 할 수도 없었다. 아이들은 도서관으로 들어오자마자 당장 책상 뒤에 있는 사람이 쉬는 건지 죽은 건지 궁금해하며 누구냐고 묻기 시작했다. 아버지는 학생들이 더는 산만해지지 않길 바라는 마음에 그 질문들을 깡그리 무시한 채 아이들을 각자의 자리로 몰고 갔다.

몇 시에 도착했느냐에 따라 나는 똑같은 책들의 내용을 세 번에서 최고 여덟 번까지 들어야 했다. 그 책들은 아버지가 고전이라고 생각해서 고른 것으로 일곱 권쯤 되는 그림책 시리즈였는데, 나도 집에서 읽은 거라 내용을 다 아는 경우가 대부분이었다. 아버지는 몇 시간이나 연습한 끝에 내용을 완벽하게 외웠기 때문에 처음부터 끝까지 그림이 아이들 쪽으로 향하게 책을 들었다. 그런 다음 또렷하면서 연극배우 같은 목소리로 베렌스타인 곰가족 시리즈에서부터 민담, 아버지가 좋아하는 클리퍼드 시리즈나 바보 토끼 시리즈를 첫 장부터 마지막 장까지 낭송했다. 단 한 번도 더듬거리거나 막히는 법 없이 일정한 속도를 유지했고 적절한 순간에 책장을 넘겼다.

학기 초에는 아버지의 학교로 끌려가는 일이 없었기 때문에 학생들이 이런 기술을 처음 접했을 때 놀라워했는지는 알 수 없다. 나는 전혀 놀랍지 않았다. 아버지가 연습하는 걸 질리도록 보았으니까. 게다가 이런 아버지 덕분에 아이들에게 이런 식으로 책을 읽어주지 않는 사람은 순전히 게으름뱅이라는 편견을 수년 동안 갖게 되었다. 다음에 어떤 일이 일어날지 알고 있고, 확신에 찬 손짓으로 책장을 넘기고, 닥칠 줄 이미 알고 있었던 사건에도 놀라워하며 눈썹을 치켜세우는 것이 나에게는 자연스러운 일이었다. 그 무렵 나는 이미 작품을 쓰고 친구들과 함께 연극을 준비하고 있었다. 어쩌면 아버지에게서 처음으로 영감을 얻었을지도 모르겠다. 아버지는 단 한 번도 연기를 즐긴 적이 없다면서 몇십 년 동안 날마다 연기를 했다. 침착하게 목소리를 바꿔 닥터 수스의 작품에 등장하는 꼬맹이 신디 루 후*를 표현했고, 『괴물과 양복장이』처럼 섬뜩한 이야기가 끝나면 극적으로 탁 소리를 내며 책장을 덮었다. 이것은 기술이 필요한 일이었다. 그것도 아주 많이.

하지만 지끈거리는 머리나 뒤틀리는 속을 달래며 책상 뒤 침낭 안에 웅크리고 있는 날에는 아버지의 공연이 전혀 감동적이지 않았다. 놀라운 반전이 펼쳐져 아이들이 헉 소리를 낼 때마다(그림이 내 쪽이 아니라 아이들 쪽을 향하고 있었으니 어떤 반전인지 나는 볼 수도 없었다) 나는 끙끙 신음 소리를 내며 귀를 막고 다른 곳, 소음과 불빛으로부터 숨을 수 있는 곳을 찾아 침낭 속으로 더욱 깊숙이 파고들었

---

* 닥터 수스의 『그린치는 어떻게 크리스마스를 훔쳤을까』에 등장하는 인물.

다. 처음부터 고역인 날은 아버지가 읽는 책이 쌓일수록 기하급수적으로 힘들어졌다. 운율이 있어 금세 외워지는 책들이면 한층 더 끔찍했다. 그렇게 하루가 저물면 아버지의 목소리가 계속 귓가에 맴돌았다. 책 읽기가 끝날 때마다 열정적으로 터지는 박수갈채 때문에 잠을 자지도 못한 채 나는 나도 모르게 따라서 중얼거리기까지 했다. 그럴 때면 그 칙칙한 벽돌 무늬가 있는 양호실 침대로 되돌아가 한숨만 잤으면 소원이 없겠다는 생각이 들었다.

집으로 향하는 차 안에서 나는 한 번 더 따졌다.

"아빠를 따라 도서관에 오면 몸이 더 안 좋아져요. 시끄럽고 덥고 사방이 사람들이잖아요. 아픈 아이를 데리고 갈 만한 데가 아니라고요."

"열이 38도로 추정되는 아이치고는 놀라울 정도로 냉철하게 자기주장을 펼치고 있구나."

"제 말이 무슨 뜻인지 이해한다는 말씀이세요?"

"마사가 외쳤어요. '이제 그만!'" 아버지는 제임스 마셜이 쓴 그림책 조지와 마사 시리즈에 나오는 유명한 문장(뭐, 우리 사이에서는 유명한 문장이었다)을 읊곤 했다. 마사 혹은 우리 아버지가 이제 그만이라고 하면 정말 끝이었다. 나는 집으로 가는 내내 입을 쭉 내민 채 머리카락에 묻은 도서관 바닥의 먼지를 털어냈다. 책 읽기는 아픈 아이와 집에 있어야 하는 상황에서도 멈출 수 없을 만큼 온 마음을 끌어당기는, 아버지의 애인이었다. 아버지는 당신을 위해 병가를 낸 적이 한 번도 없었다. 내가 2층침대에서 자는 동안 아무것도 하지 않은 채 소파에 앉아 있어야 하는 이유를 이해하지 못했다. 아버지는 책을 읽을 수 있는 상태면 어떻게 해서든 책을 읽는 사람이었다. 내가 도서관 책상 뒤편에서 끊임없이 기침을 해대는 것처럼 장애물이 있더라도.

어쩌면 그래서 독서 마라톤이 성공할 수 있었던 건지도 모르겠다. 아버지가 계획한 일이라면, 특히 그 계획이 책 읽기라면 그 무엇도 아버지를 방해할 수 없으니까. 책 읽기는 신성하고 전통적이며 영원한 것이었다. 나는 책 읽기가 언제부터 시작됐는지 잘 기억나지 않았다(정식으로 독서 마라톤을 시작하기 몇 년 전부터 아버지와 함께 책을 읽고 있었다). 그리고 어디쯤에서 끝날지 상상이 되지도 않았다. 그건 아버지도 마찬가지였다.

내가 침낭 속에 웅크리고 누워서 시간을 세고, 또 다른 보균자의 위험한 기침이나 재채기 소리가 들리면 침낭 속으로 더 깊숙이 파고들던 날에도 우리는 책을 읽었다. 당연히 읽었다. 도서관에서 다섯 시간 넘게 쉬지 않고 이어진 책 읽기를 어쩔 수 없이 들은 것은 우리의 독서 마라톤에 해당되지 않았다. 나에게 직접 읽어준 게 아니었으니 아버지가 보기에 그건 마라톤일 수 없었다. 때문에 나는 목욕을 하고 침대에 눕기 직전에 네 살 때 아버지한테 선물 받은 래기디 앤*

---

* 미국의 작가 조니 그루엘의 동화 속 주인공으로, 후에 그루엘이 인형으로도 제작했다.

인형을 들고 아버지 방으로 갔다. 피곤하면 래기디 앤이 나만큼 커 보이고 무겁게 느껴졌지만, 새빨간 실로 가장자리를 박은 미소 띤 입을 보면 기분이 좋아졌다. 나는 티슈상자를 손에 들고 이불을 들추며 아버지 옆으로 기어 들어갔다. 재채기가 나오고, 기침이 터지고, 가끔은 저녁 먹은 것이 올라오지 못하게 몸을 잔뜩 웅크리고 있어야 할 때도 있었지만, 그래도 책을 읽었다. 늘 그랬던 것처럼 우리 둘이서.

Chapter 11

873일째

주의 깊게 관찰하는 것이 또렷하게 기억하는 것이다.
— 에드거 앨런 포, 「모르그 가의 살인」

"칠도 아주 멀쩡하고, 기가 막히게 굴러가거든." 내가 아침을 먹으며 의심스러운 눈빛을 보내자 아버지가 새로 산 물건을 변호하려 했다. 이번 녀석은 정말로 상태가 훌륭해 보였지만, 아버지가 벼룩시장에서 사들인 여름용 자전거가 벌써 여섯 대째라 한마디 짚고 넘어가지 않을 수 없었다.

"있잖아요." 내가 입을 열었다. "그거 타는 법 아세요?"

"당연히 알지." 아버지는 자전거를 끌고 잽싸게 나를 지나 지하실 문 쪽으로 향했다.

"그리고 정말로 타실 생각이고요? 다른 녀석들처럼 지하 창고에 묵혀둘 거면 돈이 너무 아깝잖아요."

아버지는 내 말이 잘 안 들린다는 듯 고개를 한쪽으로 갸웃했다. 내 말이 옳다는 걸 안다는 뜻이었다. 아버지는 어린 시절 가난했던 탓인지 뭘 사든 심각하게 고민하는 편이었다. 우리 아버지에게 죄책감을 느끼게 할 방법이 하나 있다면 돈을 쓰게 만드는 것이었다.

"얼마예요?"

"단돈 25달러! 횡재한 거지!"

"타지 않을 거면 횡재가 아니죠. 저 아래 갖다놓으면 다시 꺼낼 일이 있겠어요? 그 '횡재'가 다시 햇빛을 볼 날이 있을까요?"

"네가 타면 되지 않을까 생각했는데." 아버지가 희망에 찬 목소리로 제안했다.

"저는 자전거 탈 줄 모르잖아요."

"네가 그 덩어리를 다 먹으면 시도해보자."

덩어리라는 말은 아버지가 음식을 가리킬 때 애용하는 단어였다. 평소에는 그런 표현에 별로 신경 쓰지 않았는데, 우리가 최근 새롭게 시도 중인 아침용 냉동식품이 별로 끌리지 않다보니 금세 밥맛이 뚝 떨어졌다.

"다 먹었지만, 배울 생각 없어요. 아빠는 인내심의 한계를 느낄 거고, 저는 넘어져서 머리가 쩍 갈라질 거예요."

아버지는 잠깐 현관에 나갔다 밝은 분홍색 헬멧을 들고 들어왔다.

"이것도 샀는데." 아버지가 수줍은 목소리로 고백했다.

나는 자전거를 탈 마음이 조금도 없었다. 지금까지 자전거 없이 십

이 년을 지냈어도 아무 문제 없었다. 언니는 배워서 잘 탈 수 있게 됐지만, 아버지가 집 앞 진입로를 벗어나지 못하게 했다. 조용한 우리 집 앞 대로에서 뭐가 무서웠는지 모르겠지만, 언니는 조심조심 우체통까지 갔다 방향을 틀어 다시 조심조심 되돌아오는 게 고작이었다. 아버지가 밖에서 세차를 하거나 잡초를 뽑는 중이면 대로에서 너무 꾸물거리지만 않는다면 우리 땅을 넘어 옆집 대문까지 다녀올 수 있었다. 당연히 언니는 일찌감치 자전거에 대한 흥미를 잃었고, 나는 자전거에 눈길조차 주지 않았다. 하지만 아버지가 자전거에 이토록 연연하는 이유를 알았기 때문에 나는 아버지에게 안장 뒷부분을 잡게 하고 비틀비틀 원을 그렸다.

하지만 그렇다고 이 문제를 그냥 넘어갈 수는 없었다.

"있잖아요." 내가 말했다. "아빠가 어른이 된 지금 자전거를 아무리 많이 사더라도 이건 그냥 어른 자전거일 뿐이에요. 예전으로 돌아가서 열 살인 아빠한테 자전거를 선물할 방법은 없다고요. 그리고 저한테 선물해도 소용없어요. 저는 별로 바라지도 않잖아요."

아버지는 이 말을 듣고 단념하기보다 자극을 받은 듯했다.

"내가 자전거를 찾아 헤맸던 이야기를 알고 있는 거냐?"

"뭐, 안다고 할 수 있죠." 나는 기억을 더듬는 척 미간을 찌푸리며 말했다. 당연히 기억났지만 아버지의 어린 시절 이야기라면 뭐든 듣고 싶었다.

아버지는 책을 읽어주는 솜씨도 빼어났지만, 자신의 삶을 들려줄 때 말솜씨가 더욱 빛을 발했다. 어쩌면 내가 그 이야기 속에 등장하는 주인공을 남들보다 아주 조금 더 좋아하기 때문일 수도 있었지만. 우리는 그때 막 해리 포터 시리즈를 시작한 참이었다. 그 당시 출판계에서 엄청나게 선풍적인 인기라 한번 들여다보았다가 내가 강력하게 주장해서 계속 읽게 된 것이었다. 나는 해리가 자기 부모님에 관한 거라면 뭐든 알고 싶어하는 이유를 전적으로 이해할 수 있었다. 물론 나는 해리에 비해 유리한 처지였다. 우리 부모님은 살아 계셨고 따라서 그만큼 베일에 가려질 일이 없었으니까. 하지만 볼드모트의 손에 끔찍하게 죽었건, 건강하게 잘 살며 중고 자전거를 끊임없이 사들이건, 어른들이 어렸을 때 어땠을지 상상해보는 건 늘 재미있는 일이었다. 우리 아버지가 비록 위대한 마법사는 아니었지만, 그래도 아버지의 경험담이 나는 정말 재미있었다. 나는 해리 덕분에 아버지의 경험담을 전보다 더 소중히 여기게 됐고, 얼른 듣고 싶었다.

"끔찍이 아긴 자전거가 있었죠? 아빠가 정말 어렸을 때 할아버지 할머니가 사주셨던 빨간색 자전거."

즉석에서 지어낸 이야기였는데 나는 진짜 그렇게 믿고 있는 척했다. 아버지는 안타깝다는 듯 고개를 저었다.

"러비," 아버지가 말했다. "네 기억력이 나보다 더 엉망이로구나."

"기억 못 하는 것 같아요." 나는 아버지가 걸려들었다는 생각을 하며 이렇게 말했다.

아버지는 헛기침을 하고 내 안장을 세게 밀어 속도를 높였다.

"나는 자전거가 갖고 싶었지." 아버지가 이야기를 시작했다. "네 큰아버지한테는 할아버지가 길가에서 주워다준 자전거가 있었어. 맏이라 큰아버지한테 돌아가게 된 거지."

"장자상속 같은 거네요?" 내가 옆에서 거들었다.

"그렇지. 맏아들이었으니까. 그 단어는 C 선생님 수업에서 배웠니? 땅이 아니라 자전거였고, 그나마 애초부터 할아버지 자전거도 아니었으니 장자상속까지 언급할 만한 일은 아니다만. 그래도 그런 단어를 알고 있으면 좋지."

아버지는 대학생 때 사서자격증을 받기 위해 역사 강의 하나만 들으면 되는데도 굳이 역사를 전공하기까지 한 사람답게 기뻐했다.

"하지만 할아버지가 자전거를 두 대 주운 게 아니니까 나도 한 대 달라고 할 수도 없었어. 물론 그러지도 않았겠지만."

아버지는 당신도 갖고 싶다고 하지 못했던 이유까지 말해줄 필요가 있을까 고민하는지 입술 사이로 숨을 내뱉었다. 하지만 나는 찢어지게 가난했던 아버지의 집안 이야기—매일 저녁마다 야채수프를 먹었고, 온수가 나오지 않았고, 얼룩덜룩한 셔츠 두 벌로 고등학교 일 년을 버텼고—를 이미 들었기 때문에 충분히 이해할 수 있었다. 아버지는 받을 수 없다는 걸 알았기 때문에 달라고 하지 않은 것이었다. 아버지가 이야기를 계속했다. "그래서 동네 남자애들하고 어딜 갈 때마다 걔들이 탄 자전거를 따라서 달리곤 했지."

내가 페달을 너무 천천히 밟았기 때문에 아버지는 전력질주하지 못하고 옆에서 속보로 걸으며 내가 한쪽으로 기우는지 유심히 관찰하는 중이었다. 이런 아버지가 당시에는 어떤 모습이었을지 궁금했다.

"자전거가 없는 아이는 나 하나뿐이었어. 덕분에 건강에는 좋았겠지. 여기저기 뛰어다녔으니까. 하지만 나 자신이 남들과 달라 보였단다."

"남들과 달라 보이는 게 그렇게 나쁜 건 아니잖아요." 나는 아버지가 나보다 훨씬 더 개성을 중시하는 사람이라는 것을 알았기 때문에 이렇게 지적했다.

"아니야, 좋지 않은 쪽으로 남들과 달라 보였거든. 그리고 나도 그걸 알았고. 컵스카우트에서 시(市) 대회를 여는데 1등 상품이 자전거였어. 이 말을 듣고 내가 얼마나 흥분했던지. 나는 초콜릿을 제일 많이 팔아치우겠다고 굳게 결심했어. 안에 코코넛 크림이 든 큼지막한 초콜릿을 두 개에 1센트씩 받고 팔았는데, 가장 많이 파는 사람이 자전거를 받는 거였지. 나는 그 자전거를 갖고 싶었단다."

"가능성이 있다고 생각하셨어요?"

"생각하고 말고 할 것도 없었어. 계획을 세웠으면 노력하고 노력하고 또 노력할 뿐이지. 다른 애들은 어떻게 하고 있는지 관심도 없었다. 왜냐하면 1등 상품을 받고야 말겠다고 결심했으니까."

아버지는 내가 스스로 자전거 균형을 잡고 있다고 착각하고, 잠깐 손을 뗐다. 내가 한쪽으로 기울자 아버지는 나를 붙잡아 바로 세워주면서 숨 돌릴 틈도 없이 하던 이야기를 계속했다.

"늦가을이었고, 학교가 끝나면 저녁이었는데 날씨가 매일같이 화창하고 춥고 바람이 많이 불었지. 계속 콧물이 나는 그런 날씨, 알겠니? 아무튼 나는 그 추위에 계속 콧물이 나더구나. 나는 네 할머니의 도움을 받아 찰스 형의 자전거를 빌려 타기로 했지. 평소에는 형이 안 타고 있더라도 건드릴 수조차 없었는데 말이다. 내 게 아니었으니까."

그 순간 아버지는 애틋한 눈빛으로 내가 탄 자전거를 바라보았다. 지하 창고에 있는 다섯 대처럼 이것 역시 아버지 자전거라는 걸 잊은 듯했다.

"날마다 방과 후면 자전거 바구니에 초콜릿을 싣고 반경 3킬로미터 이내에 있는 집들은 다 찾아가 1센트에 두 개짜리 초콜릿을 팔아보려고 했지. 그 당시에는 갈 데가 없어서 사람들이 집을 지키고 있었거든. 그래서 날이면 날마다 그 지긋지긋한 초콜릿을 팔아치우려고……"

"그 정도로 끔찍했어요?"

"아니, 사실은 맛있었어. 내가 파는 물건을 수시로 맛볼 만한 여력은 안 됐다만, 맛있었던 기억이 나는 걸 보면 한 번은 먹어봤단 뜻이겠지? 하지만 일이 워낙 힘들었거든. 그래서 초콜릿까지 끔찍하게 느껴진 거지."

"사람들이 사줬어요?"

"별로. 그래도 계속 팔았지. 아무튼," 아버지는 이야기를 계속했다.

"판매 기간이 끝나고 나는 운명의 신과 대면하는 심정으로 총회에 참석했단다. 도시 곳곳에서 온 아이들로 사무실이 꽉 찼어. 스카우트 단원들로 정말 가득했지."

"얼마나 됐는데요?"

"최소 백 명은 됐을걸?"

나는 매번 몇 명이었느냐고 물어보았는데, 그때마다 숫자가 똑같은 걸로 보아 아버지의 말은 과장이 아니었다.

"우리더러 조용히 하라고 한 다음 스카우트 단장이 물었지. '5달러어치 판 사람?' 제법 많았어. 그다음으로 10달러어치 판 사람이 있느냐고 물었더니 몇 명이 손을 들었단다. 그게 대단했던 건, 10달러면 초콜릿 2000개였거든! 그다음으로 15달러가 결정타였지. 그러다 20달러 이상 판 사람이 있느냐고 물었을 때 나와 다른 아이의 대결로 압축이 됐단다."

이제 이야기는 클라이맥스에 다다랐다. 나는 계속 균형을 잡느라 힘이 들었기 때문에 자전거를 세워놓고 이 대목을 듣고 싶었지만 그럴 수가 없었다. 제동을 거는 방법을 몰랐던 데다, 이걸 묻느라 아버지의 말을 자르고 싶지 않았기 때문이다.

"스카우트 단장은 나와 그 아이를 번갈아 쳐다보다 먼저 나한테 물었지. 얼마나 팔았느냐고. 나는 자랑스러워하며 솔직하게 밝혔단다. 23달러 16센트어치를 팔았다고. 단장이 이번에는 다른 아이를 쳐다보며 얼마나 팔았느냐고 물었지. 그 아이는 25달러 몇 센트라고 대답했단다."

이야기가 이쯤 오면 보통 아버지는 사람들 앞에 공개된 자전거를 다른 아이가 밀고 가는 것을 보는 게 얼마나 마음 아팠는지 설명했다. 그런데 오늘은 그저 새 자전거에 타고 있는 나를 바라보기만 했다. 나는 내가, 아버지가 그토록 받고 싶어서 온갖 노력을 기울였던 상품을 가져가버린 남자아이로 보이지 않기만을 바랄 따름이었다.

"2등 상품은 없었어요?"

"없었어. 그 아이는 자전거를 받고, 나는 아무것도 받지 못했단다."

이 시점에서 나는 이 이야기를 이미 알고 있음을 고백해야 했다.

"하지만 걔가 정말로 그만큼 판 건 아니었죠, 그렇죠?"

"나도 잘 모르겠다. 하지만 몇 년 뒤에 알고 보니 그 아이는 스카우트 단장의 아들이었고, 게으름뱅이로 소문이 자자했단다. 그리고 생각해보면 단장이 얼마나 팔았느냐고 나한테 먼저 물어본 게 조금 공교롭다 싶지 않니? 얼마가 됐건 단장의 아들이 나보다 높은 액수를 말했을 것 같구나. 그 당시에는 그 아이가 정말로 나보다 더 열심히 노력한 줄 알았지. 하지만 지금 생각해보면 그건 거의 불가능한 일이었어. 그 아이의 아빠가 뭐라고 말을 하건 모두 믿었겠지만. 그 자전거는 애초에 받을 수 없는 상품이었던 것 같아. 누구 차지가 될지 처음부터 정해져 있었던 거지. 잘은 모르겠다만, 내 직감으로는 그렇구나."

부정을 저질렀을지 모르는 사람의 말을 믿어주려 하는 것은 평소에 조금 냉소적인 아버지답지 않은 일이다. 나 역시 이 이야기를 들을 때마다, 그 남자아이와 스카우트 단장이었던 아이 아버지를 떠올릴 때마다 그들을 믿을 수 없었다. 나는 두 사람의 이미지를 떨쳐내며 페달을 좀더 세게 밟았다.

"자전거가 생기는 꿈을 꾸기 시작한 게 딱 그때부터란다. 꿈속에서 자전거가 어찌나 생생하게 보이던지. 몸체는 연한 청록색이고 바퀴 옆면은 흰색이고, 앞쪽에 껐다 켰다 할 수 있는 조명등이 있고, 핸들 양쪽 끝에 술이 달려 있는 자전거였지. 매주, 한 주에도 여러 번 이런 꿈을 꾸었단다. 꿈속에서 창밖을 내다보면 슈윈 자전거가 서 있었어."

"그리고 어떻게 됐어요?" 나는 벌써부터 함박웃음을 지으며 물었다.

"그리고 그해 크리스마스에 부모님이 자전거를 사주셨지 뭐냐! 크리스마스 아침에 일어나보니 트리 바로 밑에 세워져 있었어. 내 꿈속에서 보던 그 모습 그대로. 딱 그 모습 그대로."

이 대목에서 매번 나는 눈가가 촉촉해졌다.

"할머니한테 꿈 이야기를 했던 거예요?"

"아니야! 내가 기억하기로는 그런 적 없어. 잠꼬대를 한 거라면 모르겠지만."

"크리스마스의 기적이네요."

아버지는 미소를 지으며 어깨를 으쓱했다. 아버지가 팔을 움직이는 바람에 나는 끝내 균형을 잃고 옆쪽 인도 위로 넘어졌다.

"요 덜렁대는 원숭이!" 아버지는 웃으며 나를 일으켜주었다. 양쪽 무릎이 이미 심하게 까졌고, 이야기는 끝이 났다.

"그래도 자전거를 배우고 싶다는 생각은 안 들어요." 나는 솔직히 고백했다.

"괜찮다. 뭐, 목이 부러질 수도 있으니까."

"그런데 바퀴가 정말 훌륭한데요?" 나는 인정했다. "돈 낭비는 아닌 것 같아요."

아버지의 이야기를 다시 듣고 났더니 조금 전에 아버지를 핀잔했던 게 몹시 마음에 걸렸다.

"제 돈을 써도 좋다고 허락해주셔서 감사합니다." 아버지는 내가 여왕이라도 되는 것처럼 깊게 허리 숙여 절을 했다.

"하지만 약속하셔야 해요." 내가 헬멧을 벗으며 말했다. "제가 나중에 아이를 낳았는데 그 아이가 자전거를 갖고 싶다고 하면 하나 주시겠다고. 제일 좋은 걸로요."

아버지의 눈이 반짝였다.

"아, 그 정도야 기꺼이 약속할 수 있지."

"그리고 앞으로 몇 대 더 사셔야겠어요. 우리 애가 여러 대 중에서 고를 수 있게."

"알았다, 러비." 다섯 형제들 옆으로 여섯번째 자전거를 집어넣으며 아버지가 말했다. "백번 지당하신 말씀."

Chapter 12

1,074일째

시는 현실을 고칠 필요가 없어, 루.
시는 존재하기만 하면 되는 거야. 고치는 건 우리 몫이지.
– 데이비드 발다치, 『잘 지내길 바랄게』

"대체 뭐가 무섭다는 건지 도무지 모르겠구나." 그날 밤에만 벌써 다섯번째쯤 내 방 문간에서 안을 들여다보며 아버지가 말했다. "모르면 아무것도 해줄 수가 없잖니."

나는 아무 말 없이 내 2층침대 아래칸을 가리키며 다시 한번 살펴봐달라는 무언의 요구를 전했다.

"뭐가 있다는 거야? 뭐가 있다고 무섭다는 거야? 그 사람 유령? 혼령?"

"제 입으로는 말할 수 없어요." 나는 속삭였다. "말하면 실제로 나올 가능성이 더 커진다고요."

"흠, 그럼 나를 이 방으로 불러봐야 별 소용 없겠구나. 뭘 찾아봐야 하는지 나는 모르니까. 이 밑에 뭐가 있는지 알려주마. 아무렇게나 쌓여 있는 이불. 이불을 개는 게 무서운 거냐? 그래서 이러는 거야? 이 방 상태를 보아하니 틀림없이 그런 것 같구나."

겁을 먹었을 때 놀림을 당하는 것보다 끔찍한 일은 없다. 나도 더는 참을 수가 없었다. 열두 살이면 이런 일로 골머리를 앓으면 안 된다. 그런데 나는 골머리를 앓고 있었다. 그것도 아버지가 알아차릴 만큼 오랜 기간 동안. 결국 나는 아버지가 상황을 더욱 악화시키기 전에 불쑥 내뱉고 말았다. "JFK의 시신이 이 밑에 있을까봐 무서워요! 아빠도 아시잖아요! 매일 밤 살펴보고 있으니까! 만약 있으면 알려주세요!"

"러비, 만약 전직 대통령의 시신이 네 침대 아래칸에 누워 있으면 내가 이렇게 차분한 목소리로 너한테 말을 하고 있겠니? 아래층으로 달려 내려가서 이것 좀 보라고 온 동네 사람들을 불러 모으지 않았을까?"

"아뇨," 내가 대답했다. "안 그러셨을 거예요. 말도 안 되는 일이니까. 그래서 이렇게 소름 끼치는 거예요. 늑대가 왔다고 외치던 양치기 소년이 되시는 거잖아요. 그 사람 시신이 우리 집에 있다고 하면 아무도 안 믿을 거예요."

"만약 그렇다면 국가 안보의 차원에서 문제가 될 것 같은데? 우리는 수많은 질문에 대답해야 될 테고. 그리고 나는 귀도 잘 안 들리는데 대답하느라 노이로제에 걸릴 거야. 그러니까 러비, 나를 생각해서 그의 시신이 나타나지 않게 며칠 밤만 더 막아주면 안 되겠니?"

"아빠가 아니라 저를 위해서 막고 싶은 심정이라고요." 나는 이불을 뒤집어쓴 채 속삭였다.

세상에는 정상적인 생활이 어려울 만큼 심각하게 존 F. 케네디의 시신을 무서워하는 아이도 있다. 우리 부모님이 그런 아이를 어떻게 키웠는지는 나도 잘 모르겠다. 그래서 어떻게 해야 나와 같은 결과를 얻게 될지 알려줄 수는 없다. 하지만 그 두려움이 어떻게 시작됐는지는 똑똑히 기억한다. 사실 그리 무서워할 만한 일도 아니었다.

나는 정해진 취침시간이 없어서("다음 날 일어났는데 피곤하면 너무 늦게 잔 거다"가 우리 아버지의 모토였다) 나한테 가장 맞는 수면 패턴을 찾는 데 몇 년이 걸렸다. 여덟 살 때인가, 어느 날 밤 상당히 일찍 잠이 들었다가 악몽을 꾸었다. 꿈속에서 나는 학교 운동장에서 친구들과 함께 커다란 빨간색 공을 던지며 놀고 있었다. 그러다 잠시 후 친구들이 사라졌고, 나는 학교 쪽으로 걸어가기 시작했다. 그런데 누가 내 뒤를 따라오는 게 느껴졌다. 뒤를 돌아보았더니 전직 대통령 존 F. 케네디였다. 나는 그에게 학교 안까지 따라오지 말라고, 그는 어른이고 죽은 사람인데 여기는 살아 있는 어린아이들이 다니는 학교라고 말했다. 그래도 그는 슬프고 조금 외로워 보이는 얼굴로 아무 말 없이 내 뒤에서 걸어왔다. 나는 그를 학교 안으로 들어오게 할 수 없어 마음이 좋지 않았다. 그러면서 한편으로는 그가 내 말을 듣지 않아 겁이 나기도 했다. 나는 누가 내 뒤를 따라오는 게 싫었다.

그러다 꿈에서 깨어났다. 식구들 모두 아직 자지 않고 각자 볼일을 보고 있었으니 토막잠을 잔 모양이었다. 나는 아버지를 찾아 꿈 이야기를 하려고 아래층으로 내려갔지만, 아버지는 정신이 없었다. 무슨 서류 작업을 하느라 딴 데 신경 쓸 여력이 없었다. 아버지는 당신 일을 하며 나를 진정시킬 생각에 책꽂이에서 JFK를 다정하고 정감 있는 사람으로 그린 다큐멘터리 비디오를 꺼냈다. 그 다큐멘터리를 보면 JFK가 살아 있더라도 나를 해칠 사람이 아니라는 걸 내가 알게 될 거라고 생각했던 것이다. 그런데 아버지가 깜빡한 게 있었다. 다큐멘터리 뒷부분에 케네디 암살 사건과 장례식이 십오 분 동안 몽타주 식으로 다루어졌던 것이다. 분위기가 음울했고, 흑백 필름이라 더욱 섬뜩했다. 국가적 차원의 죽음이라니, 어린 여자아이가 감당하기에는 너무 엄청난 사건이었다. 나는 2층으로 달려 올라가 침대 속으로 뛰어들었다. 이렇게 해서 JFK 공포증이 시작되었다.

아주 엄밀히 따지자면 처음에는 그 사람 자체가 무섭지는 않았다. 그의 시신이 무서웠을 뿐이다. 무슨 이유에서인지 밤이 되면 단장을 마치고 장례식을 기다리는 그의 시신이 내 2층침대 아래칸에 누워 있는 날이 올 거라고 확신하기에 이르렀다. 내가 어쩌다 그런 생각을 하게 됐는지는 모르겠다. 몹시 기쁘게도 요즘엔 그 일을 생각하면 그저 웃음이 나온다. 하지만 그 당시에는 아주 진지하고 심각한 문제였다.

나는 매일 밤 그 시신을 피하느라 온갖 고생을 했다. 처음에는 어두워지기 전에 얼른 잠을 자려고 했는데, 마침 겨울이라 쉽지 않았다. 그러려면 학교를 마치고 집으로 돌아와 한두 시간 안에 잠자리에 들어야 했다. 게다가 일찍 자면 어두컴컴한 새벽에 일어나야 한다는 뜻이기도 했다. 이 방법으로는 어둠을 피할 수 없었다. 그래서 나는 방 안의 모든 불을 켜놓고 자는 방법을 택했다. 부모님은 아무 말도 하지 않았지만, 마침내 머리맡에 달린 전등이 나갔고 나는 손이 닿지 않아 전등을 갈 수 없었다. 아버지는 손이 닿았지만, 신념을 따라 도와주지 않기로 결단을 내렸던 것 같다. 부모님의 기대와 달리 나이를 먹을수록 두려움은 점점 더 커졌다. 중학교 때는 아래칸 침대에 안치된 JFK의 시신을 피하는 것이 매일 저녁의 주요 일과였다.

나는 우리 집 고양이 중 한 마리를 방 안으로 데리고 와서 아래칸 침대에 두었다. 제물이 아니라 보디가드였다. 우리 집 고양이들은 아주 용감했다. 그러고 나서 나는 사다리 중간 부분을 딱 한 번만 밟고 2층으로 훌쩍 뛰어 올라갔다. JFK의 시신이 내 발을 잡고 나를 끌어내리려면 내가 사다리를 올라가는 동안이 절호의 기회였다. 나는 내가 그의 수법을 훤히 꿰뚫고 있음을 그에게 알리고 싶었다. 일단 2층 침대 위칸으로 올라가면 몇 분마다 한 번씩 밑을 내려다보면서, 나만 빼고 모두 잠이 들 때까지 삼십 분마다 한 번씩 지원(JFK가 안 보이는 데 숨어 있지 않은지 확인해줄 사람)을 요청했다.

공포의 대상은 이내 JFK의 시신에서 JFK에 관한 것 전반으로 바뀌었다. 심지어 그의 사진이나 그를 소개하는 문구까지 여기에 해당됐다. 어머니가 집을 나가고 얼마 지나지 않아 아버지가 언니와 나를 데리고 가족여행을 계획했는데, 일정에 JFK 기념 도서관이 포함됐다는 사실을 알고 얼마나 공포에 떨었는지 모른다. 아버지는 JFK를 두려워하는 마음보다 도서관을 좋아하는 마음이 더 크지 않으냐며 나를 설득하려 했다. 나는 아버지에게 자기 딸도 잘 모르느냐고, 거기는 예전에 가보지 않았느냐고 대꾸했다. 그곳은 그냥 도서관이 아니었다.

아니, 그 정도가 아니었다. 케네디가 사용했거나 걸쳤거나 건드렸던 물건들로 가득한 박물관이었다. 아버지는 박물관 출입문을 움켜쥔 내 손가락을 떼어내려 애쓰며 재키 케네디의 소지품도 있다는 것을 내게 일깨워주었다. 옷이나 모자처럼 감각적이고 예쁜 것들도 있다고. 나는 패션에 아무 관심이 없었다. 내 관심사는 오로지 나를 보호하는 것이었다. 나는 금빛으로 번쩍이며 거짓으로 안정감을 연출하고 있는 케네디 흉상까지 진격했다 울면서 기념품점으로 후퇴했다. 사람들이 나를 빤히 쳐다보았다. 무슨 일이 있다고 사람들이 생각하는 건지 궁금했다. 나는 도서 코너에 있는 벤치를 발견하고 거기서 숨을 골랐다.

조마조마했던 세 시간이 지나고 드디어 언니와 아버지가 웃으며 걸어오는 소리가 들렸다. 나는 무릎을 가슴에 댄 채 벤치 한쪽 구석에 웅크리고 앉아 있었다. 그러고 있으면 꼬리를 부풀리고 털을 꼿꼿이 세운 고양이처럼 항상 실제보다 더 커 보이는 것 같았다. 캐스 언니는 주위에 여자가 아무도 없으면 어머니 노릇을 자처했는데, 그 순간이 바로 그런 때임을 깨닫고 언니의 눈빛이 부드러워졌다. 언니는 진심으로 나를 가여워하며 내 옆에 바짝 붙어 앉아 등을 토닥이며 괜찮다고 했다. 어차피 이제 가야 할 시간이라고, 최악의 순간은 끝났다고. 나는 언니의 위로 기술이 마음에 들었다. 그리고 아버지가 우리 식대로 익숙한 해결책을 제시했다. 책을 읽자고 한 것이다. 아버지가 내가 앉은 곳 근처의 책꽂이에서 책을 하나 집어 들었다. 다른 책들과 어울리지 않는 것 같아서 내 눈길을 끌던 책이었다. 일단 표지에 케네디 일가의 흑백사진이 없었다. 표지 그림으로 보아 염소를 다룬 이야기인 듯했다.

"『빌리 위스커스』." 아버지는 아무 데나 책장을 펼치며 말했다. "전시회에서 들어보니 이게 JFK가 어렸을 때 좋아했던 책이라고 하더구나. 괜찮아 보이는데. 게다가 세일 중이고. 사 가지고 가서 읽어볼까?"

나는 고개를 저으며 시선을 돌렸지만, 나도 모르게 표지에 있는 염소 그림으로 시선이 향했다. 이렇게 무시무시한 환경에서 맞닥뜨렸는데도 그닥 나빠 보이지 않았다. 그 아이는 기다리는 동안 나의 동맹이었고, 아버지가 말하기 전까지만 해도 그 안에서 존 F. 케네디와 상관없는 유일한 물건이었다. 그런데 이제 와서 웃는 사진들로 가득한 이 끔찍한 공간에 그 아이 혼자 내버려둔 채 떠나려니 마음이 좋지 않았다.

"좋아요." 나는 아버지에게라기보다 책에게 말했다. "읽어보는 것도 나쁘지 않을 것 같아요. 방학 때. 하지만 아빠 속셈이 뭔지 아는데, 그건 효과 없을 거예요."

독서 마라톤을 이용해 문제를 해결하려는 것이 아버지의 속셈이었다. 이것은 무의식중에 아버지가 종종 동원하는 수법이었다. 우리에겐 흐름이 있었다. 어머니가 집을 나간 뒤에는 어머니 없이 지내는 여자아이들 이야기를 읽었다. 학교에 친구들을 괴롭히는 아이가 있으면, 주먹다짐을 벌이기보다 기지를 동원해 숙적을 무찌르는 아이들이 등장하는 책을 읽었다. 그리고 지금은 아버지가 창의력을 발휘하는 중이었다. 물론 JFK를 무서워하는 중학생에 관한 책이 없어서이기 때문이겠지만.

우리는 그 책을 호텔로 들고 왔고, 로이스 로리의 『기억 전달자』는 아버지 가방에 넣었다. 마을 사람들의 모든 역사를 짊어지게 된 소년 이야기는 흥미로웠고, 그들이 사는 미래 세계는 믿을 수 없을 만큼 그럴듯했다. 아버지와 나는 유토피아를 표방한 그 세계의 허점을 간파하기 시작했다. 손에 땀을 쥐게 하는 상황에서 책 읽기가 끝나면 내가 조금만 더 읽고 자면 안 되겠느냐고 아버지에게 애원할 정도였다. 때문에 그 책을 내려놓고 『빌리 위스커스』를 집어 들기란 더욱 힘들었다. 나는 약간의 편견을 안고 『빌리 위스커스』를 읽기 시작했다. 하지만 우리의 여행은 겨우 2박 3일이었다. 새 책이 마음에 들면 나 혼자 나머지 부분을 읽고 집으로 돌아가면 당장 『기억 전달자』를 다시 읽기로 아버지와 합의를 보았다.

『빌리 위스커스』의 내용은 잘 기억나지 않는다. 집에 돌아와서도 계속 읽은 것을 보면 내용이 꽤 괜찮았다는 뜻일 텐데. 문제는 그 책 속으로 푹 빠져들기에 적당한 장소가 없었다. 내가 책을 들고 파묻히기 가장 좋아하는 곳은 침대였다. 심지어 책을 읽다 졸리면 불을 끄러 침대 위칸에서 뛰어내릴 필요가 없게 스탠드와 책갈피를 갖추어뒀을 정도였다. 하지만 『빌리 위스커스』를 들고 침대에 올라갈 수는 없었다. 내가 자신이 좋아한 책을 읽고 있다는 걸 JFK가 알면 직접 찾아와 확인하고 싶어할 것만 같았다. 또 방 안 어딘가에 책을 놓아두면 내가 자는 동안 읽으려고 그가 찾아올지도 몰랐다. 그보다 더 끔찍한 건 내가 두 눈 멀쩡히 뜨고 있는 동안 찾아오는 거였다.

책을 지하실에 둘까도 생각해봤지만, 좋은 생각은 아니었다. 화를 자초하는 짓이었다. 문간에 치즈를 두고 왜 이렇게 쥐들이 많이 들락거리나 의아해하는 꼴이었다. 결국 그 책을 학교 분실물 보관함에 슬그머니 넣어버리는 수밖에 없었다.

책 읽기로도 혹은 독서 마라톤으로도 해결되지 않는 문제가 있었다. 아버지에게는 놀라운 일이었지만, 『빌리 위스커스』는 내 공포심을 없애지 못했다. 나는 책을 처분한 뒤에도 JFK가 내 손에 남은 잉크 냄새를 맡을 수 있을지 모른다고 생각했다. 그래서 그날 밤, 욕실에서 맥베스 부인처럼 열심히 손을 씻었다. 손을 씻은 다음에는 전속력으로 내 방으로 달려가 침대 아래칸을 쳐다보지 않고 그냥 지나가려고, 얼핏 시야에 들어오는 것조차 막기 위해 눈의 초점을 흐릿하게 만들어가며 갖은 노력을 기울였다. 나는 폴짝 올라가 높은 곳에 안전하게 자리를 잡고 살펴보았다. 아무것도 없었다. 나는 억지로 잠을 청하려고 눈썹이 콧속으로 미끄러져 들어갈 것 같은 느낌이 들 때까지 한두 시간 동안 책을 읽었다. 자정이 지났을 때 아버지가 아버지 방을 일직선으로 비추는 불을 끄든지 아니면 내 방문을 닫으라고 소리를 질렀다. 당연히 내 방문을 닫을 수는 없었다. 그러려면 침대 밖으로 나가야 했으니까. 침대 밖으로 나가면 똑같은 과정을 처음부터 다시 반복해야 했다. 그래서 나는 스탠드 불을 끄기 전에 침대 끝을 다시 한번 흘끗 훔쳐본 다음 이불을 머리끝까지 뒤집어쓰고, 침대 밖으로 나가지 않게 발을 오므렸다.

자기 침대에 누워 벌벌 떨며, 유령도 귀신도 아닌 미국 역사상 가장 유명하고 가장 사랑받은 전직 대통령의 시신으로부터 고양이들이 나를 지켜줄 수 있을까 고민하는 것도 창의력이 있어야 가능하다. 그때는 그게 고마운 일인 줄도 몰랐다. 독서 마라톤과 아버지 덕분에 나는 상상력만큼은 차고 넘쳤다.

Chapter 13

1,206일째

나는 눈을 꼭 감고 그 기억을 지우려 하지만,
내 머릿속에서 몇 번이고 재생된다.
그런데 이상한 것은 논쟁의 요지가 뭐였는지 기억조차 나지 않는다는 것이다.
— 킴벌리 윌리스 홀트, 『재커리 비버 우리 마을에 오다』

우리 아버지는 다정다감한 사람은 아니다. 사서로 근무 중일 때는 당신 몸에 독이 묻어 있다고 경고하여 학생들에게 손도 못 대게 했다. 유치원생들은 정말 그런 줄 아는 눈치였지만, 나이가 어느 정도 되는 학생들은 제일 좋아하는 선생님과 왜 포옹할 수 없는지 의아해할 때가 많았다. 아버지는 누가 당신을 만지는 것도, 당신이 누굴 만지는 것도 싫어한다. 학교에서 음악회나 시상식이 끝나면 다른 집 부모들은 아이를 끌어안고 어떨 때는 입까지 맞추었지만, 우리 아버지는 내 손이 닿지 않는 곳을 긁어주는 것처럼 내 머리카락 속으로 손가락 하나를 넣어 두피를 살짝 스치고 지나가는 것조차 파렴치하고 거의 상식 밖의 행위로 간주했다. 그렇게 어마어마한 제스처를 할 수밖에 없는 자리라면 얼른 해치우고 몇 발자국 뒤로 물러섰다. 하지만 내 기억 속에 있는 아버지의 모습이 항상 그런 건 아니다.

독서 마라톤이 시작되기 전부터 그리고 시작한 후 몇 년 동안 '열정적인 독서'를 위한 나의 지정석이 있었다. 아버지의 팔 안에 들어가 책장이 보이지 않게 고개를 옆으로 돌리고(내가 글을 읽기 시작한 다음부터 따라 읽는다는 걸 느끼면 아버지가 거북해했다) 최대한 열심히 귀를 기울이는 것이었다. 아버지의 귀가 가까이 있었기 때문에 아주 작은 소리만 내도 금세 들통이 났다. 하지만 이야기의 전개가 유난히 더디거나 딴 생각이 들면 어쩔 수가 없었다. 어렸을 때는 주의가 산만해지면 열심히 귀를 기울이려 애쓰느라 머리카락을 씹었다. 구불구불한 것이 내 입에 딱 맞았고, 우리가 쓰던 샴푸 때문에 복숭아 맛이 났다. 내가 우적우적해도 아버지는 모를 때가 많았는데, 내가 정말로 책에 정신이 팔려 멍하니 머리카락을 떨어뜨리면 아버지가 신경을 곤두세웠다.

"내 팔에 닿은 이 축축한 건 뭐냐?" 아버지는 짜증 난 목소리로 물었다. 책을 읽다 중간에 끊긴 게 싫었던 것이다.

"에? 제가 재채기를 했나봐요."

"또 머리카락 빨고 있었니? 벌써 까치집을 지었구나. 꼭 그렇게 갉아 먹은 것처럼 보여야 하니?"

그러면 아버지가 팔뚝에 닿은 축축한 머리카락에 신경 쓰지 않게 내가 어디론가 치워야 했다. 공교롭게도 머리카락을 감추기에 딱인

곳이 내 입속이었다.

하지만 내가 그렇게 얌전하지 않은 날도 있었다. 예를 들어 합창단에서 부를 노래 때문에 고전하는 중이면 나도 모르게 내 파트를 흥얼거렸다. 그보다 더한 날도 있었다. 내가 워낙 언니나 어머니와 싸우는 데 예민하다보니 가끔 책을 읽는 도중에 대놓고 훌쩍였던 것이다. 아버지는 이럴 때 어떻게 대처해야 할지 몰라 안절부절못했다. 내가 그러는 이유가 별로 중요한 것도 아니었으니 더욱 그랬다. 나는 대부분 어른스럽게 행동했다. 하지만 싸우거나 혼나는 걸 질색했고, 그러고 나면 한참 동안 부루퉁했다.

"우는 거니, 러비?" 아버지는 아주 불편한 기색을 보이며 묻곤 했다.

"네-에-에."

아버지는 움찔했다. 아버지는 감정을 드러내는 걸 애정을 표현하는 것만큼 힘들어했다.

"왜 우는지 말해줄 수 있니?"

아버지가 대답을 강요하거나 캐물은 적은 없었다. 내가 대답하고 싶으면 하고 아니면 안 하는 거였다.

"어-어-엄마가 저한테 소리 질렀어요. 너-어-무 엉망진창으로 만들어놓는다고 엄마네 집에서 다-다시는 빵 만들지 말래요."

"어련했으려고. 여기서는 아무 때나 만들어도 된다."

"우린 냄비도 없고, 패-팬도 없잖아요."

"어이쿠, 망했네?"

아버지는 농담 삼아 한 말인데, 이 말을 듣고 나는 더욱 서럽게 울었다.

"또 하고 싶은 말 있니?"

나는 책 읽는 시간을 방해하면서 말도 안 되는 소리를 늘어놓고 있었다.

"아-아-아-아-뇨." 나는 훌쩍이며 아버지의 팔 안에 웅크리고는 머리카락을 잡아당겨 입속에 넣었다.

내가 책을 읽다 말고 우는 건 항상 다른 사람과의 문제 때문이었다. 아버지 때문에 마음이 상했을 때는 쉽게 말을 꺼내지 못했다. 나를 속상하게 한 말이 뭐가 됐건 아버지는 바로 잘못을 인정하고 사과하는 경우가 거의 없었다. 때문에 나는 바보가 된 기분이 들었고 당황스러웠다. 그래서 아버지의 말에 정말로 상처를 받으면 한참 동안 욕조에 몸을 담그고 물을 틀어놓은 다음 물소리보다 조금 작게 흐느끼며 감정을 완벽하게 다스릴 수 있을 때까지 숨어 있었다. 아버지가 원인일 때는 책을 읽다 말고 울어봐야 아무 소용 없었다. 그러면 그 문제를 놓고 대화를 나누어야 할 테니까. 그러면 어색할 테니까.

내가 열두 살 때 어느 날 밤, 책을 읽으러 2층으로 올라가기 직전에 아버지와 내가 언쟁 비슷한 걸 벌인 적이 있었다. 무엇 때문에 싸웠는지 기억이 나지 않는 걸 보면 정말로 사소한 문제였을 것이다. 아무리 심해봐야 가벼운 말다툼 정도였을 텐데, '열정적인 독서'를 시작하기 직전이라 목욕을 할 시간이 없었고, 그래서 나는 마음껏 울지 못했다. 아버지의 뒤를 따라 곧바로 계단을 올라가는데, 얼굴이 화끈거리면서 목이 메었다. 현기증이 날 것 같아서 숨을 깊이 들이쉬느라 숨소리가 크고 거칠게 들렸다. 말다툼 때문에 화가 났는지 아니면 슬펐는지 그건 기억이 안 나지만—아마 둘 다였을 것이다—울음이 터지기 직전이었다. 나는 아버지 때문에 얼마나 속이 상했는지 보이고 싶지 않았다. 코피가 났다는 둥 다른 핑계를 대고 아버지 방이 아닌 다른 데서 몇 분만 실컷 울고 싶었다. 그러고 나면 진이 빠지더라도 아버지와 한방에 있는 걸 견딜 수 있을 것 같았다. 그런데 그럴 시간이 없었다. 벌써 아버지가 잠자리에 들 시간이 가까워져 있었고, 꾸물거렸다가는 또다시 말다툼으로 번질 수 있었다. 나는 안으로 들어갔지만, 평소처럼 할 만한 기분이 아니었다.

나는 방 안을 가로질러 여분의 침구를 쌓아둔 곳에서 베개를 하나 잡아챘다. 그런 다음 침대로 올라가 아버지에게서 최대한 멀리 떨어져 베개를 반듯하게 두었다. 두 분이 헤어지기 전에 어머니가 눕던 자리였다. 아버지가 아무것도 모르는 눈치여서 나는 요란하게 이불을 끌어모으고 옆으로 몸을 돌려 아버지를 등졌다. 아버지가 고개를 움직이는 소리가 들리는 걸로 보아 그제야 내 쪽을 본 모양이었다.

한참 동안 정적이 흘렀다. 내 등 뒤로 꽂히는 아버지의 시선이 느껴졌고, 나는 아버지가 무슨 말이라도 하길 기다렸다. 돌아누워서 아버지 팔에 머리를 대라고 명령조로 소리를 지를까? 애정을 요구하거나 그 자세가 일종의 규칙이었음을 인정하는 건 아버지답지 않은 일이었다. 정적과 아버지의 시선 때문에 귀가 화끈거렸다. 나는 아버지가 볼 수 없다는 걸 알았기 때문에 열심히 머리카락을 씹었다. 조금 전까지 슬펐다면 지금은 화가 났고, 나는 그런 내 기분을 분명히 전달하고 있었다. 아버지는 무슨 말을 꺼내려는 듯 숨을 들이쉬었다. 나는 아버지가 무슨 말을 하건 돌아보지 않기로 결심하고 얼굴을 최대한 깊숙이 베개 속으로 파묻었다. 그런데 아버지는 그냥 입을 다물었다. 한숨을 쉬고 책장을 펼치더니 책을 읽기 시작했다.

그때 나는 아버지가 아무 말 없이 그냥 지나갈 줄은 미처 생각 못 했지만, 충분히 예상할 수 있었던 일이기는 했다. 우리 둘 다 하고 싶은 말이, 아니 할 말이 없었으니, 아무 일도 없었던 것처럼 구는 게 평소 우리다웠으니까. 아버지는 보통 때보다 빠르게 책을 읽어내려가는 듯했고, 아버지도 나만큼 심란한 것 같았다. 우리 둘 다 독서 마라톤을 의도적으로 중단할 마음은 없었으니—나는 아무리 반항심이 들어도 그런 생각을 한 적은 없었다—최대한 빨리 해치우고 각자의 공간으로 물러나 각자의 기분을 곱씹고 싶을 따름이었다.

다 읽는 데 이십 분은 걸릴 것 같던 한 장이 십오 분도 안 돼서 끝이 났지만, 그 십오 분은 독서 마라톤 역사상 가장 힘든 시간이었다. 나는 침대 한쪽 끝에 베개를 내려놓은 그 순간부터 내가 돌아오지 못할 강을 건너고 있음을 깨달았다. 나는 이제 열두 살이었고, 친구들은 아버지가 매일 밤마다 책을 읽어주는 걸 이상하게 생각했다. 아버지 옆에 바짝 붙어서 머리를 기대고 아버지 가슴에서 울리는 목소리를 느낀다는 이야기는 절대 친구들 앞에서 하지 않았다. 포옹조차 하지 않는 집안에서 그런다고 하면 얼마나 이상하게 들릴까. 그런데 아버지를 등지고 드디어 퀸 사이즈 침대의 한쪽을 차지하고 누워보니 이러는 게 당연하게 느껴졌다. 열두 살짜리 여자아이라면 자기 베개를 베고 자기 자리에 누워야 하는 법이었다. 그것만이 아니었다. 내일 밤 아버지의 옆으로 돌아가고 싶어지더라도 어떻게 그럴 수 있겠는가? 사과 내지는 휴전협정처럼 보일 텐데, 나는 아직 그럴 마음이 없었다. 예전으로 돌아가기에 적절한 때는 오지 않을 것이다. 나에게는 책을 읽는 새로운 자리가 생겼다.

거기 누워 내 머리카락에서 나는 복숭아 맛을 모조리 빨아 먹으며 이런 생각을 하는데 불현듯 깨달았다. 싸운 것보다 이 사실이 더 슬프다는 것을. 나는 상처받았고, 그래서 나만의 공간이 필요했다. 그냥 몸을 돌리고 아버지 옆에 바짝 붙어 아무 일도 없었던 것처럼 굴수는 없었다. 하지만 내가 포기하려는 게 무엇인지 뼈저리게 느껴졌다. 우리는 신체 접촉이 거의 없었다. 내가 아버지의 팔꿈치와 팔에 바짝 들러붙는 게 유일한 접촉이었다. 거의 사춘기에 접어든 딸과 아버지가 이 정도의 친밀감을 꾸준히 보여주는 가족은 내 주변에 거의 없었다. 내가 원래의 자리를 포기한다는 것은 아버지가 타인과의 접촉을 묵인할 수밖에 없는 유일한 기회가 사라지는 것을 의미했다. 아버지가 용납하지 않는다는 걸 알기 때문에 이제는 아무도 아버지를 포용하지 않았다. 그런데 어쩐 일인지 내 자리는 아무런 반발 없이 몇 년 동안 유지됐다. 한발 떨어져서 보니 문득 이 사실이 눈에 들어오면서 그 습관이 그렇게 오랫동안 계속됐다는 게 정말 신기했다. 아버지도 나도 진지하게 고민한 적 없는 일이었는데, 생각해보니 어색하고 부자연스럽게 느껴졌다. 전에는 그런 적이 없었지만, 앞으로는 그럴 것 같았다.

몸을 단단히 웅크리고 누워 있는데, 화가 나는 동시에 죄책감이 들었다. 아버지가 큰 소리만 내지 않았더라면 지금쯤 나는 아버지의 팔 안에 누워 있었을 테고, 내가 열다섯이나 열여섯 살이 될 때까지 우리 둘 다 그게 얼마나 이상한 습관인지 몰랐을 것이다. 몇 년 더 아버지의 부드러운 순면 러닝셔츠 냄새를 맡고 아버지의 팔에 난 털을 물끄러미 바라볼 수 있었을 것이다. 내가 혹은 아버지가 그걸 망쳐버렸고 이제 더는 그때로 돌아갈 수 없었다. 나는 울음을 참으려고 이불 속에서 손톱으로 무릎을 세게 눌렀지만, 금세 눈물이 차올라 턱을 타고 이불 위로 흘러내렸다. 아무 소리도 내지 않으려고 애를 썼지만, 눈물을 없애느라 열심히 눈을 깜빡이는 바람에 눈꺼풀에서 소리가 났다. 그 물기 어린 슬픈 소리가 아버지의 목소리보다 훨씬 더 크게 들렸다. 게다가 내 숨소리가 점점 더 들쭉날쭉해지고 있었다. 아버지 앞에서 아버지 때문에 눈물을 흘리는 건 정말, 정말 싫었지만, 어쩔 수가 없었다. 숨기려고 그저 노력하는 수밖에. 나는 아버지가 감기 때문에 훌쩍이는 거라고 생각하길 바라며 일부러 기침 소리를 냈다.

책을 다 읽자 아버지는 침대 옆에 책을 내려놓고 아무 말 없이 그

대로 누워 있었다. 아버지는 내가 무슨 말이라도 하길 바랐던 것 같지만, 나는 젖은 머리카락으로 얼굴을 가린 채 밖으로 뛰쳐나갔다. 화장실이 급하다는 둥 다른 핑계를 댈 생각이었는데, 깜빡하고 아버지 앞을 그냥 지나 복도로 달려 나가버렸다. 내 방으로 들어가 이불 속으로 숨고 싶었지만, 아버지 방과 너무 가까웠다. 나는 이번에도 욕조로 향했다. 수압이 유난히 약해서 물이 천천히 채워졌다. 내가 감정을 추스를 시간이 충분하다는 뜻이었다. 심지어 이때부터는 무슨 일로 싸웠는지 기억조차 나지 않았다. 우리 사이에 흐르던 정적만 생각났다. 아버지는 무슨 말인가 하려 했고 내가 무슨 말이라도 하길 바랐지만, 우리 둘 다 속상하다는 말을 하지 않는 성격이었다. 한참 동안 슬픈 목욕을 하며 내가 얼마나 끔찍한 짓을 저질렀는지 곱씹는 것 외에는 달리 할 수 있는 일이 없었다.

그날 밤 짐작했던 대로 나는 두 번 다시 아버지의 품으로 돌아가지 못했다. 그다음 날 밤 어떻게 할까 고민을 했지만 너무 형식적인 느낌을 줄 것 같았고, 아버지가 전날 밤 일에 대해 이야기하자고 할까 봐 겁이 났다. 최소한 당분간은 침대 한구석이 더 편할 것 같았다. 한두 주가 지나자 아버지는 내가 곁으로 다가갈지 모른다는 기대를 접었다. 그래서 두 팔을 옆구리에 꼭 붙였다. 그곳은 내가 있을 자리가 아니었다. 이제 거기에 내 자리를 만들어달라고 할 나이는 지난 듯했다. 때문에 나는 새로운 자리를 고수하며 예전의 친밀감을 그리워했다. 그러면서도 계속 귀를 기울였다.

나는 듣고 아버지는 읽고, 그렇게 우리는 독서 마라톤을 계속 이어
나갔다.

Chapter 14

1,348일째

그렇게 우리는 함께 자랐지,
떨어진 듯 보이지만 경계선이 서로 붙은 쌍둥이 체리처럼.
한 줄기에서 빚어진 두 알의 사랑스러운 딸기처럼.
– 윌리엄 셰익스피어, 「한여름 밤의 꿈」

언니가 대학교로 떠나던 날에 대해서는 딱히 기억에 남는 게 없다. 일대 사건이라 뭔가가 있어야 할 것 같은데, 별다른 일이 없었다. 눈물을 흘리지도 않았고, 전날 밤에 마음을 터놓고 서로 격려하는 말을 주고받지도 않았다. 우리는 이미 이별에 익숙했다. 이번이라고 특별할 건 없었다. 그저 이전 이별에 하나가 더 추가된 것뿐이었다. 몇 년 전부터 시작된 일이었다.

캐스 언니는 고등학교를 졸업하기 전부터 집을 떠나고 싶어했고, 우리는 말릴 수가 없었다. 솔직히 고향을 떠나도 가족 말고는 그다지 그리울 게 없었으니까. 우리는 빠듯하게 생활하고 있었다. 아버지는 빚을 갚고 가족을 부양하고 대학 교육비를 모으면서 동시에 집도 유지하고 싶어했다. 교사 월급으로는 거의 불가능한 일이었다. 우리는 버텨냈지만 풍족하게 지내지는 못했다. 한번은 내가 새 학기 첫날에 지나치게 크고 희한하게 얼룩진 주황색 셔츠를 입고 간 적이 있었는데, 창고 대방출 세일 때 건진 옷이었다. 우리는 몇 년 동안 외식도 하지 못했다. 가끔 맥도널드 1달러짜리 메뉴에서 각자 두 가지씩 골라 먹을 수 있는 호사를 누리면 언니와 나는 눈을 휘둥그레 뜨고 서로를 바라보며 아버지가 웬일로 이렇게 돈을 펑펑 쓰나 생각했다. 아버지는 인색한 게 아니었다. 이러면 되겠다 싶은 방법을 실천에 옮긴 것뿐이었다. 여기에 부모님의 결별까지 더해졌다. 부모님이 한 지붕 아래서 싸울 때와 별다를 바 없이 집안에 여유가 없고 뒤숭숭했다. 하지만 비슷한 상황에 처한 다른 집처럼 열악하지는 않았다. 내가 보기에는 전혀 그렇지 않았다. 그게 집을 떠날 이유가 되지는 않았다.

언니가 그래서 집을 떠난 건 아니었다. 언니는 세상을 구경하고 싶어했고, 언어에 천부적인 재능이 있었다. 나는 언니가 머릿속에서 언어를 만들어내고 하늘에서 언어를 뽑아내어 남들이 모두 이해할 수 있는 말들로 소리를 자아내는 줄 알았다. 내가 아주 어렸을 때였다. 어느 날 밤, 언니는 세면대에 걸터앉아 욕조 안에 있는 나에게 100만 킬로미터 멀리 떨어져 있는 사람도 완벽하게 알아들을 수 있다는 구절들을 가르쳐주었다. 그 이상한 소음을 듣고 나는 웃음을 터뜨렸다.

내가 중학생이었을 때 언니가 교환학생으로 외국에 나가고 싶다고 선언했지만 아버지와 나는 전혀 놀라지 않았다. 예전에 한 교환학생이 이 주 동안 우리 집에 머문 적이 있었는데, 우리가 보기에 훌륭한 경험 같았다. 우리는 한번 도전해보라고 적극 응원했다. 하지만 그건 언니가 안내책자를 보여주기 전까지였다. 부모님 방문도 가능하지 않고, 크리스마스 때조차 집에 다녀갈 수 없는 일 년짜리 프로그램이었던 것이다.

"일 년?!" 내가 물었다. "독일에서 일 년이나 뭐하게?"

"비용이 많이 들지 않을까?" 아버지가 물었다. "우리 돈 없는 거 너도 알잖니."

언니는 심사에 통과하면 무료로 갈 수 있다고 했고, 나는 언니가 심사에서 떨어졌으면 좋겠다고 내 의사를 분명하게 표현했다. 언니는 속상해했지만, 나는 언니를 보낼 수 없었다. 할머니 할아버지는 병석에 누워 있고 어머니는 집을 나간 상황에서 언니마저 떠나겠다고 하자 모두를 잃어버린 듯한 기분이 들었다. 비록 내 머리채를 잡아 끌고 다니고 친구들 앞에서 나를 놀려도, 언니는 내게 평온을 가져다주는 든든한 존재였다. 나는 언니가 면접을 망치길 간절히 빌었다.

나중에 예일 대학교에 진학하고, 언어 능력을 살려 경쟁률이 치열한 공기업에 입사한 그 여자애는 당연히 면접을 우수한 성적으로 통과하고 장학금을 거머쥐었다. 용돈을 제외한 모든 비용을 면제받는 조건으로 일 년 동안 독일에서 지낼 수 있게 된 것이다. 아버지는 가지고 있는 여윳돈을 주겠다고 약속했지만 많지는 않았다. 나는 타이니 팀*이 된 기분이었고 언니 꽁무니를 졸졸 쫓아다니며 돈이 없어도 우리 생활이 그렇게 나쁜 건 아니라고, 우리 가족은 지금 그 어느때보다 한데 뭉쳐야 한다고 언니를 열심히 설득했다. 언니의 선택은 그런 상황이나 우리 가족과는 전혀 무관했지만, 내게는 그렇게 보이지 않았다. 언니가 없는 삶은 상상조차 할 수 없었다.

　우리는 돌아오는 길엔 아버지와 나 둘뿐일 거라는 사실을 절감하며, 언니를 태우고 오리엔테이션이 열리는 워싱턴 DC로 향했다. 가는 동안 언니가 좋아하는 CD를 틀었고, 나는 언니의 어깨에 머리를 기댔다. 사고가 났으면 좋겠다고 생각했다. 가벼운 사고로 지체돼서 늦으면 프로그램 책임자가 화가 나서 언니더러 집으로 돌아가라고 할지도 모르니까. 사실 우리에겐 몇 시간 여유가 있었다. 아버지는 뭐든 미리 준비하는 성격이었고, 누군가를 처음 만나는 자리면 더욱 그랬다. 아버지와 나는 호텔에 들러 체크인을 하고 짐을 풀었지만, 언니는 자기 짐을 차 안에 그냥 두었다. 시간이 너무 빠르게 흘러갔다. 사방이 흐릿하고 시끌벅적했다.

　언니가 오리엔테이션을 받을 컨벤션 센터는 사실 꽤 훌륭했다. 바닥부터 천장까지 나 있는 유리창과 벨벳 카펫이 인상적이었다. 반질반질 윤이 나는 대리석 바닥은 전문가의 우아한 하이힐과 만날 때마

---

* 찰스 디킨스의 『크리스마스 캐럴』에 나오는 가난하고 장애가 있는 아이.

다 감탄하듯 또각또각 소리를 냈다. 내키지 않았지만 제대로 된 프로그램이라는 것을 인정할 수밖에 없었다. 하지만 장소가 아무리 근사해도 저들이 내게서 언니를 일 년 동안 빼앗아간다는 사실이 머릿속에서 떠나지 않았다. 저들에게 언니가 왜 필요한 걸까? 언니는 뛰어난 학생이었고 나라를 대표하는 훌륭한 인물이었다. 맞는 말이었다. 하지만 그런 사람은 수도 없이 많았다. 언니를 더 필요로 하는 사람은 나였다. 나는 로비를 보고 감탄하지 않기로 했다.

학생들이 다른 참석자들과 서로 안면을 익히는 환영 행사가 마련되어 있었다. 주최 측에서는 우리더러 깔깔대고 미소 짓고 실없는 농담을 하라고 했는데, 그건 정말 말도 안 되는 일이었다. 누구도 그럴 기분이 아니었다. 학생들은 엄청 긴장했고 부모들은 많이 슬퍼했다. 사실 너 나 할 것 없이 슬퍼했다. 주최 측은 들뜬 분위기로 몰아가려고 애썼지만, 내가 보기에 들떠 있는 사람은 한 명도 없었다. 우리가 떠나고 어느 정도 시간이 지났을 때 어쩌면 학생들은 흥분했을지도 모른다. 하지만 가족들은 결코 그렇지 않았다. 원래 그보다 길게 예정됐던 행사가 질질 이어지다 완전히 중단됐다. 모두들 다음 차례는 뭘까 궁금해했다. 어떤 사람이 연설을 하러 등장하자 아버지가 긴장한 표정을 지었다. 우리는 숨을 참고, 드디어 올 게 왔다고 생각했다.

"자 그럼 여러분, 이제 나중에 봐요, 하고 인사를 할 시간입니다."

프로그램을 주관하는 여자가 이제 파이와 아이스크림을 먹을 시간이라고 알리기라도 하는 듯 함박웃음을 지으며 말했다.

"나중에 봐요?" 우리 근처에 있던 부모가 물었다. "그게 무슨 뜻인가요? 오늘 밤에 또 만나자는 건가요? 저녁식사 후에? 무슨 말이에요?"

여자는 고개를 젓고 시선을 피하며 귓등을 긁었다. 지금까지 수십 번도 더 해본 일일 텐데, 지금 이 상황에서 뭐라고 말하면 좋을지 아직도 모르는 것이었다.

"일 년 뒤에 보자는 거겠죠. 작별 인사를 해야 한다는 거겠죠." 내가 조용히 말했다.

여자는 좀 전의 그 함박웃음을 또 지으며 분위기에 맞지 않게 너무 열심히 고개를 끄덕였다. 사람들이 아이, 언니, 남자친구, 여자친구를 향해 일제히 우르르 달려 나가 꼭 끌어안았다. 캐스 언니가 뭐라고 말을 했지만 사방에서 들리는 울음소리와 속사포처럼 오가는 열띠고 집요한 대화 때문에 제대로 알아들을 수가 없었다. 한눈팔지 말라고 애원하는 남자친구나 여자친구. 정신 똑바로 차리고 술 마시지 말고 조심하라고 애원하는 엄마 아빠. 저마다 다른 이야기를 하며 행복해 보이려 애를 썼지만, 결국은 다들 "나를 두고 떠나지 말라"고 애원하고 있었다. 놀랍게도 언니와 아버지도 한참 동안 끌어안았다. 언니의 얼굴 위로 눈물이 흐르고 있었다. 잠시 후 아버지가 뒤로 물러서자 나는 더이상 참을 수가 없었다. 언니를 끌어안고 머리카락 냄새를 맡았다. 그리고 파운데이션을 얇게 바른 언니의 뺨 위에 입을 맞추었다. 조그만 초록색 케이스에 니켈로디언* 스티커가 붙어 있는 파운데이션이었을 것이다. 내가 그 위에 스티커를 붙였을 때 언니는 화를 냈지만, 굳이 떼어내지는 않았다. 내가 손을 잡자 언니는 내 손을 꼭 쥐었다 놓았다. 언니는 손을 흔들며 모퉁이 너머로 사라졌다. 나는 그 자리에서 꼼짝하지 않았다.

아버지와 나는 차마 그 자리를 떠나지 못하고 십 분 동안 머뭇거렸다. 우리는 아무 말도 하지 않았다. 이내 흠뻑 젖어버리는 얼굴을 닦는 것만으로도 몹시 힘에 겨웠다. 나는 아버지를 쳐다보며 아버지가 뭔가 의미 있는 말을 해주길 바랐다.

"최소한 아직까지는 네 언니하고 같은 층에 있잖니." 아버지가 갈라진 목소리로 말한 건 이게 전부였다.

우리는 엘리베이터를 탔고, 문이 닫히고 우리만 남게 된 것에 감사하며 더 서럽게 울었다.

"최소한 아직까지는 언니하고 같은 건물에 있잖아요." 내가 말했다.

차를 세워둔 곳으로 천천히 걸어간 후 주차장을 빠져나오는데 아버지가 말했다. "최소한 아직까지는 네 언니하고 같은 거리에 있잖니."

그곳에서 멀어지면 멀어질수록 무너지지 않고 견디는 게 점점 더 힘겨워졌다.

우리는 호텔로 돌아가 벽을 쳐다보고 입술을 깨물며 한참 동안 침대에 앉아 있었다.

---

* MTV를 보유하고 있는 미국의 케이블 채널.

"수영장 가자." 아버지는 마침내 이렇게 말하더니 수영복을 찾아 트렁크를 뒤졌다.

"지금요? 이 상태로요? 사람들이 이상하게 쳐다볼 텐데요. 저는 별로 내키지 않아요."

"그 넓은 데 물이 가득하잖니. 우리 눈물을 아무도 못 볼 거야. 물 속에 당장 섞일 테니까."

"아니면 우리 때문에 수위가 높아져서 수영장 밖으로 물이 넘치거 나요."

우리는 수영장으로 가서 말도 않고 심지어 움직이지도 않고 똑바 로 둥둥 떠 있기만 했다. 캐스 언니 없이 일 년을 지내야 하다니.

그날 밤 우리는 책을 읽기는 했지만, 마음이 편치 않았다. 언니가 떠났는데 호텔 침대에 앉아 집으로 돌아온 양, 모든 게 지극히 전과 같은 양, 여느 때와 다름없이 『비밀의 화원』을 읽다니. 우리가 이 책 을 읽기 시작했을 때부터 기다려왔던 순간이, 메리가 마침내 입구를 찾고 화원을 처음으로 구경하는 순간이 드디어 나왔다. 책장을 넘기 는 순간 느닷없이 온통 푸릇푸릇하고 풀들이 무성한 장관이 펼쳐졌 다. 하지만 우리는 아무 느낌이 없었다. 한마디 언급도 없이, 저절로 터져나오는 탄성도 없이 그냥 지나갔다. 언제나 정말 생생하고 정말 가깝게 느껴졌던 책 속 세상이 너무나 작고 멀게 느껴졌다. 나는 메 리와 100만 킬로미터쯤 떨어져 있는 기분이었다. 메리가 뭘 하건 나 와는 상관없는 일이었다. 화원을 발견하건 자기 방에 있건 체커를 하건 내 알 바 아니었다. 메리도 상실에 힘들어하고 있다는 사실―물론 나와는 다른 종류의 상실이었지만―은 떠올리지 못했다. 떠올렸더라도 아무 감흥 없었을 것이다. 메리는 현실의 인물이 아니었다. 현실은 무겁게 내 가슴을 누르며 성장과 개선의 가능성이 있는 화원으로부터 내 주의를 앗아갔다.

"최소한 아직까지는 네 언니하고 같은 주에 있잖니." 다음 날 아침, 호텔 열쇠를 반납하고 주차장으로 향하는 길에 아버지가 말했다.

그리고 얼마 후, 집에 도착했을 때는 이렇게 말했다. "최소한 아직까지는 네 언니하고 같은 나라에 있잖니."

이틀 뒤, 언니를 태운 비행기가 독일로 떠났다. 나는 우리가 같은 하늘 아래 있는지조차 알 수가 없었다.

아버지와 나는 둘이서 사는 법을 터득했고, 나중에는 완벽한 경지에 이르렀다. 어찌 됐든 둘밖에 없으니 생활비가 덜 들었다. 그런데 언니가 홈스테이 하던 집과 잘 맞지 않아 급작스럽게 집에 돌아왔다. 차에 치여 죽은 동물을 날로 먹으라는 소리를 듣는 등 여러 가지 희한한 일을 겪은 언니는 크리스마스에 딱 맞춰 집으로 돌아왔다. 하지만 아주 돌아온 건 아니었다. 한 달 있다 다시 독일로 날아가 새로운 홈스테이 가족을 만났다. 나중에 언니는 러시아에서 살았다. 지금은 세르비아에서 살고 있다.

그러니까 언니가 대학교에 입학하던 날, 열세 살이 된 내가 옛 기분을 떠올리려고 열심히 노력 중이던 그날에 대해서는 딱히 머릿속에 새겨진 장면이 없다. 아무도 눈물을 흘리지 않았다. 주위의 다른 학생과 가족 들에게는 엄청난 날이었는데, 우리만 겉도는 기분이었다. 그들은 우리처럼 연습을 거치지 않았던 것이다. 그들은 눈물을 흘렸고, 우리는 그냥 어깨를 으쓱했다. 이제는 기껏해야 차로 왔다 갔다 할 수 있는 거리였다. 주말과 명절 때도 만날 수 있었다. 내가 보기에 대학교 정도면 양호했다. 우리는 웃는 얼굴로 마지막 상자를 방까지 옮겨다주고, 일주일 후면 만날 수 있으니 정말로 '나중에 봐'라는 생각을 하며 손을 흔들었다. 언니가 집에 오면 아버지가 옷을 빨아주어서 언니 옷에서도 내 옷과 똑같은 냄새가 났다. 그래서 안 될 건 없었다. 그러다 언니는 또다시 외국에서 한 학기를 보냈다. 언니는 늘 떠나는 사람이었고, 나는 그런 언니를 원망하지 않았던 것 같다. 언니에게는 좋은 기회가 많았다. 단순한 도피가 아니었다. 내가 기억하기로 언니는 수많은 곳으로 떠났지만, 대학교만큼은 중간에 그만두지 않았다.

　나중에 우리 집 경제 사정이 바닥을 치고 캐스 언니가 러시아에 있었을 때 아버지는 집 안 온도를 11도에 맞춘 다음 털모자를 두 개 쓰고 장갑을 낀 채 잠자리에 들었다. 나도 숙제를 좀더 편하게 할 수 있도록 손가락을 자른 장갑을 타자용 장갑이라고 부르며 끼고 다녔다. 한번은 친구가 우리 집에서 자려다가 너무 춥다고 가버린 적도 있었다. 근사한 생활은 아니었다. 나는 언니가 날마다 뭘 하며 지내고 있을지, 언니가 있는 곳은 따뜻할지 궁금해했다. 전화 통화를 했을 때 언니는 아니라고, 거기가 더 춥다고, 말로 표현할 수 없을 만큼 우리가 보고 싶다고, 꾸준히 연락하겠다고 했다. 언니는 약속을 지켰다. 그래도 아직 낮 시간이 점점 짧아지는 계절이었고 뭔가 허전했다. 나는 아버지가 빵을 토스터에 넣는 소리가 들릴 때마다 허둥지둥 최대한 빨리 침대에서 빠져나왔다. 손을 녹일 수 있는 토스터 윗부분을 먼저 차지하기 위해서였다. 하지만 계단을 다 내려간 다음에야 더는 나를 뒤쫓아올 사람이 없다는 사실을 깨닫곤 했다.

어떤 날은 밤에 언니 침대에 누워 별을 셌다. 창밖의 별이 아니라 언니 방 천장에 붙인 조그만 야광별을. 오래전에 한 봉지를 사서 둘이 나눴는데, 내 것은 이미 거의 다 떨어져 이따금 플라스틱이 바닥이나 서랍장에 부딪히는 작은 소리가 들렸다. 하지만 언니가 나보다 압정을 더 많이 동원한 덕분에 언니의 별들은 이 집에서 감수해야 하는 추운 겨울과 무더운 여름을 견디며 여전히 붙어 있었다. 몇 개 떼어내 매일 밤마다 같이 볼 수 있게 언니에게 보내주고 싶었지만, 그렇게 오랫동안 버틴 아이들이니 그냥 두기로 했다. 진짜 별들로는, 밤하늘에서 이글거리는 가스 덩어리들로는 충분하지 않았다. 누구에게나 그런 존재가 있다. 그 플라스틱 별들은 이해하고 기억했다. 그 별들은 모든 걸 보았다. 그리고 여전히 이곳에 남아 있었다.

Chapter 15

1,513일째

사람들이 말하길 크리스마스에 다투는 것은 부끄러운 일이라고 했다.
그런데 정말 그렇다! 주께서 가라사대, 정말 그렇다!
- 찰스 디킨스, 『크리스마스 캐럴』

"제 크리스마스트리에는 그거 안 달 거예요."

"네 크리스마스트리? 어째서 네 거라고 생각하는데?"

"제가 양말 서랍에 모아둔 돈을 싹싹 긁어서 샀고, 두 시간에 걸쳐 설치했으니까요. 그 정도면 아주 당당하게 제 크리스마스트리라고 말할 수 있죠."

아버지는 트리 주변을 빙빙 돌며 당신이 제일 좋아하는 장식을 달 만한 곳을 찾고 있었다. 그 장식은 내 손보다 길고 웬만한 소설책보다 두꺼운, 엘비스 프레슬리 홀로그램 사진이 붙어 있는 커다란 금색 상자였다. 상자에는 조그만 색색의 버튼들이 있었지만, 텔레비전이라기보다 화면이 달린 희한한 라디오처럼 보였다. 옆으로 기울이면 엄청나게 땀에 젖은 투실투실한 엘비스 또는 피곤한 얼굴로 마이크에 대고 고함을 지르는 엘비스 사진이 나왔다. 더이상 추할 수 없는 사진이었다. 원래 웃자고 주고받는 선물용으로 판매된 게 분명하다는 생각이 들 정도로.

"이것 봐라, 노래도 나온다!" 아버지가 뒤쪽에 달린 버튼을 누르자 윙 하는 쇳소리가 나왔다. 〈Hound Dog〉라는 노래인 모양인데, 진짜 사냥개*가 자전거 경적 무더기를 밟고 걸으며 청승맞게 울부짖는 소리처럼 들렸다.

"그래요, 귀엽네요. 누구도 아니라고 말 못 할 거예요. 저도 그렇지 않다는 게 아니에요. 하지만 자리가 있을까요?"

대답은 '없음'이었다. 내가 구석구석 빠짐없이 장식을 달아놓았으니까. 어떤 건 집에서 만들었고 또 어떤 건 물려받은 가보였는데, 그중에 땀을 흘리는 뚱뚱한 남자가 그려진 장식은 절대 하나도 없었다. 나는 크리스마스 장식을 그 상태 그대로 유지할 생각이었다.

그때 문 두드리는 소리가 들렸다.

"나 지금 정신없이 바쁜데!" 나는 아버지가 알루미늄포일로 포장한 것들이 잘 보이지 않게 선물을 정리하며 소리를 질렀다.

"나는 방금 전에 샤워하고 나왔어!" 언니가 2층에서 외쳤다.

노크 소리를 못 들은 건지, 못 들은 척하는 건지 아버지는 무릎을

---

* 'Hound Dog'는 사냥개라는 뜻.

끓고 앉아서 그 장식을 바닥에서 어느 정도 높이에 달아야 고양이들이 달려들지 못할까 열심히 재고 있었다.

"어, 그럼 내가 나가봐야겠네." 언니의 남자친구 네이선이 조심스럽게 말했다.

네이선과 언니는 뉴저지와 네이선의 고향인 텍사스를 오가며 방학을 보내고 있었다. 네이선은 몇 번의 크리스마스를 비롯해 여러 차례 우리와 함께 지냈지만, 남의 집 대문을 열어주려니 영 어색한 모양이었다.

"메리 크리스마스!" 어머니가 안으로 들어서기 전부터 큰 소리로 외쳤다. 그러더니 한가득 안고 온 이불과 베개를 소파에 내려놓고, 침대시트와 베개를 몇 개 더 들고 와야 한다고 말했다.

"울퉁불퉁한 바위 위에서 자려는 거야?" 타고 온 밴으로 되돌아가는 어머니의 등 뒤에 대고 아버지가 소리쳤다. "당신이 소파를 차지할 게 아니라면 거기에다 내 선물들을 편안하게 얹어놓고 싶은데."

어머니는 혼자만의 첫 크리스마스에는 자기 집에서 지냈지만, 나는 그게 영 별로였다. 그렇게 중요한 날 어머니가 혼자 자고 혼자 일어날 이유가 없었다. 그래서 내가 일 년 중 이날만큼은 우리 집에서 자라고 했고, 그 전통은 오늘까지 이어지고 있었다. 어머니는 전남편의 소파에서 자는 것에 대해 단 한 번도 투덜거리지 않았고, 아버지도 전처가 거실에서 지내는 것에 대해 단 한 번도 문제를 제기하지 않았다. 가끔 남들처럼 심하게 싸우기도 했지만, 우리 부모님은 우리를 생각해 서로 웃는 얼굴로 대하는 수준을 넘어 친구처럼 지냈다. 어머니가 우리 집에서 크리스마스를 보내는 이유는 내가 비록 열세 살이 됐다 하더라도 그게 나에게 얼마나 중요한 일인지 알기 때문이었고, 아버지가 아무 말 않는 이유는 어머니가 혼자 명절을 보낼 이유가 없다고 생각하기 때문이었다. 내가 고등학교 졸업을 앞두고 있을 때 당시 아버지의 여자친구가 이런 관행은 받아들일 수 없다고 거부하기 전까지 우리는 그게 비정상적인 일이라는 생각은 전혀 못 했다. 놀랍게도 아버지는 그 상황에서도 우리의 전통을 옹호했다.

"네이선 오빠, 2층으로 올라가기 전에 잠깐만." 내가 그의 스웨터를 붙잡으며 말했다. "있잖아, 엉덩이를 흔들면서 로큰롤을 부르는 남자가 우리 트리 꼭대기에 달려 있으면 아기 예수가 어떤 기분일 것 같아?"

나는 방금 전까지만 해도 별이 있던 자리에 매달린 문제의 장식을 손가락으로 가리켰다.

"아기 예수가 뭐라고 할지 나는 모르겠는데." 네이선은 충돌을 피하려고 이렇게 말했다. "개인적으로 만나본 적이 없어서. 그리고 나는 유대인이잖아."

"하지만 한번 생각해봐." 나는 대답을 강요했다.

"글쎄. 엘비스가 가스펠송을 많이 부르지 않았나? 아기 예수가 그건 좋아할 것 같은데."

갑자기 아버지가 〈주 하나님 지으신 모든 세계〉를 부르기 시작하며 극적인 효과를 위해 홀로그램 엘비스를 앞뒤로 흔들었다. 땀에 젖은 투실투실한 엘비스. 피곤한 얼굴로 고함을 지르는 엘비스. 이 사람이 가수로 활동하는 동안 촬영한 수천 장의 사진 중에서 이보다 아주 조금이라도 괜찮은 사진 두 장쯤은 누구든 쉽게 찾을 수 있었을 텐데.

"무슨 이야기 하고 있었니?" 어머니는 완두콩 공주도 울고 갈 만큼 산더미처럼 이불을 쌓더니 활짝 웃으며 물었다.*

"어쩌다가 유통기한이 육 년이나 지난 버터가 아직까지 남아 있을까에 대한 이야기라고나 할까요?" 캐스 언니가 아버지 얼굴에 대고 상자를 흔들며 말했다. "아니면 이런 것에 신경 쓰는 사람이 저밖에 없다는 이야기라고나 할까요?"

"사 온 그 주에 냉동실에 넣었는걸? 아무 문제 없어."

"이래서 우리 집에 손님이 오지 않는 거예요. 아빠, 냉동실로 시곗바늘을 멈출 수는 없다고 제가 수백 번, 수천 번 말씀드렸잖아요."

아버지는 심각해졌다.

"대체 뭐냐, 오늘이 크리스마스이브냐 아니면 아빠에 대한 불만을 쏟아내는 날이냐? 그 버터 싫으면 먹지 마! 나는 상관없으니까. 내가 먹어달라고 사정하던? 네가 1층으로 내려와 토스트를 먹으면서 내

---

* 안데르센 동화집에 나오는 이야기. 옛날에 진짜 공주와 결혼하고 싶어한 왕자가 있었는데, 자기 성을 찾아온 공주가 진짜 공주인지 알아내기 위해 침대에 완두콩을 넣고 그 위로 이불을 스무 장 덮었다.

가 어떻게 잘못 살고 있는지 말해달라고 내가 기도라도 하고 있을 것 같니?"

"언니는 장식을 고르는 아빠 취향부터 따지는 걸 수도 있어요." 내가 끼어들었다.

"제임스, 미안하지만 이거 내 선물이야?" 어머니가 포일을 뒤집어 쓴 상자를 머리 위로 흔들며 우리를 향해 외쳤다. "내가 부탁한 슬리퍼 산 거면 지금 풀어보고 싶은데."

"당신 거 아니야! 이름표도 못 읽나?"

아버지는 선물을 빼앗아 선물 더미 뒤편으로 옮겼다. 누구 것인지는 몰라도 어머니가 받을 사람 앞에서 모양과 질감을 폭로한 데 짜증이 난 얼굴이었다.

"미안, 제임스! 정말 미안! 내가 그 관계자인 줄 알았어. 정말로!"

냉장실 안 모든 음식물의 유통기한을 확인하러 나선 언니를 거들고 있던 나는 서 있던 자리에서 가까스로 이름표를 볼 수 있었는데, 이렇게 적혀 있었다. '받는 사람: 관계자. 보내는 사람: 내 알 바 아님'.

제임스 브로지나다운 이름표였지만, 심지어 나조차 무슨 뜻인지 알 수 없었다. 아버지가 포일에 매직으로 춤추는 남자를 그려놓은 걸 보면 네이선을 위한 선물인 듯했다. 사실 그런 걸 단서라고 말할 수는 없겠지만.

어머니가 크리스마스 음악을 틀었고, 아버지만 빼고 모두가 트리 주변에 둘러앉아 이야기를 나누고 장식을 칭찬했다. 아버지는 저쪽으로 가서 텔레비전을 틀고, 땅콩버터 샌드위치를 먹으며 뉴스를 보았다. 아버지는 사람들과 잘 어울리지 못하는 성격은 아니었다. 다만 뉴스와 땅콩버터 샌드위치를 좋아해서 크리스마스이브에도 일 년 내내 하던 대로 할 따름이었다. 모두들 각자의 방식으로 크리스마스를 즐기는 게 유쾌한 크리스마스 정신이었기 때문에 우리도 아버지가 마음껏 즐길 수 있게 방해하지 않았다.

그날은 크리스마스이브 행사를 좀더 마음 편하게 즐길 수 있도록 나를 배려해 아버지가 일찌감치 책을 읽어주었다. 우리는 게리 폴슨이 쓴 『손도끼』를 읽는 중이었지만, 그날 저녁에는 그 책을 덮어두었다. 황야에서 혼자 생존해야 하는 남자아이 이야기는 안 그래도 흥미진진했는데, 우연히 내 실습시간 짝꿍인 잭도 똑같은 책을 읽고 있다는 사실을 알고 난 다음부터 한층 더 흥미진진해졌다. 잭과 나는 각각의 상황에서 우리 같으면 어떻게 했을지 상상하고, 상대방이 내놓은 계획의 실현 가능성을 두고 논쟁을 펼쳤다. 나는 그 책을 무척 좋아했지만, 흥겨운 크리스마스이브에는 어울리지 않았다. 대신 우리는 『크리스마스 캐럴』에서 아무 문단이나 골라 읽기로 했다. 나는 스크루지의 누이 패니가 나오는 부분을 특히 좋아했다. 슬프기는 하지만 패니가 정말 착한 사람인 것 같았기 때문이다. 그 부분을 읽은 다음에는 분위기를 띄우기 위해 이름만 들어도 당장 웃음 짓게 되는 페지위그네 파티 장면을 읽었다.

책 읽기가 끝나자 아버지는 먼저 잠자리에 들었다. 다른 식구들은 자지 않고 선물을 흔들어보고 뜨거운 코코아를 연거푸 마셨다. 나는 원래 뜨거운 음료를 싫어하지만 신나서 코코아를 들이켰다. 크리스마스에는 어떤 일에 대해서든 생각이 달라질 수 있으니까. 나는 엘비스 장식을 치우고 늘 쓰던 별을 달려고 본능적으로 손을 뻗었다.

"뭐하러 그래." 내 뒤에 서 있던 네이선이 말했다. "나 같으면 그냥 두겠다."

"홀로그램이 달린 금색 상자를 보고도 그래?" 나는 놀란 목소리로 물었다.

"응."

"저게 예뻐?"

"아니, 그렇지는 않아."

"그럼?"

"웃긴 장식이지. 다른 집 같으면 별이나 천사가 있어야 할 크리스마스트리 꼭대기에 달려 있으니까 더 웃겨. 내가 전부터 너희 집안에 대해 마음에 들었던 게 뭔지 알아? 바로 우스워도 된다는 거야. 내가 상관할 바는 아니지만, 이 트리가 나쁜 쪽으로 튀어 보이지는 않아. 생각해보면 브로지나 집안에 딱 어울리는 트리야."

"그 얘길 들으니까 내가 무슨 찰리 브라운이 된 것 같아." 내가 말했다. "한심하지만 딱 어울리는 트리라고 하니까."

"찰리 브라운이 어때서?"

"우리가 쓰던 크리스마스 별은? 그 별이 어때서? 몇 년째 쓰던 그 별이 별로야?"

"아니." 네이선이 말했다. "그럴 리가. 둘 다 좋아. 둘 중에서 뭘 달아도 근사할 거야."

네이선은 "메리 크리스마스"라고 말하고 자러 들어갔다.

나는 혼자 거실에 남아 커다랗고 근사한 트리를 물끄러미 바라보았다.

나는 의자를 끌고 와 딛고 올라선 다음 별의 크기가 적당한지 달아보았다. 근사했다. 이번에는 엘비스 장식을 달아보았다. 우스웠다. 하지만 별 위에 엘비스를 겹쳐 달았더니 딱 어울려 보였다. 그래서 그렇게 하기로 했다.

그날 밤, 나는 침대에 누워 집 안에서 들리는 온갖 소리에 귀를 기울였다. 아버지가 나지막이 코를 고는 소리는 규칙적이고 평화로웠다. 어머니가 입을 벌리고 숨을 쉬는 소리는 어머니가 손가락으로 차창에 글씨를 쓰려고 입김을 불 때 나는 소리와 비슷했다. 언니와 네이선이 키득거리는 소리는 졸린 기색이 느껴지지만 행복하게 들렸다. 발치에서 고양이 한 마리가 가르랑거리는 소리도 들렸다.

지난 몇 년 동안 나는 한 사람과 같이 사는 데 익숙해졌다. 이제 더이상 집이 휑하게 느껴지지 않았고, 조용해도 신경 쓰이지 않았다. 둘이 살아도 문제는 없었다. 하지만 오늘 밤만큼은 우리가 내는 소리가 한데 어우러져 만들어지는 나직한 크리스마스 캐럴을 마음껏 음미했다. 우리가 부르는 노래는 〈고요한 밤 거룩한 밤〉 같은 건 아니었다. 어쩌면 〈Hound Dog〉 같은 노래였을지도. 하지만 우리 노래는 진짜였다.

Chapter 16

1,528일째

그녀는 자신이 아는 유쾌하고 아름답고 환상적인 모든 것들을 애써 생각했다.
온갖 놀라운 일들을 하나씩 떠올리며 번호를 매겼다.
속으로 시를 중얼거리고, 학교에서 배운 노래와 아빠가 부르던 노래 들을
나지막이 중얼거렸다. 하지만 소용없었다.
– 버지니아 소렌슨, 『봄 여름 가을 겨울』

분명하게 딱 잘라 말하건대 C는 한 사람에게 줄 수 있는 최악의 학점이다. D나 심지어 F보다 못하다. 그 사람이 절대적으로, 완벽하게 보통이라는 뜻이니까. 그런데 실질적으로 따져보면 보통도 되지 못한다. 대부분의 학생들이 그보다 더 잘하거나 못하니 말이다. 우리는 자기 자신을 점수가 좋은 사람 아니면 점수가 나쁜 사람으로 규정한다. 그런데 C를 받으면 정체성이 조금 모호해진다. 나는 똑똑한데 성적이 실력보다 안 나온 아이일까, 멍청한데 성적이 실력보다 잘 나온 아이일까? 게다가 거의 모든 과목에서 A를 받는 데 익숙한 사람에게 C는 기본적으로 더 많은 노력이 필요한 F나 별다를 바 없다. C로 시작되는 단어들을 생각해보자. crusty(퉁명스러운), canker sore(구

내염), cannibal(식인종) 그리고 congeal(엉기다). 여기까지만 하자.

때문에 내가 대부분 A를 받으며(수학과 과학에서 간혹 B를 받았다) 칠 년을 지내다 처음으로 C를 받았을 때 느낀 충격은 사소한 정도가 아니었다. 게다가 가장 자신 있는 과목에서였으니.

성적표를 교실에서 나눠주기는 했지만, 홈룸시간에는 아니었다. 우리는 마지막 시간에 단축 수업을 하고 각자 교실로 돌아가 성적표를 받았다. 고등학교에서는 첫 시간에 성적표를 나누어주지만, 중학생들은(나도 여기에 해당되었다) 아직 울고불고 난리법석을 떠는 경향이 있기 때문에 하루를 성적표와 함께 시작하면 대참사가 일어날 수도 있었다. 나는 마지막 종이 울리기 직전에 인파를 뚫고 스페인어 수업을 받는 교실에서 지리 수업을 받는 교실로 옮겨, 얼른 교실을 빠져나갈 수 있길 바라며 앞자리에 앉았다.

나는 할 일이 있었다. 연극반이었기 때문에 수업이 끝나자마자 곧바로 친구들과 만나 연습 전에 대사를 맞춰볼 생각이었다. 내 성적표는 항상 빤했기 때문에 설렘은 없었다. 좋아하는 과목에서는 A, 그렇지 않은 과목에서는 B. 가끔 수학이나 과학에서 A를 받을 때도 있었지만, 올해는 영 신통치 않아서 기대하지 않았다. 사실 선생님한테 성적표를 받았을 때 보지도 않았다. 한두 번 접어서 바인더에 넣고 물건들을 책가방에 챙긴 다음 친구들을 만나러 갔다.

내가 제일 먼저 도착한 까닭에 조금 기다려야 했다. 사물함 앞에 구부정하게 앉아서 사탕이 없나 책가방을 뒤지는데 바인더에 넣어둔

성적표가 생각났다. 성적표를 꺼내 꼬깃꼬깃 접힌 걸 펴고 무릎에 얹었다. 나는 선생님의 의견을 읽는 걸 좋아했다. 그런데 다른 게 먼저 내 시야에 들어왔다. 공격을 하려고 똬리를 푸는 뱀처럼 생긴 곡선. 작고 까맣고 심술 맞은 C. 그것도 영어에서.

영어라니! 나는 믿기지 않아서 다시 한번 확인했다. 생물이나 예비 대수학이라면 이해가 갔다. 예비 대수학은 전부터 간신히 B를 받는 수준이었다. 하지만 영어는 옛날부터 내가 가장 자신 있는 과목이었다. 나는 영어 수업을 사랑했다. 영어는 곧 이야기 수업이었다. 이야기를 쓰거나 읽거나 이야기를 가지고 토론을 하면 됐다. 그러니까 지금 나는 이야기 시간에 C를 받은 것이었다.

뭔가 잘못된 게 분명했다. 나는 선생님이 퇴근하기 전에 찾아가야겠다고 생각하며 벌떡 일어섰다. 그러다 그 여선생님 얼굴을 떠올리는 순간, 잘못된 게 아님을 깨달았다.

사실 그 선생님은 비열한 사람은 아니었다. 가장 적절한 표현은 냉정하다였다. 선생님은 학생들 속에 섞여 있거나 수업을 진행할 때 그다지 행복해 보이지 않았다. 내가 기억하기로는 눈동자가 회색이었는데, 나처럼 파란빛이 도는 회색은 아니었다. 은빛이었고, 무관심 속에 날카롭게 빛났다. 선생님은 책상에서 점수를 매길 때마다 빈정거렸다. 뭔가를 비웃을 때만 미소를 지었고, 내가 보기엔 책을 좋아하는 것 같지도 않았다. 나는 그 선생님을 좋아하지 않았고, 그 선생님도 나를 좋아하지 않았다.

선생님과 나는 그 학기 내내 수없이 부딪치며 매번 똑같은 논쟁을 벌였다. 내가 과제물을 독창적으로 해석했다고 해서 숙제를 제대로 하지 않았다고 할 수 있을까? 선생님이 나에게 낮은 점수를 준 이유는 독후감으로 시를 쓰는 등 내가 과제를 잘못했다고 생각하기 때문이었다. 나는 정해진 단어 수도 지켰고 주어진 읽기 과제물도 반영했으니 내 숙제가 인정받아야 한다고 선생님께 여러 이유를 제시했다. 내가 이런 논리를 펼치면 선생님은 등을 돌리고 가버렸고, 그러면 나는 내가 이겼으니 선생님이 점수를 수정할 거라고 생각했다.

그건 엄청난 착각이었다. 대화로 달라진 건 아무것도 없었다. 나는 이제 가장 자신 있는 과목에서 내 역사상 최초로 C를 받았다. 가장 기분이 나빴던 것은, 낮은 점수를 받은 보고서 중에 『기억 전달자』도 있었다는 점이었다. 집에서 아버지와 함께 탐독하고 장황한 토론까지 마친 다음 수업시간에 다시 읽은 책이었는데. 나는 그 책의 몇몇 구절을 암송할 수도 있었고, 자주 그랬던 것처럼 우리가 지금까지 읽은 다른 책들과 비교할 수도 있었다. 잘난 척하려는 게 아니라 집에서 아버지와 함께 읽은 모든 책에 워낙 열광했기 때문에 내가 사랑해 마지않던 책에 내 친구들도 푹 빠뜨리고 싶어 참을 수가 없었다. 다른 건 몰라도 선생님이라면 대부분 열성적인 학생을 보고 즐거워할 줄 알았다. 그런데 그 선생님은 아니었다. 나의 배경지식과 열정이 그 선생님에겐 아무 의미가 없었다. 아버지가 매일 밤 책을 읽어주었는데 영어에서 C를 받다니. 영어에서!

소란스러운 복도 한복판에서 아래턱의 힘이 빠지는 게 느껴졌다. 이건 둘 중 하나를 의미했다. 울음이 터질 것 같거나 아니면 토할 것 같거나. 다행히 1번이었다. 나는 물건을 찾는 척 책가방 속으로 고개를 묻고 얼굴을 가렸지만 숨소리가 거칠어지고 요란해졌다. 급기야 내 친구의 어머니이기도 한 경비 아주머니가 가던 걸음을 멈추고 무슨 일 있느냐고 물었다. 나는 성적표를 보여주었다. 아주머니는 보고 나서 돌려주며 말했다.

"저기 저 아이만큼 환상적이지는 않다만, 그래도 이 정도면 괜찮은데? 너희 아빠가 뭐라고 하실지, 그건 걱정 마라. 분명 이해하실 테니까."

그게 문제가 아니었다. 아버지야 당연히 이해하시겠지. 나는 연극 연습을 하는 내내 눈물을 흘렸고, 아버지가 데리러 왔을 때 굳이 참지도 않았다.

"아빠!" 나는 흐느끼며 뒷자리에 털썩 올라탔다. 그러고는 성적표를 앞으로 내밀고 조수석 등받이에 머리를 댔다. 아버지는 몇 초 동안 성적표를 훑어보다 헉 소리를 냈다.

"이게 대체 어찌된 일이냐?" 아버지가 물었다.

"그러니까요오오오!" 나는 울부짖었다.

"어쩌다 이랬어?"

"선생님이 저를 미워하잖아요오오오!"

그 선생님에 대해서라면 둘이서 수도 없이 대화를 나누었다.

"흠, 보아하니 너를 열렬히 사랑하는 것 같지는 않구나. 건방지다고 생각한 모양이야. 하지만 도전 정신이 긍정적일 수도 있지. 월급 값을 하는 교사라면 알아야 하는 건데."

나는 고개를 저으며 머리카락을 쥐어뜯었다.

"내가 화가 났다거나 뭐 그럴 거라고 생각하는 건 아니지?" 아버지가 시동을 걸기 전에 물었다.

"당연하죠. 그냥 짜증이 나는 일이라 짜증을 내는 거예요!"

"좋아. 네가 보고 싶다면 내 성적표를 보여주마. 집에 가보면 상자 안에 들어 있거든. 이만큼 훌륭한 성적표는 하나도 없단다."

"알아요, 알아요, 알아요, 아빠가 화난 게 아니라는 거. 그래서 우는 게 아니라고요. 영어에서 C를 받았잖아요!"

다시 한번 울음이 터지면서 목소리가 갈라졌다. 나는 두 팔에 얼굴을 묻었다. 누가 지나가다 차창 안을 들여다볼까봐 우리는 주차장을 빠져나갔다.

"흠." 아버지가 말했다. "어쩌지?"

"모르겠어요. 뭘 어떡해요. 이 세상 그 어떤 것도 도움이 안 될 거예요. 아무것도."

"커스터드 코랄도?"

"그건 도움이 될지도 모르겠네요."

커스터드 코랄은 이름에 C가 한 개도 아니고 두 개씩이나 들어가지만 그래도 수많은 문제의 해결책이었다. 그곳은 우리 집에서 2~3킬로미터 거리에 있는 아이스크림 가판대로, 커스터드와 염소로 유명했다. 염소들은 가판대 옆 우리 안에 있었고, 얼굴에 끈적끈적하게 아이스크림을 묻힌 아이들은 먹다 만 콘 아이스크림을 울타리 사이로 집어넣곤 했다. 그 때문에 염소들은 사람들을 잘 따랐고, 또 아주 토실토실했다. 커스터드 코랄은 내가 이 지구에서 가장 좋아하는 곳 중 하나였다.

우리는 내가 즐겨 먹는 따뜻한 비스킷을 섞은 딸기 쇼트케이크 선디를 사서 염소들을 마주 보고 벤치에 앉았다. 솔직히 기분이 좀 나아졌지만, 아이스크림으로 내 인생 최대의 문제마저 해결할 수 있음을 인정하려니 우스워지는 것 같아서 아무 말도 하지 않았다.

"그 수업에 대해서 하고 싶은 말 있니?" 아버지가 물었다.

"아뇨." 내가 대답했다.

하지만 나는 진심으로 이해해줄 사람에게 이야기하고 싶어서 하루 종일 기다렸다.

"뭐, 그러니까 그 선생님의 채점이 부당하다는 거예요. 저는 항상 남들보다 많이 하고 있다고 생각하는데, 선생님은 제가 남들보다 적게 하는 것처럼 점수를 매기잖아요. 단답식의 경우에는 공정하게 채점할 수 있겠죠. 하지만 창의적인 숙제나 보고서는 선호도에 따라 점수가 달라질 수 있는데, 그 선생님은 저를 아주 싫어한다고요."

"맞아." 아버지는 내 선디를 한 숟가락 듬뿍 뜨며 말했다. "그러는 선생님들이 수도 없이 많지. 나도 학교에서 그런 경우를 늘 목격한단다. 아주 부끄러운 일이지. 하지만 누구나 편애를 하잖니. 심지어 아주 훌륭한 선생님들조차. 어쩔 수 없는 일이란다. 나도 가끔 나도 모르는 새 편애를 하는 경우가 있거든."

나는 아버지의 솔직한 고백이 고마웠다. 솔직히 나는 왜 부모님들이 어떤 상황인지 들어보지도 않고, 있지도 않은 문제를 상상하는 거라고 아이들을 설득하려 드는지 이유를 알 수 없었다. 가끔 아이들은 아무 이유 없이 공격당하는 느낌을 받을 때도 있었는데 내 경험상 대부분은 선생님도 인간이다보니 실수를 하는 경우였다. 아이들도 제법 예리할 수 있다.

"네가 영어시간에 편애를 받는 데 익숙했던 거지." 아버지가 덧붙였다.

"그건 당연한 거잖아요! 누구든 편애를 받는 사람이 생길 수밖에 없다면 말이에요. 저는 열심히 노력하고, 새로운 걸 시도하고, 훌륭한 질문을 하잖아요. 읽고 쓰는 것도 사랑하고. 사랑받기에 이보다 더 나을 수 있어요?"

나는 끈적끈적한 딸기 맛 선디를 큼지막하게 한 숟가락 떠서 혀 위에 올려놓고 빙빙 돌리다 조금 전보다 더 열띤 목소리로 이야기를 계속했다.

"그리고 수업시간에 읽는 책이 우리가 집에서 읽는 책보다 훨씬 쉬워요. 수업 후에, 아빠랑 무슨 책을 읽는지 그 선생님한테 몇 번 말씀드리려고 한 적이 있거든요. 우리가 『푸른 돌고래 섬』을 읽고 있을 때만 해도 내년에 읽기 숙제로 활용하면 좋을 것 같다는 말씀까지 드렸어요. 정말 재미있게 읽었다고요."

『푸른 돌고래 섬』은 '여자아이용 책'도, '남자아이용 책'도 아니었다. 몇 년 동안 어느 섬에 홀로 남겨진 카라나에 대한 이야기였는데, 그 아이는 가장 남자다운 남자도 겁먹을 만한 일들을 해냈다. 나는 선생님께 우리 책을 빌려드릴 테니 좀 보시겠느냐고 물었지만, 선생님은 관심조차 보이지 않았다.

"선생님은 저를 이상한 아이라고 생각하는 것 같아요. 제가 선생님이라면 저 같은 학생을 보고 행복해할 텐데. 지금 생각에는 그럴 것 같아요. 좀 이상한 여자아이일 수도 있지만 그래도 괜찮잖아요. 그리고 저는 수학이나 과학은 못하잖아요. 잘 못하잖아요. 그러니까 제가 잘하는 걸 할 때는 누군가 알아줬으면 좋겠어요."

나는 설명을 하느라 어느새 자리에서 일어나 있었다. 나는 부루퉁한 얼굴로 다시 벤치에 앉았다.

"내가 알아주잖니. 내 앞에서는 너를 변호할 필요가 없어, 러비."

나는 거의 삼십 분 전에 울음을 그쳤는데, 아버지의 이 말에 다시 울음이 터졌다. 아버지가 나를 믿는 건 진작부터 알고 있었지만, 믿음을 확인하고 나니 기분이 좋았다. 아버지는 내가 왜 다시 울음을 터뜨렸는지 알 수 없었기 때문에 내 등을 살짝 툭 치고 말했다. "앞으로 삼십 초 안에 그 선디 얼른 해치우지 않으면 내가 다 먹어버린다."

내가 선디를 건네자 아버지는 물이라도 되는 것처럼 입에 들이부었다.

나는 계속 속이 상해서 집중을 할 수 없었다. 그래서 그날 밤에 무슨 책을 읽었는지 기억나지 않는다. 하지만 이불처럼 나를 감싸며 추위를 없애주던 아버지의 목소리가 얼마나 위안이 되었는지는 기억이 난다. 아버지는 나를 믿었다. 아버지는 나를 믿고 있었다.

전날 너무 많이 울어서 다음 날 학교에 갔을 때도 여전히 눈이 아팠다. 나는 우리 반 교실에서 친구 옆자리에 앉은 다음 창피한 성적표를 쳐다보지도 않고 친구에게 건넸다.

"와우, C잖아? 아빠가 뭐라고 하셨어?"

"같이 아이스크림 먹으러 갔어. 그게 중요한 게 아니야. 아빠 반응이 중요한 게 아니라고."

"무슨 소리야? 이게 내 성적표였으면 우리 아빠는 가만두지 않았을 거야."

"뭘 가만두지 않아?"

"말이 그렇다는 거지. 아마 외출 금지령을 내렸을걸? 완전 화를 내면서. 그런데 너는 아이스크림 먹으러 갔다고?"

"응, 내가 너무 속상해하니까 같이 아이스크림 먹으면서 이야기했어."

"나도 너희 아빠 딸이었으면 좋겠다."

"섀널, C에 집중해줘. C에."

"제대로 집중하고 있어. 네가 나쁜 성적을 받고 속상해하니까 네 아빠가 진심으로 걱정해주었다는 사실에 집중하고 있다고. 네가 속상해하니까 너희 아빠도 속상해했다는 사실에. 쳇, 우리 가족이랑 바꾸지 않을래? 우리 엄마, 데빌드 에그* 진짜 잘 만드는데."

섀널은 웃음을 터뜨리며 내 등을 찰싹 치고 성적표를 돌려주었다.

"네가 얼마나 행운아인지 알아야 해, 친구."

나는 내게 주어진 행운을 헤아려보았다. 섀널. 아이스크림. 독서 마라톤. 그리고 아빠.

나는 C를 내려다보았다. 전보다 좀 작아져 있었다.

---

* 미국인들이 즐겨 먹는 애피타이저. 달걀을 삶아 노른자만 파내서 양념하고 다시 흰자에 채워 넣는다.

Chapter 17

1,724일째

동물과 새 들이 사람처럼 말을 하거나 행동하는 것은 아니지만,
그들도 사람과 똑같다.
그들이 없으면 지구는 불행한 곳이 될 것이다.
– 스콧 오델,『푸른 돌고래 섬』

"보통 사람들이 하는 것처럼 쓰다듬어주시면 돼요." 내가 랍비를
아버지 쪽으로 내밀며 말했다.

"그 더러운 녀석을 내 손으로 건드리는 일은 없을 거다."

사실 아버지는 고양이에 손을 대기는 했다. 하지만 어설프게 꼬집
는 것에 가까웠다. 고양이 털을 한 움큼 집어 흔든 다음 다시 한 움큼
집는 식이었다. 가끔은 아버지가 희한하게 애정을 표현하는 동안 가
만히 있게 하려고 랍비의 배를 살짝 누를 때도 있었다.

"이런 식으로 한번 쓰다듬어보세요."

나는 랍비의 등으로 손을 뻗어 꼬리까지 털을 부드럽게 쓰다듬은
다음 똑같이 반복했다. 우리는 독서 마라톤을 시작한 무렵부터 고양

이를 기르기 시작했고, 열네 살이 된 지금 나는 애완동물 다루기 기능장* 보유자였다. 그만큼 노하우가 있었다. 내가 다시 해보라고 했지만, 아버지는 아버지의 방식을 고집했다. 나는 실망감에 고개를 저었다.

"러비, 내 방식이 마음에 들지 않는다면 이 녀석이 지금처럼 큰 소리로 가르랑거리겠니?"

랍비가 과체중의 사팔뜨기 잡종 샴고양이가 아니라 모터 달린 기계처럼 시끄러운 소리를 내고 있는 것만큼은 사실이었다.

"그리고," 아버지가 덧붙였다. "거래에서 얻는 게 없으면 매일 밤마다 날 찾아오겠니?"

이번에도 역시 일리가 있었다. 아버지가 사준 래기디 앤 인형을 제외하면(나는 열네 살 먹어서도 여전히 앤을 그 자리에 항상 참석시켰는데, 사실 앤 입장에서는 선택의 여지가 없었다) 랍비야말로 우리의 독서 마라톤을 함께하는 비공식적인 제3의 참가자였다. 우리는 매일 밤 거의 같은 시각—아홉시에서 아홉시 삼십분 사이—에 책을 읽었기 때문에 아무리 시계를 볼 줄 모르는 동물이라도 충분히 예측할 수 있었다. 랍비는 여기에 자신의 취침시간을 맞췄다. 저녁을 먹고 나서 독서 마라톤이 시작되기 전까지 무려 사십오 분이나 안 자고 버텼다.

---

* 스카우트에서 어떤 활동에 대해 요구조건을 충족시키면 수여하는 배지.

하지만 그렇게 열심이면서도 책 읽기 자체에는 별 관심이 없었다. 우리가 디킨스에서부터 셰익스피어에 이르기까지 자극적이고 적당히 도발적인 소재를 제시하려고 최선을 다했지만, 랍비는 여전히 집중하지 못했다. 고양이가 나오는 책을 읽어도 내용과 개인적으로 교감하지 못했다. 녀석이 독서 마라톤에 동참하는 이유는 걸작에 대한 갈증 때문이 아니라 마약―아버지는 녀석을 쓰다듬어주는 것을 이렇게 불렀다―때문이었다.

"랍비, 너는 한심한 녀석이야." 아버지는 책 읽기가 끝나면 거의 매일 밤 이렇게 말했다. "빌붙어 사는 한심한 빈대라고!"

내가 생각하기에는 부당한 평가였다. 물론 랍비가 우리의 책 읽기가 시작되는 순간부터 아버지가 잠을 자려고 불을 끄는 순간까지 자기를 쓰다듬어주길 바라면서 그 대가로 아무것도 하지 않는 것은, 뭐 사실이었다. 하지만 내가 아버지에게 여러 번 지적했다시피 감사의 마음을 어떤 식으로 표현할 수 있겠는가. 우리가 다 쓰다듬어주고 나면 랍비가 벌떡 일어나 자기 화장실 모래를 직접 갈고, 아래층으로 내려가 은그릇을 정리하고, 물이 새는 수도꼭지를 고쳐주길 바라는 것도 아니고 말이다.

그런데 아버지의 인신공격에서 가장 이상한 부분은 이렇게 구박을 하면서도 목소리는 부드럽고 애정이 듬뿍 담겨 있다는 것이었다. 보통 사람들 같으면 "와줘서 정말 고마워. 어서 같이 놀자!"고 할 때나 내는 목소리로 "너는 이기적인 게으름뱅이야"라고 말하다니. 물론 아버지가 아무리 아니라고 해도 아버지의 본심은 전자였을 것 같지만.

"나는 이 고양이들 키우고 싶다고 한 적 없어." 아버지가 랍비의 털을 잡고 흔들자 랍비가 가르랑거렸다. 그 소리 때문에 침대 전체가 울렸다. "그런데 이제 매일 밤마다 쓰다듬어주어야 하다니."

사실 다른 고양이 브라이언은 독서 마라톤 때 우리 곁에 오는 일이 거의 없었다. 그래서 랍비가 관심을 거의 독차지했다.

"첫째, 아빠가 지금 하고 계신 건 쓰다듬어주는 게 아니에요. 괴롭히는 건데, 그걸 좋아하는 거라고 생각하도록 랍비가 세뇌당한 거예요." 내가 말했다.

이 말을 듣고 아버지가 랍비의 털을 유난히 세게 움켜쥐자 랍비가 더 바짝 기어오더니 좀더 해달라며 아버지의 손에 자기 머리를 비벼댔다. 내가 아무리 부드럽게 쓰다듬어도 랍비는 아버지 쪽으로 조금씩 다가가 아버지의 마사지를 기다리며 재촉하듯 가장 가까이 있는 아버지의 신체부위를 머리로 툭툭 건드렸다. 나는 둘의 관계를 절대 이해하지 못할 것이다.

"그리고 둘째," 나는 이야기를 계속했다. "쓰다듬어주고 싶지 않으면 하지 마세요. 제가 할 테니까. 어차피 랍비를 쓰다듬으면 책 읽는 데 집중하기도 힘들잖아요."

아버지는 내 말에 담긴 뜻("내가 이렇게 애정을 담아서 부드럽게 쓰다듬어주는데, 다른 고양이들은 대부분 이러면 좋아하는데, 이 고양이는 아빠의 난폭한 손길을 더 좋아해요. 그래서 질투가 난다고요")을 이해하지 못했는지 이렇게 대답했다. "지금 내 능력을 과소평가하는 거냐? 벼룩이 우글거리는 생쥐를 쓰다듬으면서 책을 읽으면 집중을 못 할 만큼 내 실력이 형편없다는 거냐?"

"벼룩 우글거리지 않아요!"

"생쥐라는 사실은 부인하지 않는구나."

내가 랍비 이야기를 할 때마다 모르는 사람들은 이름을 잘못 들은 줄 안다. 그러면 나는 설명을 해야 한다. 내가 기르기 전에 원래 이름은 핸젤이었는데, 언니의 친구가 내놓은 의견에 따라 프리스비가 되었다고. 그런데 아버지가 랍비 또는 랍브라고 부르기 시작했다고. 아버지는 그 당시 교환학생으로 독일에 가 있던 언니에게 편지를 보내 랍브의 얼굴 아래쪽에 있는 시커먼 얼룩이 꼭 수염처럼 생겼고, 랍브는 항상 깊은 생각에 잠겨 있는 것처럼 보인다고 설명했다. 아버지는 당신이 붙인 이름을 엄청난 칭찬으로 간주했다(아버지가 생각하기에는 아주 분에 넘치는 칭찬이었다). 그런데 아버지가 다른 고양이 브라이언에게 지어준 이름은 별로 어울리지 않았다. 녀석의 눈동자가 남달리 오묘한 노란색이기는 해도 내가 사랑하는 고양이를 '오줌눈알'이라고 부르자는 데에는 찬성할 수 없었다.

그러다 내가 열네 살이던 어느 날, 아버지가 우리 집에 꼽등이가 생겼다고 선포했다.

"꼽등이요? 꼽등이가 뭔데요?"

"나도 모르겠다. 네 언니가 찾아본 거라. 지난번에 집에 왔을 때 자기 방에서 봤대."

"어떻게 생겼는데요?"

"크고 빨라."

"하지만 곤충은 우리 친구잖아요."

"꼽등이는 아니야. 내가 봐도 징그럽게 생겼거든. 위험하지는 않지만 아주 지저분한 녀석들이지. 게다가 현관 앞에 앉아 구경하고 그럴 수 있는 녀석들이 아니야. 집 안에서 사니까."

아버지는 전부터 야외에서는 어떤 벌레든 흥미로울 수 있지만, 거미를 제외하곤 그 어떤 녀석도 집 안으로 들어오면 국물도 없다고 못을 박아둔 터였다.

"방역업체에 연락해야 되는 거 아니에요?" 내가 물었다.

"고양이들이 쫓아낼지 어쩔지 며칠 기다려볼 생각이야. 요전에 브라이언이 한 마리를 쫓아다니는 걸 봤거든. 그 꼽등이가 친구들한테 얘기했겠지."

"우리 집 사내 녀석들이 사냥을 잘하잖아요."

나는 고양이들을 사내 녀석 아니면 아기들이라고 불렀지만, 아버지는 꼬질이 아니면 계집애라고 불렀고 먹이를 줄 때는 사랑스러운 숙녀들이라고 불렀다. 고양이들이 암컷이었다면 두번째와 세번째 호칭이 기분 좋고 심지어 다정하게 들릴 수도 있었을 텐데.

아버지는 "드디어 녀석들이 쓸모가 생겼구나" 하고는 그만이었다.

밤이면 고양이들이 언니 방을 이리 갔다 저리 갔다 달리는 소리가 며칠 동안 계속 들렸다. 무슨 이유에서인지 꼽등이들은 절대 언니 방 문턱을 넘어오지 않았고(적어도 우리가 보기에는 그랬다) 덕분에 고양이들은 사파리 기분을 낼 수 있었다. 녀석들은 몇 시간 동안 사냥을 하다 내 방으로 들어와 낮잠을 청했다. 꼽등이를 실제로 본 적은 한 번도 없었지만, 밤에 꼽등이 소리는 들을 수 있었다. 그리고 브라이언이나 랍비가 태그 레슬링*을 벌이며 상대방을 부르거나 기습 공격을 위해 바닥에서 조용히 움직이는 소리가 그보다 더 크게 들렸다. 두 녀석 다 사냥을 좋아했으니 요즘이 일생일대 가장 행복한 시간이 아닐까 싶었다. 녀석들을 위해 주기적으로 사냥감을 마련해줄까 하는 생각도 했지만, 꼽등이보다 아주 조금만 더 귀여워도 불쌍하다는 생각이 들 것이다. 세상에 꼽등이보다 귀엽지 않은 벌레도 별로 없을 테니까.

하루는 고양이들이 뛰는 소리가 책 읽기를 방해할 만큼 시끄러웠다. 한 녀석이 옆방에서 신나게 돌진하며 엄청나게 요란한 소리를 냈다. 아버지가 여기에 맞춰 목소리를 높인 순간, 소음이 뚝 끊겼다. 어떻게 된 일인가 싶어 나는 열심히 귀를 기울였다. 잠시 후 랍비가 갑자기 아버지 방 문가에 나타나 유난스럽게 가르랑거리며 자기 몸을

---

* 2인 1조로 구성된 두 팀이 한 명씩 링 안에서 대결을 펼치다 자기 팀원과 손바닥을 마주치면 교대가 되는 방식의 레슬링 경기.

핥았다. 사냥감을 잡은 것이다.

녀석은 침대 위로 훌쩍 올라왔지만, 아버지한테 머리를 비벼대지 않았다. 쓰다듬어달라는 신호를 보내지 않았다. 당연히 쓰다듬어줄 거라고 기대했기 때문이다. 나는 격렬한 전투를 치르고 돌아온 남편을 사랑스러운 눈길로 맞이하는 아내가 된 기분이 들었다. 하지만 벌레 다리가 대롱대롱 매달려 있기라도 할까봐 녀석의 입가는 애써 외면했다. 잠시 후 책 읽기가 끝났고, 아버지는 랍비가 유난히 생기 넘친다는 걸 알아차렸다.

"이 녀석 왜 이러는 거냐?" 아버지가 물었다.

"꼴등이들을 정복한 거죠." 내가 자랑스럽게 대답했다. "한 마리일지, 몇 마리일지 모르겠지만."

"내가 생각해도 하루 종일 잠만 자면 사냥이 아주 재미있을 것 같구나."

"그래도 감동적이지 않아요?"

"별로."

"랍비가 우리를 지켜주었잖아요!"

"랍비도 그렇게 생각할까?"

"뭐, 최소한 이제는 아버지도 랍비를 빈대라고 부를 순 없겠죠?"

"왜 안 돼? 당연히 그렇게 부를 수 있지."

나는 발끈하고 자러 들어가면서 랍비가 따라와주길 바랐다. 그런데 놀랍게도 랍비는 이 영광스러운 순간에 아버지와 함께 있는 쪽을 택했다. 언제나처럼 짜증이 났다. 아버지가 "랍비, 너는 한심한 녀석이야. 너는 정말 한심한 녀석이야'라며 똑같은 말을 몇 번이고 반복하는 것을 들어야 했으니.

나는 벌떡 일어나 랍비를 변호하고 싶었다. 저 끔찍한 벌레를 한 마리든 두 마리든 세 마리든 네 마리든 잡아서 우리 집을 보호하고 내 명예를 지켜주지 않았느냐고 아버지에게 말하고 싶었다. 하지만 다시 귀를 기울여보니 아버지가 끊임없이 놀리는 말보다 조금 더 큰 어떤 소리가 들렸다. 랍비가 즐겁게 가르랑거리는 소리가 복도를 지나 내 방까지 들렸던 것이다.

나는 랍비가 아버지의 말을 어떻게 해석하고 있을지 열심히 상상하다 '꼽등이들을 죽여줘서 고맙구나. 이렇게 용감하다니 내 사랑을 받을 자격이 충분해'로 받아들였을 거라고 결론 내렸다.

어쩌면 아버지와 랍비 둘만이 공유하는 언어에서는 이것이 정확한 해석일지도 모르겠다.

Chapter 18

1,948일째

"그게 있잖아요," 그녀는 할머니에게 말했다.
"제가 어떤 아이인지 저 스스로 알고 있는 것 같기는 한데,
지금은 원래 모습이 사라져버렸어요."
— 신시아 보이트, 『디시가 부르는 노래』

우리 아버지는 늘 이렇게 말했다. 책을 읽어주려면 내가 아버지 방에 오기 전에 연습할 시간이 필요하다고. 좀 난이도가 있고, 특히 뭐가 뭔지 모를 방언이 나오는 책들 같은 경우에는 분명 그랬을 것이다. 그런데 아버지는 이때를 뭔가 부적절한 내용이 있지는 않은지 검열하는 기회로 삼기도 했다. 아버지가 책장에 뭔가 적는 것을 본 적은 없었지만, 아버지가 단어를 바꾸거나 한 구절을 건너뛰면 알아차릴 수 있었다. 보통 아버지의 편집은 한 문장을 넘는 경우가 없었다. 그런데 『디시가 부르는 노래』에서 아버지의 즉석 창작은 전혀 새로운 도전에 직면했다.

그 무렵 나는 변덕스러운 친구들, 집적거리는 남자애들, 그리고 전

반적인 고등학교 생활에 적응하느라 고군분투 중인 신입생이었다. 나 자신을 규정하고 학교 안에서 내 자리를 찾기 위해 뭔가 엄청나고 드라마틱한 제스처를 보여야 할 것 같은데, 그게 뭔지 도대체 알 수가 없었다. 노르웨이 억양을 완벽하게 터득해 학교 연극에서 주연을 맡는 것? 별로 좋은 방법이 아니었다. 머리를 빨간색, 금색으로 염색했다가 이 년 뒤에 원래의 검은 머리로 돌아가는 것? 그것도 아니었다. 한동안은 재치 있는 문구가 적힌 티셔츠가 좋겠다 싶었는데, 군모를 쓴 닭 위로 '건방지고 콧대 높은 아가씨들'이라고 적힌 티셔츠는 재치 있어 보이지 않았고, 내 옷장의 다른 티셔츠들도 마찬가지였다. 벨루어 바지로 점철된 유감스러운 시기도 거쳤지만, 이 자리에서 그 시기에 대해 논할 필요는 없을 것 같다. 갓 십대에 들어선, 그 나이 때만 완벽의 경지에 오를 수 있는, 그 심각하게 허접한 분위기를 나도 답습했다는 정도로만 해두자. 고맙게도 그때는 전혀 몰랐지만.

아버지와 나는 내 고등학교 분투기에 맞춰 십대 여자아이를 다룬 책들을 열심히 읽어나갔다. 씩씩하고 낙천적인 여성 화자의 관점에서 이 고통스러운 자의식 과잉 시기의 시련과 고난에 초점을 맞춘 비슷한 플롯의 책 십여 권을 연달아 읽었다. 그러는 동안 뭔가를 터득했어야 할 텐데, 나는 책의 메시지를 도대체 이해할 수 없었다. 말로는 정말 혼란스럽다고 하면서도, 주인공 여자애들은 대부분의 상황에서 나보다 훨씬 뛰어난 대처 능력을 보여주었다. 사건이 있은 날 밤 일기를 쓰고는 몇 장(章) 뒤에서 어머니와 함께 그 일을 이야기하며 웃는 식이었다. 그들은 나보다 훨씬 자신만만해 보였다.

『디시가 부르는 노래』가 어쩌다 우리 손에 들어왔는지 그건 잘 기억나지 않는다. 도서관에서 처음 봤겠지만, 어떤 이유에서 그 책을 골랐는지는 모르겠다. 아버지가 쓱 훑어보더니 우리를 위한 책이라고 했다. 내가 줄거리를 알았더라면 그냥 재미 삼아 반론을 펼쳤을 텐데, 그럴 수도 없었다. 어쨌든 우리가 읽은 책은 대부분 아버지가 선택한 것이었다. 이따금 작정하고 항의를 해야 나도 독서 마라톤의 절반을 담당하고 있다는 걸 아버지에게 환기시킬 수 있었다.

"표지가 너무 이상한데요." 나는 이렇게 말했던 것 같다.

"수상작이야." 아버지는 이렇게 대답했을지도.

"이 표지로 상을 받았다고요?"

"아니, 이 책이."

"진짜예요? 앞으로 약 한 달 동안 이 책과 함께할 것인지 결정하기 전에 사실인지 아닌지 짚고 넘어가야 할 것 같은데요."

"네가 엉덩이를 한 대 맞아야 그 잘난 입을 다물 것 같구나."

"좋아요." 나는 거두절미하고 찬성했다. "우리가 늘 말하듯 독서 마라톤에 딱 맞는 책이라고 생각해요."

이런 식의 학구적인 대화는 책을 선별하는 과정에서 일상적이었다. 『디시가 부르는 노래』는 별다른 이견 없이 첫 테이프를 끊었다. 그러다 진도가 꽤 나간 다음에야 논쟁이 불거졌다.

아버지는 평소처럼 읽기 연습을 하러 방으로 올라갔고, 나는 식탁에 앉아 닉 앳 나이트 방송 프로그램 중에서 내가 가장 좋아하던 〈몽키스〉를 연속으로 시청하며 기다렸다. 그러다 3편의 주제가가 시작되는 순간, 뭔가 이상하다는 생각이 들었다. 아버지의 연습 시간은 보통 십 오 분 정도이고 길어야 이십 분인데…… 마침내 아버지가 나를 불렀을 때 나는 이미 수상한 낌새를 느끼고 있었다.

　내용은 상당히 평범하게 진행됐다. 내 또래인 디시가 할머니와 함께 버스를 타고 가며 디시의 일상에서 일어나는 이런저런 일들에 대해 이야기를 나누고 있었다. 그런데 몇 분이 지났을 때 어떤 부분 때문에 아버지를 기다리는 시간이 그렇게 길어졌는지 느낌이 오기 시작했다. 아버지가 눈 깜짝할 사이 다 읽고 휙 다음 페이지로 책장을 황급히 넘기기 시작했던 것이다. 어떨 때는 뭐라고 적혀 있는지 보지도 않는 것처럼 느껴질 정도였다. 다른 때 같으면 외워서 읽는 모양이라고 생각했을 텐데, 문장들이 너무 이상했다. 바로 몇 페이지 전만 해도 대화가 다채롭고 복잡했는데, 이제는 디시와 할머니가 나누는 대화가 이런 식으로 이상하게 변해버렸다.

"디시, 너는 그것에 대해 알고 있니?"

"네, 할머니."

"전부 다?"

"그럼요."

"그럼 어른이 되고 어쩌고저쩌고 할 준비가 된 게냐?"

"네, 그 부분에 대해서는 이미 다 알고 있으니까 이야기할 필요 없어요."

"아니다, 그래도 해야지."

"아니에요."

"알겠다, 그럼."

"그래요. 할머니하고 이런 대화를 나눌 수 있어서 다행이에요."

나는 실제로 여백이 많은지 흘끗 훔쳐보았다. 아니었다. 한 면 가
득 글자가 빼곡히 적혀 있었고, 대화도 길어 보였다. 내가 못 듣고 지
나간 부분이 어떤 내용인지 궁금할 수밖에 없었다. 나는 아버지의 낭
송이 끝날 때까지 기다렸다 조사를 시작했다. 아버지가 단서를 제공
할 리 없었지만, 그래도 시도해보았다.

"이상한 대목이었어요, 그렇죠?"

"그러게, 대화가 좀 혼란스러웠지?"

"둘이 무슨 이야기를 한 건지 이해가 안 돼요."

"누구 말이냐?"

아버지는 시치미를 떼는 데 별로 소질이 없었다.

"디시하고 할머니요. 그 대목에 등장한 사람은 둘뿐이잖아요. 버
스에서 무슨 이야기를 한 건지 이해가 안 돼요."

"아주 모호했지."

"아버지는 이해가 됐어요?"

"아니, 둘이서 그냥 시간을 때우고 있었던 게 아닐까."

웃음을 참으려니 힘이 들었다.

"그러게 말이에요."

다음 날, 아버지가 지하실에서 서류를 정리하는 동안 나는 아버지 방으로 몰래 들어가 침대 옆 바닥에 털썩 주저앉았다. 아버지는 개인적으로 구입한 책을 수십 권씩 한 무더기로 쌓아놓았는데, 현재 읽고 있는 책에 책갈피를 꽂고, 언제든지 꺼낼 수 있게 제일 위에 얹어두는 습관이 있었다. 책갈피는 건드리지 않았다. 무심결에 다른 데 꽂았다가 스스로 내 죄를 고백하는 꼴이 될 수도 있으니까. 나는 비밀을 싫어하지만, 둘 다 비밀작전을 동원하는 상황이니 내가 한 수 앞지르는 수밖에.

나는 어젯밤에 읽은 부분을 펼치고, 뒤에서부터 거꾸로 읽어나가기 시작했다. 디시와 할머니가 문제의 그 대화를 나누는데, 아버지가 어제 읽어준 것과 사뭇 달랐다. 사춘기를 다룬 것을 아버지의 편집본에서는 어물쩍 넘어갔던 것이다. 할머니가 어색하게 월경과 남자 이야기를 꺼냈다. 디시도 어색하지만 아주 많이 어색하지는 않게, 뭐든 궁금한 게 생기면 할머니를 찾아가겠다고 했다. 우회적이고 사실적이고 전혀 적나라하지 않았다. 사실상 부모가 그런 이야기를 꺼낼 때 동원하는 고전적인 방식에 가까웠다. 아버지가 아닌 다른 부모 같았으면 실생활에서 그런 문제로 대화를 나누고 싶을 때 이 책을 딸에게 건넸을 것이다. 아버지가 건너뛴 또 다른 부분을 찾아보았다. 할머니가 디시를 데리고 처음으로 브래지어를 사러 가는 장면이었다. 나는 읽다 말고 책을 내려놓았다. 눈물이 나서 책을 읽을 수가 없었다.

아버지 방에 깔린 까칠까칠한 카펫 위를 데굴데굴 구르며 미친 듯이 웃는 바람에 양팔에 벌겋게 쓸린 자국이 생겼다(물론 두 다리는 벨루어 바지가 보호해주었다). 눈물이 어찌나 줄줄 흐르던지 주근깨가 씻겨 내려가지는 않나 거울을 보며 확인하고 싶을 정도였다. 윗몸일으키기를 할 때처럼 숨이 가빠지면서 미치도록 배가 아팠는데, 기분은 정반대였다.

아버지와 내가 꼭 한 번은 나누어야 했던 대화이건만, 아버지는 각고의 노력을 기울여 차단해버렸다. 아버지가 직접 말하기보다 할머니의 입을 빌렸더라면 좀더 쉽게 해결할 수 있었을 텐데. 다른 홀아버지 같았으면 대부분 이 방법을 택했을 것이다. 그런데 아버지는 오히려 대화의 본질을 감추고, 부차적으로는 작품 전체의 본질까지 감추어가며 진을 뺐다. 왠지 모르겠지만, 아버지가 지금까지 저지른 짓 중에 가장 바보 같다는 생각이 들었다. 만약 아버지와 내가 등장인물인 『앨리스가 부르는 노래』라는 책을 쓴다면 그 버스 안의 대화는 어떻게 될까? 나는 머릿속으로 그 장면을 상상하다 아버지가 전날 밤에 즉석에서 만들어낸 내용과 놀라울 정도로 비슷할 거라는 사실을 깨달았다. 역할만 서로 바뀌었을 뿐.

"아빠," 나는 이렇게 말할 것이다. "그 이야기 할까요?"

"아니. 내가 보기에 너는 거기에 대해서 아는 것 같은데."

"전부 다요?"

"그래." 아버지는 이렇게 대답할 것이다. "너는 그에 대한 모든 걸 알고 있지."

"좋아요. 그럼 얘기하지 말아야겠네요?"

"그렇지. 절대 얘기하면 안 되지."

나는 이런 광경을 머릿속에서 재연하고 또 재연했다. 현실적으로 생각했을 때 우리는 심도 있는 대화를 나눌 가능성이 전혀 없었다. 아버지는 내가 아직 그 대화를 할 준비가 안 됐다고, 내가 아직 궁금해하지도 않는 의문들을 『디시가 부르는 노래』에서 제기하고 있다고 생각했던 모양이다. 하지만 실제로 준비가 되어 있지 않았던 건 아버지였고, 앞으로도 아버지는 영원히 준비되지 않을 것이었다. 우리는 그런 문제에 대해 제대로 대화를 나눈 적이 없었다. 딱 한 번, 아버지가 나에게 '허튼짓' 하지 않았으면 좋겠다고, 사회적인 압력에 굴하면 안 된다고 말한 적이 있었다. 나는 이성 문제나 아니면 마약에 대해 의미심장한 대화를 나누고 있는 거라고 생각했다. 그런데 실상은 아버지의 날에 뭘 준비하느라 돈을 쓰지 말라는 말이었다. '허튼짓'이 그런 의미로 쓰인 것은 그때가 처음이자 마지막이었다.

나는 바닥에 주저앉아 독서 마라톤 때 읽은 다른 책들을 훑어보았다. 아버지가 또 빠뜨린 부분이 있는지 찾아보기 위해서. 아버지가 얼마나 거북했을까 생각하니 살짝 안쓰러워졌다. 하지만 그보다는 내 목이 점점 메어오는 느낌이 더 강했다. 나는 웃는 중간에 숨 쉬는 것을 잊지 않도록 정신을 바짝 차려야 했다.

Chapter 19

2,015일째

그것을 훌륭하게 만들 수 있도록 최선을 다하라.
그리고 기억하라, 흔히 말하듯 인생은 푸딩과 같음을.
소금과 설탕을 둘 다 넣어야 정말로 훌륭한 푸딩을 만들 수 있다.
— 조앤 W. 블로스, 『모인 날들』

"큰 회색 거미가 제 방에 가게를 차리고 있어요! 와서 보세요!"

아버지 방에서 나지막이 그르렁거리는 소리가 났다. 이어서 귀에 거슬리는 기침 소리.

"얼른요! 창틀로 다시 기어가려고 해요! 거기 조그만 틈이 있거든요."

이번에도 키를 짚지 않고 클라리넷을 부는 것 같은 이상한 소리가 들렸다.

"뭐 하세요? 이러다 못 보겠어요!" 나는 고함을 지르며 아버지 방문 너머로 고개를 내밀었다.

아버지의 안색이 파리하고 창백했다. 얼굴은 온통 땀투성이였다.

하얀 셔츠 속이 다 비칠 정도였다.

"세상에, 무슨 일이에요?" 나는 침대 옆으로 달려가 아버지의 이마를 짚어보려 했지만, 아버지는 내 손을 내치고 미간을 찌푸리며 좌절감을 표현했다.

"으으으으." 아버지가 뭐라고 중얼거리기라도 하는 것처럼 입술을 달싹였다. 나는 웃음을 터뜨렸다. 그러다 아버지가 실제로 뭔가 말하고 있다는 사실을 깨달았다. 나는 아버지 쪽으로 좀더 다가가 귀부터 기울였다.

"아무래도 내가 뭐에 걸린 모양이야." 아버지가 속삭였다. 강판에 대고 갈기라도 한 것처럼 목소리가 가늘고 갈라져 나왔다. 숨결은 비정상적으로 따뜻했다.

"제가 좀더 구체적으로 알려드릴게요. 아빠는 지금 편찮으신 거예요." 나는 아버지의 잘못된 표현을 바로잡으며, 아버지의 목소리가 얼마나 끔찍한지 알리기 위해 흉내를 냈다.

"아픈 거 아니다." 아버지가 바람 새는 소리를 냈다. "나는 아파본 적이 없는 사람이야. 평생 단 하루도 아파본 적이 없어. 몸 상태가 조금 안 좋은 거지. 지금 평소보다 저속 기어로 달리고 있을 뿐이야." 아버지는 몇 번 더 기침을 했다.

"보통 고장 난 물건들이나 이 정도 기어로 달려요. 망가진 물건들이나 이 정도 기어로 달린다고요."

"얼른 진찰을 받아야겠다." 아버지는 이렇게 말하며 손으로 땀을 훔쳤다.

"어느 정도가 얼른이에요? 오늘? 한 시간 안으로? 제가 전화해서 언제쯤 시간이 비어 있는지 알아볼까요?"

"어이구머니나 맙소사, 러비, 내가 전화 한 통 못 할 만큼 기운이 없어 보이니?"

"알아요. 하지만 도널드 덕 목소리를 흉내 내는 장난 전화인 줄 알고 끊어버릴걸요. 제가 대신 전화하는 게 좋지 않을까요? 제가 할 수 있는 일 중에서 그게 최선인데."

"으르르르르르시." 아버지는 이런 소리를 내며 힘을 주고 침대에서 몸을 일으켰다.

"그게 무슨 뜻이에요? 그러라고요?"

"내가 하마." 아버지가 속삭였다. "의사들이잖니. 그러니까 이런 상황에 익숙하겠지."

아버지 말이 맞았다. 그들은 이런 상황에 익숙했다. 쉰 목소리와 고집불통 영감들을 겪을 만큼 겪은 것이다. 집에 돌아온 아버지는 병원에서 감기약을 몇 알 먹고 평소처럼 지내라고 했다고 말했지만, 내가 보기에는 아버지가 일부러 언급하지 않았을 뿐 분명 쉬라는 말도 했을 것이다. 아버지에게 유일한 골칫거리는 벌겋게 부어서 쓰라린 목인 듯했다. 아버지가 말을 할 때마다 그걸 알 수 있었다. 무슨 말을 하는지 귀를 바짝 대고 들어야 했으니까.

"진짜 심한 것 같은데요. 병원에서 소금물로 헹구라고는 안 해요?

상태가 진짜 최악인데."

"듣기에만 그렇지, 그 정도로 심하지는 않아. 이제는 몸 상태가 거의 정상으로 돌아온 것 같은데? 목소리만 이래. 사실 지금 하는 말도 목으로 내는 소리가 아니야."

아버지는 어떤 식으로 양쪽 뺨에 공기를 넣었다 내뱉으면 말소리와 대충 비슷하지만 휘파람에 더 가까운 소리가 나는지 보여주었다.

"그러고 계신 거예요? 그러니까 아빠가 무슨 말을 하는지 못 알아듣겠잖아요. 별로 아프지도 않다면서 그냥 목으로 말하지 그러세요? 병원에서 목을 안 쓰는 게 좋대요?"

"아니, 못 쓰는 거야. 아무 소리도 나질 않아. 전혀. 누가 꺼버리기라도 한 것처럼."

"이상해요! 좀 섬뜩하기도 하고요. 말 못 하는 외계인 비슷한 거잖아요? 대박이다."

"글쎄." 아버지는 휘파람 소리를 내며 속삭였다. "나는 좀 걱정이구나, 솔직히 말하면."

"와, 멋지다! 아빠는 평생 건강 걱정 안 하는 분인 줄 알았는데. 아빠도 그런 걱정을 한다니 반가워요. 하지만 걱정 마세요. 방금 진찰받고 오셨잖아요. 뭔가 이상이 있으면 병원에서 알려줬겠죠."

"아니," 아버지가 말했다. "그게 아니야. 지금은 몸 상태도 괜찮고 며칠이면 낫겠지. 내가 걱정하는 건……" 아버지는 내 쪽으로 몸을 기울이고 힘겹게 입을 벙긋거리며 한 단어를 내뱉었다. "마라톤."

나는 그 말을 듣고도 바로 이해하지 못한 채 그저 고개를 끄덕이며 아픈 아버지의 횡설수설에 미소 지었다. 그러다 잠시 후 무슨 뜻인지 파악이 되면서 문득 나도 걱정이 되기 시작했다. 그날 아침에 아버지의 목소리를 들은 순간, 아니 목소리가 사라진 것을 들은 순간 왜 나는 이 생각을 못 했을까? 당연히 아버지의 걱정에는 일리가 있었다. 독서 마라톤 내내 목소리를 써야 하니까. 그것 말고는 달리 하는 게 거의 없었다. 아버지의 목은 지금까지 한 번도 문제를 일으킨 적이 없었다. 아버지는 사실 스스로 주장했던 것처럼 지금까지 한 번도 아파본 적이 없었다. 심지어 지금도 벌써 몸 상태가 좋아졌다고 하고 보기에도 그러니 심각하게 아픈 건 아니었다. 유일한 문제가 목인데, 그렇게 조그만 관이 이렇게 엄청난 문제를 야기하다니. 우리의 전통이 어떻게 될까 궁금해하는 동안 내 몸까지 조금 안 좋아지는 것처럼 느껴지기 시작했다.

어떻게든 이 상황을 해결해야 했다. 우리는 하루 종일 해결책을 고민했다. 나는 큼지막한 글씨가 적힌 그림책을 보여주면서 아버지는 입만 벙긋하고 내가 속으로 읽으면 어떻겠느냐고 했다. 아버지는 안 된다고, 그건 눈 가리고 아웅 하는 식이라고 했다. 아버지의 감독하에 내가 나한테 책을 읽어주는 것이니 말이다. 아버지는 우리 둘 다 외우고 있는 작품, 포의 시처럼 운율이 있어 아버지의 목소리가 잘 안 들려도 무슨 단어를 말하는지 내가 알 수 있는 작품은 어떻겠느냐고 했다. 하지만 내가 생각한 방법이 소용없다면 아버지가 생각한 방법도 마찬가지였다. 우리 둘 다 외우고 있는 작품이라면 사실상 읽는 거라 할 수 없었다. 동시 암송이었고, 그건 받아들일 수 없었다. 아버지는 새로운 아이디어가 떠오를 때마다 수첩에 적어서 식탁 내 자리에 올려놓았지만, 하루가 다 가도록 아무 진전이 없었다. 그 어떤 방법도 우리가 정해놓은 독서 마라톤의 조건을 충족시키지 못했다. 이제 걱정이 공포로 다가오기 시작했다.

나는 고양이들을 데리고 현관으로 나갔다. 나의 감독 아래 노는 시간이었다. 고양이들은 하루 중에서 이 시간을 가장 좋아했고, 나 역시 이런저런 생각을 할 수 있어서 이 시간이 좋았다. 나는 현관 계단에 앉아 분필처럼 무른 자갈을 찾아들고 나도 모르게 '마라톤'이라는 단어를 끼적이고 또 끼적였다. 어떤 때는 큼지막하고 둥글둥글한 글씨로 곡선미를 살려가며, 또 어떤 때는 전부 다 대문자로 써서 선언조와 확신조로, 하지만 대부분은 조그맣고 깔끔한 나만의 인쇄체로. 그렇게 오랜 세월 해왔는데 ─ 그때가 열다섯 살이었다 ─ 오늘 밤에 독서 마라톤을 중단하게 된다면 어떤 기분일까 열심히 상상해보았다. 그런 일은 없을 것이다. 우리 둘 중 하나가 제때 집으로 돌아오지 못하는 사태가 벌어지지 않는 한 마라톤이 갑작스럽게 중단되는 일은 없을 것이다. 지금도 그렇고 잠시 후 저녁때도 그렇겠지만, 우리가 같은 시각에 같은 장소에 있는 한 이 마라톤은 계속될 것이다. 뭔가 방법이 생길 것이다. 그런데 내 머릿속 한쪽에는 자동차 차창 밖으로 떨어지면 어떻게 될까, 잘못해서 치약을 너무 많이 삼켜서

튜브 뒷면에 적힌 독극물방지센터 번호로 전화를 걸어야 하는 사태가 벌어지면 어떻게 될까 궁금해하는 내가 있었다. 바로 그 내가 오늘 밤, 독서 마라톤이 중단되면 어떤 기분일까 자꾸 상상했다. 둘이서 책을 집어 들고 아버지가 읽어보려고 하는데, 목소리가 나오질 않으면 어떻게 될까. 아버지가 몇 마디 내뱉지만, 그다음부터 속삭임이 전혀 들리지 않는 수준이 되면 중단할 수밖에 없겠지. 결국 내가 무슨 말인지 이해 못 하면 아버지가 책을 읽어주는 게 아닌 게 될 테니까. 아무 말 없이 앉아서 오늘이 마지막 밤인데 어쩔 방법이 없다는 사실을 실감하겠지. 슬프겠지. 내가 겪은 일 중에서 최고로 슬픈 일이겠지. 심지어 아버지가 겪은 일 중에서도 최고로 슬픈 일이겠지. 무엇보다 아버지 입장에서는 패배를 의미할 것이다. 아버지는 그렇게 되도록 내버려둘 분이 아니었다.

나는 조금 전까지 계속 만지작거리던 자갈을 다시 집어 들고 밑줄을 그었다. 마라톤. 자신 있게 그 단어를 좀더 큼지막하게 적었다. 우리는 방법을 찾아낼 것이다. 반드시 그럴 것이다.

결국 우리는 평소 하던 것과 최대한 가까워 보이는 방식을 택했다. 평소처럼 책을 읽되 가까이서 읽는 것이었다. 아주 가까이서.

"그으으으으으." 아버지가 이런 소리를 내며 소파에 앉았다. 우리는 장소를 침대에서 소파로 옮겼다. 내가 아버지 옆에 바짝 붙어 앉은 상태에서 최대한 몸을 기울여 더 가까운 자리, 아버지 입 바로 옆자리를 차지하기 위해서였다.

"제가 큰 소리로 읽어달라고 장난을 쳐도 별로 재미없겠죠, 그렇죠?"

"좀더 가까이." 나는 이렇게 달싹이는 아버지의 입술을 쳐다보았다. 목 상태가 조금 전보다 더 나빠진 것 같았다.

내가 아버지 쪽으로 몸을 기울이자마자 아버지가 기침을 하는 바람에 나는 움찔하며 멀리 떨어져 앉았다. 아버지의 기침은 한참 동안 이어졌다. 그사이 내가 2층으로 올라가 손 소독제를 가지고 올 수 있을 정도였다. 나는 소독제를 아버지 손에 뿌린 다음 내 손과 얼굴에 차례대로 뿌렸다. 두 뺨이 차갑고 건조해졌지만, 덕분에 조금 안심이 됐다. 나는 신중하고 조심스럽게 원래 위치로 돌아갔다.

"내가 뭐라고 하는지 알겠니?" 마침내 나는 아버지가 말을 하고 있음을 실감했다. 아버지의 입술에 어찌나 귀를 바짝 대고 있었던지 단어와 단어 중간에 입안에서 침이 부글거리는 소리까지 들릴 정도였다. 어떤 경우에도 변함없이 신체 접촉을 질색했던 아버지는 내가 아장아장 걷기 시작한 이래 혹은 어머니와의 행복한 결혼생활이 끝난 이래 누군가를 이렇게 가까이 두는 것이 아마 처음이었을 것이다. 나의 걸음마와 행복했던 결혼생활의 끝, 둘 중 어느 쪽이 먼저였는지 모르겠다는 생각이 들면서 나는 우리 둘 다 안쓰럽게 느껴졌다. 나는 아버지를 자극하지 않게, 내 몸 어느 한 부분이라도 아버지를 건드리지 않도록 신경 썼다.

"지난번에 어떻게 끝났는가 하면⋯⋯" 내가 꿈지럭거리던 것을 멈추자 아버지가 독서 마라톤을 시작했다.

아버지는 새로운 장으로 뛰어들기 전에 그 전날 읽은 내용을 항상 되짚어주었다. 진정한 가족을 찾아 떠난 고아 달리기 선수가 등장하는 『하늘을 달리는 아이』가 특별히 어려운 책은 아니었지만, 오늘 밤만큼은 아버지의 도움이 정말로 고마웠다. 아버지의 도움이 없었더라면 지금 상황이 얼마나 이상한지 거기에만 나의 온 신경이 모아졌을 것이다. 아주 무더운 날 신문을 보면 소화전 옆에서 노는 아이들 사진이 일기예보와 나란히 실리는 것처럼 그때 우리 모습을 사진으로 찍어 신문에 실으면 어떤 설명이 달릴까 상상해보았다. 아마 이런 내용이 될 것이다.

15세인 딸아이에게 책을 읽어주는 55세의 제임스 브로지나. 최근 건강상의 문제로 브로지나는 인터뷰에 응할 수 없었다. 그의 얼굴이 왜 이렇게 파리한지, 딸이 왜 이렇게 바짝 붙어 앉아 있는지는 어느 누구도 모른다. 바인랜드에 사는 어느 독자의 지적에 따르면 두 사람은 기를 쓰고 신체 접촉을 피하고 있다. 이 부분에 대해서는 추가적인 조사가 이루어질 예정이다.

그런데 내가 다시 현실로 돌아와 한동안 주의를 집중하고 보니 아버지가 정말로 놀라운 솜씨를 발휘하고 있었다. 원래 저음으로 설정한 동물원 관리인 얼의 목소리가 한 옥타브 높아지고, 어린아이처럼 재잘거리는 책벌레 아만다 빌의 목소리가 낮아지기는 했지만, 그래도 단어들이 아름답고 몽롱하게 아버지의 혀를 타고 흘러나왔다. 아버지는 한 문장이 끝날 때마다 입을 굳게 다물고 숨을 들이쉰 다음 새롭게 시작하며 또박또박 단어들을 내뱉었다. 이 정도로 하기 위해 엄청난 노력을 기울여야 했을 것이다. 얼굴에서 땀이 흐르는데, 이번에는 열이 나서 그런 게 아니었다. 이따금 아버지는 다시 목청을 쓰려고 무리하게 시도해보았지만 성대로 낼 수 있는 목소리가 전혀 없음을 금세 깨달았다. 이후 속삭임이 좀더 편안해졌고, 아버지는 표정으로 속삭임을 보완했다. 아버지가 뭐라고 하는지 알아듣는 데 전혀 어려움이 없었다. 평소만큼 쉽게 읽어내려가는 것처럼 느껴졌다. 당신 몸이 좋지 않다는 사실을 깨달은 이래 아버지가 얼마나 수없이 연습했을지 의심의 여지가 없었다.

그 뒤로 삼 일 동안 아버지는 목을 쓰지 못했다. 아버지는 우리가 정한 독서 마라톤의 높은 수준을 유지하기 위해, 그 삼 일 밤 동안 날마다 몇 쪽 안 되는 분량을 읽는 데 한 시간 혹은 그 이상을 투자해야 했다. 그 주말 아버지의 목소리가 완전히 돌아왔을 때 나는 그날의 책 읽기가 그 전 며칠에 비해 훨씬 훌륭했다고 단언할 수 없었다. 아버지는 예전으로 돌아가 최상의 실력으로 책을 읽어줄 수 있게 되었다는 데 두말할 나위 없이 기뻐했지만.

하지만 나는 그해 여름을 아버지와 조금 다르게 기억한다. 그해 여름은 6월부터 9월까지 정말 더웠다. 반딧불이들이 여느 해보다 일찍 등장해 어떨 때는 밤늦게까지 날아다녔다. 우리 골목 어떤 집에서 야외 화로를 설치한 덕분에 온 골목에서 몇 개월 동안 장작과 연기 냄새가 끊이질 않았다. 그리고 또 한 가지. 우리가 장애물을 또 하나 극복했다는 기쁨과 자부심. 그때는 그 어떤 것도 우리를 막을 수가 없었다. 우리는 독서 마라톤이 우리에게 던진 난관을 가볍게 이겨냈다. 우리는 두려울 게 없는 천하무적이었다. 아버지가 힘없는 속삭임으로 읽어준 어린이 책은 가장 맛깔스럽게 읽은 셰익스피어보다 훨씬 더 근사했다.

Chapter 20

2,340일째

> "정말 끔찍해." 그녀는 혼자 중얼거렸다.
> "모든 생물들이 싸워대는 모습이라니. 이러다 미쳐버리고 말겠어!"
> - 루이스 캐럴, 『이상한 나라의 앨리스』

    몸이 메이플 시럽으로 만들어지기라도 한 것처럼 뭐든 닿는 대로 들러붙는, 그렇게 덥고 습한 날이었다. 박물관과 국립공원 몇 군데를 구경하러 아버지, 언니와 함께 펜실베이니아로 가는 동안, 내 몸은 자동차 의자에 들러붙어 있었다. 아버지는 7월 전에는 절대 집에서 에어컨을 틀지 못하게 했다. 때문에 차창을 내리고 달릴 기회가 생겼으니 너풀너풀한 귀가 달린 개처럼 신이 나야 맞는 거였다. 하지만 내 쪽으로 무지막지하게 내리쬐는 햇볕을 받으며 50킬로미터쯤 달리고 보니 도저히 여행에 열광적인 반응을 보일 수가 없었다. 열기 때문에 온몸이 팽창한 기분이었다. 꼭 팽팽한 포장지를 찢고 터지기 직전인 소시지가 된 것 같았다. 나는 성인이 되어 난생처음 정식으로 일을 시작하기 전에 잠깐 짬을 내 집에 들른 언니를 토닥이려고 손을 뻗었다. 집에 들러줘 고맙다고, 나와 함께 뒷자리에 앉아 있는 언니의 무릎을 토닥이고 싶었다. 하지만 너무 낯간지러운 짓인 것 같아 언니 쪽으로 손가락을 꼼지락거리며 콧노래를 불렀다. 언니는 골동품을 다룬 책을 읽으면서 엘비스 노래 소리를 줄이든지 꺼달라고 아버지에게 간청하고 있던 터라, 내 선의의 몸짓을 간질이려는 것으로 오해하고 내 손을 찰싹 때렸다. 그야말로 쾌조의 출발인 셈이었다.

땀범벅인 이 상태에서 한 가지 엄청난 위안이 있다면 행크스 플레이스였다. 저 멀리서 신기루처럼 등장한 행크스는 고속도로 길가에서 하루 종일 다정한 노래를 들려주며 정성이 담긴 완두콩 수프와 에그 앤드 치즈 샌드위치를 권했다. 행크스는 누구에게도 더이상의 대안은 없다는 듯 '배고픈 사람들이 배를 채우고 정다운 사람들이 서로 만나는 곳!'이라는 슬로건을 외치는 전형적인 대중 식당이었다. 행크스와 함께라면 어떤 여행도, 심지어 무덥고 끈적끈적한 여행이라도 보람 있었다. 우리 가족은 이 일대를 지나면 반드시 이곳에 들렀다. 나는 진수성찬에 대비해 아침까지 건너뛰었다.

우리 차가 주차장을 그대로 통과하자 나는 당장 몸을 일으켜 안전벨트를 당기며 사냥개처럼 그쪽을 가리켰다.

"사람들로 북적거리기 전에 브랜디와인 박물관에 도착하고 싶구나." 아버지가 말했다.

"하지만 저는 아직 아침도 안 먹었단 말이에요!"

"그런 깜찍한 발상을 한 장본인이 누구였더라?"

"나는 시리얼을 한 그릇 먹기는 했지만, 더 먹을 수는 있어. 한두 시간 내로 돌아오면 우리 셋 다 더 맛있게 먹을 수 있을 것 같긴 한데." 캐스 언니가 의견을 내놓았다.

언니는 객관적이고 논리적인 중재를 자청하고 있었다. 그런데 열 띤 공방전의 와중에는 객관적이고 논리적인 중재만큼 짜증 나는 것도 없었다. 나는 언니를 찰싹 때렸다. 아버지는 운전을 계속했다.

"정말 고마워." 나는 이렇게 쏘아붙이고, 허리를 구부정하게 숙여 반항하는 누더기 인형 자세를 취했다.

"천만에." 언니는 진심을 담아 대답하고, 다시 책을 읽기 시작했다.

박물관에 도착했을 때 나는 최대한 빨리 관람을 마치고 식당을 찾아가겠다는 일념뿐이었다.

"이번 주에는 오리를 주제로 새로운 전시회가 있어요." 데스크 여직원이 유쾌한 목소리로 소개하며 우리에게 입장 배지를 나누어주었다. "이십 분 간격으로 투어가 있어요." 그녀가 워낙 소곤소곤 이야기해서 나 말고는 아무도 듣지 못한 듯했다.

"아뇨, 됐어요." 나는 가족을 등지고 입술을 거의 다문 상태에서 동정 어린 목소리로 속삭였다. "우리 언니가 오리를 끔찍하게 무서워하거든요."

그녀는 캐스 언니를 보고 가슴에 손을 얹으며 고개를 끄덕였다.

드디어 박물관을 나설 시간이 되었다. 우리는 쏟아질 열기에 대비하며 유리문을 열었다. 모두 합해 삼십 분 안쪽으로 관람을 마친 터라 마음에 여유가 생겼다. 그래서 나는 공원을 좀 산책한 다음 브런치를 먹는 게 어떻겠느냐고 제안했다.

"브런치?" 아버지가 물었다. "공원에서 패스트리 먹는 거 아니었니?"

"우와." 캐스 언니가 맞장구를 쳤다. "저는 초콜릿 케이크 먹을래요."

"아니, 아니, 아니에요. 행크스 가기로 했잖아요."

나는 햇볕 때문에 현기증이 났고, 기름지고 달달한 것을 생각만 해도 속이 메슥거렸다. 그보다 더 심각한 것은 내가 혈당 문제 때문에 끼니로 단 음식은 먹을 수 없다는 사실이었다. 나는 이런 사정을 장황하게 설명했다.

"고아가 된 꼬맹이 에그." 언니가 자기만의 별명으로 나를 부르며 쿡쿡 웃었다.

"네 인생이 셰익스피어의 비극이로구나." 아버지도 이때를 놓칠세라 옆에서 거들었다.

더위 때문에 정말 짜증이 나기도 했지만, 두 사람의 짓궂은 농담이 더 불쾌했다. 나는 당황스럽고 분한 마음에 치기를 부리며 공원 한쪽 구석으로 달려가 돼지 조각상 밑에 쭈그리고 앉았다. 청동으로 만든 거라 팔이 화끈거렸다.

"유예된 꿈은 어떻게 될까?" 나는 가방에서 공책을 꺼내, 열여섯의 나이에 철학적인 척 랭스턴 휴스*의 시구를 인용해가며 미친 듯이 끼적였다. 좋아하는 식당에 가지 못한 것에 대해 휴스가 어떤 말을 할지 떠오르지 않아 내 발을 그렸다. 조금 험악하게.

두 사람이 나를 흘끔거리며 애써 웃음을 참는 게 보였다.

"웃을 일이 아니잖아!" 나는 급기야 큰 소리로 외쳤다.

"너 지금 달걀 프라이 못 먹게 생겼다고 돼지 조각상 뒤에 숨어서 일기 쓰고 있는 거잖아." 언니가 지적했다.

"일기 쓰는 거 아니야! 사색용 노트에다 사색한 걸 적는 중이야!"

두 사람은 더는 참지 못하고 웃음을 터뜨렸다.

"다음 행선지에서 쿠키를 앞에 놓고 사색하면 안 되겠니?" 아버지가 물었다.

나는 씩씩대며 한마디도 대꾸하지 않았다. 공원 카페테리아에서 잠시 쉬었다 가기로 했을 때 나는 내 돈으로 샌드위치를 샀고 디저트 쪽은 쳐다보지도 않았다.

한 시간쯤 지났을 때 어느 정도 마음이 풀린 나는 배신행위를 아직 완전히 용서하지는 않았지만 그래도 언니에게 말을 걸었다.

"교재는 뭐하러 가지고 왔어?" 나는 마지막 행선지로 향하는 길에

---

* 미국의 시인이자 작가. 할렘의 셰익스피어라 불렸다.

언니가 또다시 끄집어낸 두툼한 골동품 참고도서를 손가락으로 가리키며 물었다.

"초창기 미국의 가구에 대한 수업을 듣고 있거든." 언니가 설명했다. "그리고 윈터셔 박물관*에서 하우스 투어를 할 때 제대로 감상하고 싶어서."

"하우스 투어라니 어림없는 소리!" 아버지가 끼어들었다. "내 낮잠시간이 두 시간 지났다! 순무 트럭 타고 한 바퀴 휙 돈 다음 얼른 집으로 돌아가야지."

아버지는 박물관 큐레이터와 투어 가이드 앞에서 공원을 도는 궤도차를 '순무 트럭'이라고 불렀다. 그들이 무슨 소리인지 알아듣지 못하고 기분 나빠하지 않으니 다행이었다.

언니는 서서히 반응이 나타나는 치명적인 독극물 주사를 맞았다는 소리를 방금 전에 들은 것 같은 반응을 보였다. 새하얗게 질린 얼굴로 눈을 휘둥그레 뜨더니 내 손을 향해 손을 내민 것이다.

"우리…… 하우스 투어…… 하는 거 아니었어? 그래서 주말에 집에 온 거였는데!"

"나 보러 온 거 아니었어?" 내가 물었다.

"아니." 언니가 대답했다.

나는 잠깐 고민을 한 뒤 말했다.

---

* 미국 델라웨어 주 윈터셔에 있는 박물관. 미국의 장식예술품과 실내장식품들을 전문적으로 소장하고 있다.

"하우스 투어는 수백 번도 더 했잖아. 지금 일정을 추가하려면 행크스여야 해. 사실 추가하는 거라고 볼 수도 없지. 원래 들렀어야 하는 곳이니까."

"만약에 말이다." 아버지가 운을 뗐다. "누가 너더러 평생 아무 체인 음식점에서나 공짜로 밥을 먹는 대신 날마다 침대가 아니라 관 속에서 자야 한다고 하면 어떻게 할래?"

아버지의 악명 높은 시나리오 공격이 시작되었다. 이건 언니와 나의 의사를 들을 생각이 전혀 없다는 뜻이었다. 언니가 도와달라는 듯 나를 쳐다보았지만, 몇 시간 전 내가 돼지 조각상 그늘에 숨어 수프를 그리워했던 암울한 순간이 떠올랐다. 그때 언니는 나를 구원하러 나서지 않았다. 나는 고개를 젓고 창밖을 내다보았다. 언니는 차문에 기대고 웅크리고 앉아 골을 내기 시작했다. 시무룩한 표정으로 우리를 쳐다보며 입을 삐죽 내밀었다. 쓰다듬어주다 갑자기 멈추었을 때 랍비가 짓는 표정과 비슷했다. 좀 전에 언니가 내 편을 들어주지 않았으니 나도 전혀 미안할 게 없었다.

그런데 이십 분쯤 지나자 너무 미안해졌다.

"언니가 따분한 의자 구경 못 하게 된 거 나도 안타깝게 생각해." 내가 위로하는 투로 말했다.

언니는 한쪽 구석에서 공격을 감행할 건지, 내가 사라질 때까지 잠이나 잘 건지 고민하는 뱀처럼 의심스러워하는 눈빛으로 나를 쳐다보았다.

"네가 아빠 돈으로 칠면조처럼 배 속을 든든히 채우지 못한 거 나도 안타깝게 생각해." 마침내 언니가 마음을 풀었다.

우리는 기분 전환 삼아 송곳니 이야기 게임을 했다. 이 게임은 할머니가 키우던 고양이를 우리가 물려받았을 때 만든 거였다. 그 고양이는 원래 야옹이 아가씨라고 불렸는데, 나중에 나이도 들고 깨무는 걸 하도 좋아해서 송곳니 할멈으로 이름이 바뀌었다. 그만큼 증오심을 온몸으로 내뿜는 동물은 그 전에도, 그 후에도 본 적이 없었다. 가상의 시나리오를 설정하고 송곳니 할멈이 그 상황을 어떤 식으로 망쳐놓을지 설명하는 것이 게임 방법이었다. 대개는 녀석의 트레이드마크라 할 수 있는 송곳니가 동원됐다.

"좋았어, 언니 남자친구가 프러포즈를 하려고 한다."

"너무 쉽잖아." 언니가 말했다. "아무 데도 반지를 끼지 못하게 송곳니 할멈이 내 손가락을 물어뜯는다."

"결혼하는 날에는?"

"그건 안 봐도 비디오지. 여기저기 송곳니를 쑤셔넣어 내 드레스를 피투성이로 만들어놓는다."

"무슨 투우 경기 같잖아?"

"맞아. 하지만 그보다 더 폭력적이지."

우리가 웃음을 터뜨리자 앞자리에서 아버지가 고함을 질렀다.

"그만! 내가 뭐 어쨌다고?"

우리는 서로 얼굴을 쳐다보았다.

"아무 말도 안 했는데요. 우리, 송곳니 할멈 이야기하고 있었어요."

"누가 나더러 늙다리 황소라고 했는데."

"첫째," 언니가 대답했다. "그건 욕이라고 할 수도 없고요. 둘째, 그런 소리 한 사람 없어요."

아버지는 계속 앞을 쳐다보고 있었지만, 얼굴이 점점 벌게졌다.

"너희 둘이 뒤에서 그런 식으로 수군대는 거 마음에 안 들어."

"우린 평소랑 똑같은 목소리로 이야기하고 있는데요!"

"아빠가 청각장애인에 가깝다는 사실을 기억해주세요."

아버지는 글러브박스 쪽으로 손을 뻗었다.

"다 같이 할 거 아니면 내 차에서 아무도 이야기하지 마." 아버지는 이렇게 말하며 엘비스 CD를 넣고, 재생 버튼을 누른 다음 볼륨을 높였다. 우리는 집으로 가는 내내 한마디도 하지 않았다.

집에 도착했을 때 아버지가 읽어준 책은 독서 마라톤을 통틀어 내가 특별히 사랑했던 스테파니 S. 톨런의 『나비 날다』였다. 내가 처음에 그 책을 좋아했던 이유는 등장인물들이 〈사운드 오브 뮤직〉을 공연했기 때문이었다. 그 당시 뮤지컬은 내 일상에서 큰 비중을 차지하고 있었다. 우리가 읽은 책들 중에서 극단을 다룬 첫번째 작품이라 특히 애착이 갔다. 그런데 그날 밤 애플화이트 가족의 모습을 곰곰이 생각해보았더니 애정이 한층 더 깊어졌다. 한 지붕 아래서 제법 잘 어울려 살아가는 여덟 명의 전혀 다른 사람들. 그들은 물론 심지어 손님까지 복작복작 한집에 어울려 지내면서 인생을 완벽하게 즐긴

다. 여덟 명으로 이루어진 가족이라니! 상상이 되지 않았다. 언니가 집에 올 때마다 셋이 되는 우리 가족도 감당을 못 하겠건만. 집이 좁고 갑갑하게 느껴지고, 이 안에서 셋이 어떻게 살아야 하나 우왕좌왕하건만. 우리도 그럴 수 있으면 좋겠지만, 우리는 애플화이트 가족이 아니었다.

오늘 일만 해도 그렇다. 웃어야 할지 울어야 할지 알 수 없었다. 왜냐하면 우리는 늘 이런 식이었으니까. 내가 성질을 부리다 가라앉으면 캐스 언니가 토라지고, 언니가 원래대로 돌아오면 아버지가 짜증을 내고. 인정하고 싶지는 않지만, 우리는 서로 떨어져 사는 데 익숙해져 있었다. 셋이 같이 있으면 무얼 하든 한 명이 공격을 받거나 따돌림을 당하는 듯한 기분을 느꼈다. 크리스마스 때나 긴 주말 동안 버틸 수는 있었다. 하지만 대체로 우리들 간의 역학구조를 파악하는 데는 실패했다. 한번 제대로 파악하더라도 언니가 떠났다 돌아오면 처음부터 다시 시작해야 했다. 우리 셋 다 죄책감을 느꼈지만, 고칠 방법이 없었다. 모두가 불행할 때 사과를 해도 별 소용이 없었다. 게다가 우리는 애플화이트 가족처럼 〈사운드 오브 뮤직〉을 공연할 만한 인원수도 되지 못했다.

그날 밤 아버지가 책장을 덮자, 나는 언니를 찾아가 문간에 섰다. 언니는 매일 밤 하던 것처럼 침대 옆에서 기도를 마친 참이었다.

"만약 언니가 자기 집에 놀러 오면 송곳니 할멈은 어떻게 했을까?" 내가 물었다.

언니는 침대 위로 올라가 이불을 덮고 불을 껐다.

"아마 우리를 한방에 몰아넣었을 거야. 그게 가장 잔인한 수법일 테니까."

나는 내 방으로 돌아가 침대 가장자리에 걸터앉았다. 그런 다음 다리를 가슴에 대고 끌어안았다.

"언젠가는 나아질 거야." 나는 내 무릎에 대고 걱정 말라는 듯 중얼거렸다.

Chapter 21

2,578일째

무언가로 인해…… 지금까지 내가 한 번도 한 적 없는 일을 할 수 있게 되었다.
그 전에는 생각조차 하지 못했던 일을.
지금까지 잠복 중이던 부분들이 무언가로 인해 펼쳐졌다.
내 안에 숨어 있던 부분들이 이제 막 알을 깨고 나온 새끼 거북처럼
그 어두컴컴한 둥지에서 서서히 모습을 드러냈다.
－E. L. 코닉스버그, 『퀴즈 왕들의 비밀』

내 이름은 크리스틴 앨리스 오즈마 브로지나다.

이름은 우스운 것이다. 부모는 아이가 숨을 쉬는 생명체로 탄생하기 몇 개월, 가끔은 몇 년 전부터 여러 이름을 놓고 고민하다 결정해 놓는다. 아니면 시뻘겋고 통통 부은 대머리 아이가 태어날 때까지 기다렸다 한눈에 이 아이는 라이언 아니면 지미 아니면 섀나라고 결정을 내려버린다. 아니면 크리스틴이라고.

나는 원래 크리스틴이 아니었다. 처음에는 JJ였다. 초음파 사진으로 보았을 때 의심의 여지 없이 남자아이였던 것이다. 어떻게 그럴 수가 있느냐고 묻는다면 상당히 교묘한 재주를 부린 거라고 대답할 수밖에 없겠지만. 그런데 내가 제임스 주니어에 걸맞은 신체 부위 없

이 태어나자 우리 어머니는 그 자리에서 바로 내 이름을 크리스틴이라고 정했다. 예전에 가르쳤던 학생 중에 크리스틴이 있었는데, 아주 착한 아이였던 것이다. 크리스틴은 이렇게 최후의 순간에 결정된 이름이었다. 내 느낌에는, 아니 확신할 수 있는데 나한테 어울리는 이름은 아니었다.

세상이 자신을 맞이할 준비가 되어 있지 않았다고 말하는 사람들이 종종 있는데, 내 경우에는 그것이 사실이었다. 아버지는 '1세'라는 호칭을 써보기도 전에 빼앗겼고, 그런 채로 부모님은 나를 집으로 데리고 가서 필 콜린스* 방에 눕혔다.

"필 콜린스 방이 뭔데?" 얼마 전에 내 친구가 물었다.

"필 콜린스를 감상하는 곳."

"필 콜린스를 감상하는 데 방 하나가 통째로 필요해?"

"아니. 절반만 있으면 돼. 나머지 절반은 아이를 눕히고."

사진과 음반과 포스터가 노랗고 파란 어린아이용 장식물과 한데 섞여 있었다. 그중에서도 한 포스터가 유난히 기억난다. 그 포스터는 다른 기념품이 모두 사라진 뒤에도 오랫동안 내 방문에 붙어 있었다. 제네시스 인비저블 투어를 홍보하는 포스터였는데, 나는 그 포스터를 볼 때마다 항상 혼란스러웠다.

"있잖아요." 어느 날 밤, 나는 잠옷으로 갈아입으며 어머니에게 말

---

* 영국의 프로그레시브 록 그룹 제네시스의 리드 보컬을 맡았던 싱어 송 라이터 겸 배우.

했다. "저 콘서트는 아마 돈 낭비였을 거예요. 그 사람들, 콘서트장에 안 나타나지 않았을까요? 한 사람이 사라지는 건, 좋아요, 가능하다 쳐도 밴드 하나가 통째로, 그것도 한꺼번에 사라지는 건 불가능하다고 생각해요. 최소한 표 값이라도 썼어야 할 텐데."

나는 이렇게 필 콜린스 방에서 살았고, 내 이름은 제임스가 될 수 없었기 때문에 크리스틴이었다. 처음부터 느꼈지만 내게 어울리지 않는 이름이었다. 하지만 둘 중 하나라도 바뀌기까지 십육 년이라는 세월이 걸렸다.

고등학교 2학년이 되었을 때 나는 방을 전면 개조하기로 결단을 내렸다. 내 방은 항상 엉망진창이었는데, 어쩌면 내 방처럼 느껴지지 않기 때문에 그럴지도 모른다는 생각이 들었다. 그래서 낡은 포스터를 모두 떼어내고 그 자리에 친구들 사진을 붙였다. 카펫도 걷어내고 용돈을 들여 바닥 광택제를 발랐다. 청소하고 꾸미고 보니, 필 콜린스나 JJ가 아니라 나를 위한 공간이라고 느껴질 때 깨끗하게 유지하고 싶은 마음이 든다는 사실을 깨달았다. 부모님들, 주목해주세요. 밝은 자주색 페인트나 헤비메탈 포스터가 그렇게 흉측한 발상은 아니랍니다.

이런저런 것들을 되찾기 시작하니 이름 역시 그럴 수 있을지 모른다는 생각이 들었다. 그래서 크리스틴이라는 이름이 마음에 들지 않는다는 사실을 주변에 조금씩 알리기 시작했다.

"그럼 어떻게 불러주면 돼?" 사람들은 항상 물었다.

"뭐, 아무거나. 크리스틴만 아니면 돼."

아주 오래전부터 생각해오던 것이지만 말로 하고 나니 기분이 묘했다. 내가 콕 집어 정한 게 없다보니 온갖 이름들이 난무했다. 하지만 내가 정말로 불리고 싶었던 이름은 앨리스 오즈마였다.

앨리스. 오즈마. 앨리스. 그러고 나서 오즈마. 두 이름은 서로 붙어 다녀야 할 운명인 것처럼 완벽하게 들렸고, 함께 있어서 더욱 빛이 났다. 빌리 진, 신디 루, 세라 제인, 모두 비켜라. 연속으로 발음했을 때 듣기 좋았고, 내 입술에서 흘러나온 뒤 추운 날 뜨거운 입김처럼 잠깐 동안 허공에 머무는 그 느낌이 좋았다. 완벽하게 미국적이고 건전하고 차분한 앨리스에 이어 뜻밖에 등장하는 오즈마. 대개 질문을 유발하는 검은 머리의 이국적인 보석. 나는 그런 질문이라면 얼마든지 대답할 용의가 있었다.

우리 부모님은 딸일 경우 어머니가 이름을, 아버지가 가운데 이름을 고르고, 아들일 경우 그 반대로 하기로 약속했으니 앨리스와 오즈마는 아버지의 작품이다. 독서 마라톤을 함께 해나갈 딸에게 어울리는 이름이다. 아버지가 그 이름을 선택했을 당시만 해도 내가 아직 그런 딸이 아니었지만. 아버지는 문학작품에 등장하는 강인한 여주인공의 이름을 나에게 지어주고 싶어했다. 다행히 아버지는 언니와 함께 책을 읽은 경험이 있었고 그때 염두에 둔 두 여성이 있었다.

루이스 캐럴이 쓴 『이상한 나라의 앨리스』에 등장하는 앨리스는 호기심이 많고, 자신이 해답을 모를 때도 있다는 사실을 기꺼이 인정한다. 고민하고 곰곰이 생각하고 당연히 실수도 저지른다. 가운데 이름으로는 합리적인 선택이었다. 하지만 (가장 유명한) 1편만 제외하고 L. 프랭크 바움의 오즈 시리즈에 전권 등장하는 여주인공 오즈마가 떠올랐을 때 아버지는 고민에 빠졌다. 똑똑하고, 어떤 상황에서도 흔들림 없이 공정한 오즈의 통치자 오즈마는 친구가 되어 도로시를 인도한다. 그녀는 논리적이고 상냥하며 신의가 있다. 그러니 아버지로서는 상당히 어려운 결정이었다.

그래서 하나를 선택하기보다 둘을 나란히 붙여놓고 불러보았다. 그랬더니 마음에 들었다. 앨리스 오즈마. 마음에 들 수밖에. 그래서 나는 앨리스 오즈마가 되었다.

나는 이 두 이름이 가장 마음에 들었다. 공책에 끼적이며 연습했고, 어디에든 서명이 필요하면 앨리스와 오즈마가 포함될 수 있게 으레 모든 이름을 총동원했다. 이름에 담긴 뜻을 궁금해하는 사람이 있으면 매번 기꺼이 내막을 들려주었다. 스스로 '알아맞히는' 사람이 있으면 당장 친구가 하나 생기는 셈이었다.

열여섯 살 때 내가 크리스틴 말고 다른 좋은 이름이 없느냐고 조심스럽게, 소심하게 물으면 사람들은 대부분 당황스러워했다. 그러면 나는 앨리스 오즈마는 어떠냐고 물었다.

"아주 문학적이잖아." 나는 해변의 산책로에서 행상을 하는 듯한 기분으로 이렇게 말하곤 했다. "하지만 세속적인 분위기도 있지. 여름비 아니면 재스민 같은 느낌이 나지 않아? 붙여서 읽어보면 세상에 이보다 더 필연적인 조합도 없다 싶고."

그래도 상대방이 수긍하지 않으면 나는 이렇게 말했다. "뭐, 한번 불러나볼 수는 있잖아."

사실은 열심히 불러달라고 옆에서 부추기고 싶었다. 언젠가 어느 선생님이 말하길 고등학교에서 자리를 잡고 싶으면 나라는 브랜드를 파는 게 최고라고 했다. 그래서 나는 기회가 될 때마다 앨리스 오즈마를 팔기 시작했다. 앨리스 오즈마라는 이름으로 블로그를 개설했고, 앨리스 오즈마라는 닉네임으로 친구들과 온라인 채팅을 했고, 이메일 주소에도 앨리스 오즈마라고 썼다. 수표에 서명을 할 때도 되도록 앨리스 오즈마라고 했다. 미술 수업을 받기 시작했을 때는 작품 한쪽 구석에 '오즈마'라고만 서명했더니 외로워 보였다. 둘은 붙어 다녀야 했다. 한 쌍으로, 혹은 균형을 맞추기 위해서.

이윽고 대부분의 사람들이 더이상 나를 크리스틴이라고 부르지 않았지만, 실망스럽게도 앨리스 오즈마는 대세가 되지 못했다. 여기저기 어떤 그룹에서, 어떤 경우 몇몇 사람들만 불러주는 이름이 되었다.

"제가 원하는 대로 불러주는 사람이 왜 아무도 없을까요?" 어느 날 밤, 책 읽기가 끝났을 때 나는 아버지에게 물었다. "진짜 제 이름 맞잖아요. 제가 만들어낸 이름도 아니잖아요."

"질투가 나서 그러는 거야. 자기들 이름은 엄마 아빠가 육아책에서 고른 거니 싫다는 거지."

아버지는 자신의 육아 실력을 이야기할 때마다 그러듯 우쭐해하며 두 손으로 머리를 받쳤다.

"이것도 차츰 익숙해져야 하는 문제일까요? 머리를 기르는 것처럼 말이에요."

나는 일 년째 머리를 기르고 있었다. 길이는 적당한 것 같은데 나한테 어울리지가 않았다. 아버지는 미간을 찌푸리고 촛불을 불어서 끄는 듯한 표정을 지었다.

"정말 계속 머리를 기를 작정이냐? 늪지 생물처럼 보이는데."

다행히 나는 자존감이 충만한 사람이었다.

"아니면 영화 〈킬러 슈루스〉 생각나니? 개들 등에 카펫을 얹어놓고 괴물이라고 했던 거. 거기 나오는 괴물이랑 비슷해."

그렇다, 자존감은 정말 여러모로 유용하다.

아버지 말처럼 사람들이 질투가 나서 그런 건 아니었던 듯하다. 오히려 어떤 사람들은 그 이름과 거기 얽힌 사연이 조금 따분하다고 생각했다. 그런 사람들은 아마 독서 마라톤도 이해하지 못할 것이다. 그래서 어떤 사람들 앞에서는 내가 선호하는 이름이나 아버지와 함께 책을 읽는 시간에 대해 말하지 않았다.

하지만 이따금 내가 양해를 구하고 이유를 들려줄 때 반짝임이 보이는 경우도 있었다. 새로 사귄 친구가 눈빛을 빛내며 들어주는 것이다.

"정말?" 친구는 이렇게 물었다. "진짜야? 학생증에도 그렇게 적혀 있어?"

나는 학생증을 보여주었다.

"우와, 멋지다. 진짜 멋지다. 특이하잖아. 그러니까 너희 아빠가 정말로 책을 좋아하시는 모양이구나? 어렸을 때 너한테 책도 많이 읽어주셨어?"

나는 열여섯 살이었고, 여느 열여섯 살짜리처럼 사람들이 나에 대해 좀더 많은 걸 알게 되면 혹은 우리 가족에 대해 알게 되면 어떻게 생각할지 불안했다. 하지만 내 가운데 이름에 진심으로 관심을 보이고 질문을 하고 적절한 때 미소 짓는 사람이라면 안전하다고 확신할 수 있었다. 절대 웃지 않을 사람에게 이야기하려고 준비해놓은 것이 있었으니, 그런 사람을 만났을 때야말로 최고의 순간이다.

"흠," 나는 이렇게 운을 뗐다. "너희 집안에는…… 전통 같은 거 없어?"

Chapter 22

2,740일째

한번 생각해봐. 평생 더이상 두려울 게 없는 거야.
바지를 거꾸로 입거나 양말을 짝짝이로 신거나 포도가 얹힌 모자를 쓰거나
기저귀를 차더라도 방금 전의 너보다 더 멍청해 보이지는 않을 거거든.
두 번 다시 창피할 일이 없을 거야.
ㅡ스티븐 메인스, 『단 삼 일 만에 완벽한 사람이 되는 법』

마을 극단의 문제점은 시간을 잡아먹는다는 것이다. 모든 취미생활은 시간을 잡아먹는다. 그것만큼은 분명하다. 하지만 극단 스케줄은 내가 잡는 게 아니라는 데에 독서 마라톤에 참여하는 딸로서 애로사항이 있다.

내가 맨 처음 극단에 발을 들여놓았을 때는 아직 독서 마라톤을 시작하기 전이었다. 네 살 무렵, 우리 동네 고등학교에서 봄에 상연할 뮤지컬을 준비하고 있었다. 마침 작은 역할을 맡을 아이를 찾고 있었고, 나는 기꺼이 도움을 자청하고 나섰다. 나는 그날의 경험을 온몸으로 만끽했다. 그 뒤로 수많은 작품을 공연하면서 거기에 드는 시간이나 밤늦게까지 이어지는 연습에 대해 별걱정 하지 않았다. 하지만 독

서 마라톤이 시작된 뒤로는 귀가 시간이 늦어지는 게 문제가 되었다.

눈부시도록 청명하고 절대적으로 완벽한 어느 가을 저녁이었다. 벌써 겨울이 시작되었어야 하는데 웬일로 그렇지가 않았다. 아직은 아니었다. 나뭇잎들이 아직까지 기를 쓰고 매달려 산들바람에 춤을 추며 서서히 다가오는 서리를 향해 반항조로 그 빨간빛과 황금빛을 과시했다. 입김이 보이지는 않았지만, 해가 떨어지고 한참 동안 밖에 있으려면 스웨터가 필요할 수도 있었다. 내가 보기에는 무얼 하든 완벽한 날씨였다. 호박 맛 퍼지[*]를 사기에도, 생강쿠키로 아이스크림 샌드위치를 만들기에도, 사과 주스 한 잔을 들고 현관에 앉아 있기에도, 깡충깡충 뛰며 누군가가 낙엽 태우는 황홀한 냄새를 맡기에도. 나는 가을을 가장 좋아하기 때문에 그날이 뭘 하든 완벽한 날씨였다고 말할 수 있다. 하지만 엄청난 망신을 당하기에 좋은 날씨는 절대, 결단코 아니었다. 그러기에 좋은 날씨는 어떤 날씨인지 모르겠지만. 아마도 눈이 내리거나 비가 내리거나, 어쨌든 시야에 한계가 생기는 그런 날씨겠지.

나는 가족의 소중함과 미국의 이상에 대해 이야기하는, 조금 모호하고 고리타분한 뮤지컬을 연습하고 있었다. 사실 연습 자체는 거의 한 시간 전에 끝났고, 이제 '품평'이라는 지루한 단계로 접어든 참이었다. 연극에서 품평이라고 하면 감독, 음악 감독, 안무 담당, 의상

---

[*] 설탕, 버터, 우유, 초콜릿 등으로 만든 과자.

디자이너, 기술팀 혹은 모인 사람들이 그 작품에 대해 좋은 점이든 나쁜 점이든 지적하는 것을 의미한다. 오 분밖에 안 되는 장면을 놓고 십오 분에서 이십 분 동안 품평이 이어질 때도 있다. 나는 예전에 어떤 작품에서 대사도 없이 삼십 초 동안 등장하는 역할을 맡았는데, 자세에서부터 모자의 각도까지 오 분에 걸쳐 품평을 들었다. 품평이 시작되면 시간이 아주 오래 걸릴 수 있다.

이번 작품에서 나는 막판에 코러스로 투입됐다. 감독이 소프라노 중에 하이 소프라노가 실제로 한 명도 없다는 사실을 깨달았기 때문이다. 차례가 되면 고음의 노래를 부르면서 숄을 쓰고 무대에 등장해 주인공 중 한 명에게 책을 건네는 것이 나의 임무였다. 대사도 없고 독창하는 부분도 없어서 바쁜 내 스케줄에 딱 맞는 역할이었다. 기본적으로 내 역할은 사람들 틈바구니로 섞여 들어가는 것이었으니 내 품평은 생략했으면 좋겠다는 바람이 늘 있었다.

나는 무대 가장자리에 앉아 다리를 흔들며 시계를 보았다. 지난 한 시간 동안 바늘이 빛의 속도로 움직인 듯했다. 방금 전 내가 스타킹 발목 근처에 뚫린 구멍을 후비고 있었을 때가 분명 열시 사십오분이었다. 그런데 구멍이 살짝 커지고 내가 하도 비벼대서 살갗이 조금 따끔거릴 뿐인데, 열한시 삼십분이 된 모양이었다. 나는 양손으로 머리를 싸안고 애써 무게중심을 잡으며 침착하게 보이려고 애썼다. 나만 콕 집어서 유심히 관찰한 사람이 있었다면 피곤해서 얼른 집으로 달려가 침대 속으로 들어가고 싶은 모양이라고 생각했을 것이다. 다음 날 수업이 있는 학생이라면 그러는 게 이치에 맞는 일이었다.

하지만 실제로는 손가락으로 십자가 모양으로 만들고, 아버지가 저 문 너머에서 등장하는 일만은 없길 바라는 중이었다. 나는 아직 휴대전화가 없었고, 연습이 끝날 때쯤 되면 아버지가 데리러 올 수 있게 다른 사람에게 빌려서 전화하겠다고 아버지한테 말해둔 상태였다. 원래는 2막 품평이 시작되면 전화할 생각이었는데 아직 1막을 절반도 끝내지 못한 상황이었다. 아버지는 이러다 책을 읽지 못하고 자정을 넘길까봐 조바심을 내고 있을 게 분명했다. 아버지가 지금 당장 차를 몰고 이곳으로 달려오는 중이 아니라면, 그건 벌써 밖에다 차를 세우고 손전등 불빛에 비춰 연습을 하고 가끔 손목시계를 확인하다 초조하게 이쪽으로 걸어오고 있기 때문일 것이다.

전에도 비슷한 상황이 여러 번 있었기 때문에 아주 선명하게 그림을 그릴 수 있었다. 연습이 늦게 끝나면 아버지가 책을 들고 나타나 관객석 뒤편에서 내게 손짓했다. 보통은 극장이 워낙 북적거리다보니 어두운 곳에 서 있는 백발 신사 한 명쯤은 눈에 띄지 않을 수 있었다.

그런 때 나는 아버지에게 괜찮으면 밖에서 기다려달라고, 쉬는 시간이 생기면 당장 나가겠다고 손짓으로 의사를 전달했다. 대개는 주연이라도 무대 뒤에 나와 있는 시간이 상당하기 때문에 주차장으로 달려가 자동차 보닛에 걸터앉든지 건물에 기대고 한 십 분 정도 듣다 다시 달려 들어올 수 있었다. 큐 사인을 놓치더라도 "죄송해요, 잠깐 나갔다 올 일이 있어서"라고 둘러대곤 했다. 독서 마라톤은 제대로 설명을 해도 이해시키기 어려운 일인데, 심지어 설명하는 것조차 어려웠다. 설명을 하려면 늘 전말을 밝혀야 했다. "죄송해요, 자정 전에 아빠가 저한테 셜록 홈스를 몇 쪽 읽어주셔야 하거든요." 이러면 혼란스러움만 가중될 뿐이었다.

지금 이 상황에서 내가 걱정하는 점은 아버지가 조용히 기다리며 나에게 손짓할 어두컴컴한 구석이 없다는 것이었다. 새로운 극장을 찾는 와중이라 작은 공간에서 연습을 하고 있었는데, 이곳은 비좁고 답답하고 환했다. 임시로 설치한 무대에 전 출연진이 한꺼번에 올라갈 수도 없는 지경이라 일부는 곳곳에 놓인 의자로 뿔뿔이 흩어져 있었다. 감독이(그리고 외모가 좀 괜찮은 십대 남자아이 몇 명이) 주차장으로 나가는 출입문 바로 앞에 앉아 있었고, 방 안의 모든 조명이 불을 밝히고 있었다.

나는 스타킹에 난 구멍을 더욱 맹렬히 후비기 시작했다. 그러면서 열심히 계획을 세웠다. 이제 그만 가도 되느냐고 물어도 허락이 떨어지지 않을 것이다. 조금 전에 누가 똑같이 물었을 때 감독은 자기가 남으면 다 같이 남는 거라고 했다. 화장실에 가는 척하고 저 뒤쪽 복도에 문이 있는지 살펴볼 수도 있었지만, 그랬다가는 아버지가 찾으러 왔다 내가 없는 걸 보고 더 걱정하는 사태가 벌어질 수도 있었다. 차에 가서 뭘 가지고 오겠다고 할까도 싶었지만, 내가 항상 차를 얻어 타고 다녔기 때문에 운전을 못 하는 걸 전 출연진이 알고 있었다.

아버지가 할 말이 있어 주차장에서 기다린다고 할 수도 있겠지만, 그랬다가는 품평을 하는 와중에 휴대전화를 확인했느냐는 소리를 들을 텐데―그러지 않고서야 아버지가 기다리는 걸 무슨 수로 알겠는가―그건 엄격히 금지된 일이었다.

나는 무대 사이로 추락할 것 같았다. 아버지가 연습실로 찾아오는 광경을 떠올리며 왜 그렇게 부들부들 떨었는지는 모르겠다. 아마 아버지가 어떤 말이나 행동을 할지 예측할 수 없었기 때문일 것이다. 경우의 수가 무궁무진한데, 그다지 창피하지 않을 확률은 20퍼센트 정도밖에 되지 않았다. 그 창피함은 모두가 철저하게 오해하고 있는데, 몇 번이고 설명하고 싶지만 아무리 설명해도 이해시킬 수 없다는 데서 비롯되었던 게 아닐까. 그런데 독서 마라톤은 항상 그런 문제를 야기했다. 아무도 이해하질 못했으니 적어도 얼마쯤은 창피할 수밖에 없었다. 이해할 만한 사람 앞에서 이야기를 꺼내면 재미있고 훌륭한 이야깃거리가 될 수 있었다. 하지만 열여섯, 아무도 나를 이해하지 못하는 듯한 기분이 여드름만큼이나 일상적이던 그때에는, 비틀스를 진정으로 이해한 사람은 내가 처음일 거라고 생각하는 것만큼이나 일상적이던 그때에는 독서 마라톤이 버겁게 느껴질 때도 있었다. 가끔은 독서 마라톤이 자랑스럽지 않을 때도 있었다. 그럴 수밖에 없었던 게 안타깝기는 하지만.

무대에 걸터앉아 문이 열리는 광경을 하도 많이 상상하다보니, 정말로 문이 열렸을 때 나는 처음에 아무 반응도 보이지 않았다. 이번에는 상상이 아니었는데 바로 정신을 차리지 못했다. 아버지가 걸어 들어와 두리번거렸고, 급기야 내가 무대에서 손을 흔들기 시작했는데도 어쩐 일인지 아버지는 알아보지 못했다. 컴컴한 곳에 있다 들어오면 환한 불빛 때문에 앞이 보이지 않을 수 있었다. 아버지가 불빛을 가리고 실눈을 뜬 채 작은 원을 그리며 빙빙 돌자 급기야 감독이 약간 짜증이 난 목소리로 물었다. "무슨 일로 오셨나요?"

"딸아이한테 할 이야기가 있어서 왔소만." 아버지가 한 말은 일단은 이게 전부였다. 나는 아버지가 '책을 읽어주러'가 아니라 '할 이야기가 있어서'라고 한 데 안도의 한숨을 내쉬었다. 그러다 감독이 뭐라고 할까 싶어 숨을 들이마신 채 가만히 기다렸다. 그는 아버지 같고 따뜻하며 아주 좋은 사람이었지만, 연습이 워낙 엉망으로 끝난 터라 인내심에 한계를 보이고 있었다.

"죄송합니다." 감독이 말했다. "이렇게 늦은 시각까지 따님을 붙잡아둔 점 사과드립니다. 그런데 중요한 품평을 하는 중이라 따님도 듣고 싶어할 겁니다. 이십 분 정도면 끝나니 앉아서 기다려주시겠습니까?"

아버지의 등장으로 벌써 일곱 시간을 소진한 연습이 더 지체되고 있었다. 사람들이 수군거리기 시작했다. 다들 아버지의 정체를 궁금해했다. 나는 아버지의 정체가 알려져도 상관없었지만 무대에서 벌떡 일어나 공표하지 않는 한 모두에게 알릴 방법이 없었다. 나는 다시 손을 흔들었지만, 아버지는 무대 쪽을 쳐다보지 않았다.

"글쎄요." 아버지가 씩씩하게 말했다. "그건 좀 어렵겠는데요. 지금 당장 해결해야 할 일이라서."

순간, 간단하지만 분명하고 효과적인 방법이 생각났다. 아버지가 "급한 일이 생겼다"고만 하면 적어도 몇 분 동안은 분명 나를 내보내줄 것이다. 막연하지만 심각하게 들리는 그 말. 다들 우리 집안에 누가 죽은 줄 알 것이다. 지금처럼 무시하는 눈빛으로 아버지를 쳐다보는 게 아니라 출구 쪽으로 걸어가는 우리를 보며 안쓰러워할 것이다. 나는 눈을 감고 아버지에게 텔레파시를 보내려고 했지만, 내 능력이 한참 못 미쳤는지 아버지가 다른 소리를 했다. 그 정도면 소곤거리는 수준일 거라고 생각했는지 나지막한 목소리로 이렇게 말했던 것이다. "자정이 되기 전에 우리 아이한테 책을 읽어줘야 하거든요."

내가 지금도 콘서트나 강연장에서 계속 지적하는 문제지만, 아버지는 소곤거리는 게 어떤 건지 전혀 모른다. 소곤거린답시고 뭔가 꿍꿍이가 있는 듯한 말투로 남들 다 들리게 말을 하기 때문에 분위기를 더 엉망으로 만들었다. 잠시 후 아버지가 드디어 나를 발견하고 손가락으로 가리켰다. 내가 누더기 인형처럼 허리를 숙이고 드레스 주름 사이로 숨으려고 애를 쓰고 있었는데, 어떻게 나를 알아봤는지 모르겠다. 아마 시뻘게진 내 얼굴이 아버지의 눈길을 끌었던 모양이다.

사람들이 고개를 돌렸다. 그들이 눈썹을 치켜세우는 소리가 들리는 듯했다.

"네?" 감독이 잘못 들었다고 생각했는지 아버지를 올려다보며 물었다.

아버지는 그저 고개만 끄덕이며 다시 한번 내 쪽을 손가락으로 가리켰다. 나는 힘없이 미소 지었다. 내 얼굴에서 뿜어져 나온 열기로 화재경보기가 울려 뒷문으로 달려 나갈 핑계가 생겼으면 좋겠다는 생각이 들었다. 옆에서 누가 속삭였다. "내보내요. 밤새도록 여기 앉아 있고 싶지 않으니까."

다들 그러자고 중얼거리는 소리를 감독도 들었는지, 그는 아버지를 한 번 더 물끄러미 쳐다보더니 "뭐, 그럼, 알겠습니다"라고 했다.

아버지가 문 앞에서 기다리고 있고, 내가 계단을 내려가 아버지 쪽으로 걸어가는데 주위에서 사람들이 말하는 소리가 들렸다. "아까 저분이 뭘 해야 된다 그랬어요? 뭘 읽어줘야 한다고요?"

내 또래 하나가 지나가는 내 옷자락을 붙잡고 물었다. "이거 무슨 종교하고 관련된 거니?"

드디어 문 앞에 도착했다. 나는 밖으로 나가기 전에 관행에 따라 감독을 끌어안고 작별의 입맞춤을 했다. 그는 당황한 듯한 표정이었지만, 모든 게 잘될 거라는 확신이라도 심어주려는 듯 내 어깨 너머로 아버지를 보며 미소를 지었다. 등 뒤로 문이 닫히는 순간, 감독이 외치는 소리가 들렸다. "자, 이제는 품평 끝나기 전에는 어느 누구도 여기서 나가지 못합니다!"

자정 전에 집에 도착할 방법이 없었기 때문에 우리는 주차장에서 차에 기대서 애거사 크리스티의 『열 개의 인디언 인형』을 한 장 읽었다. 가로등 덕분에 제법 환한데도 아버지는 손전등을 들고 책장을 비추었다. 거의 끝나가는데, 출연진이 각자 차를 세워놓은 곳으로 흩어지기 시작했다. 대부분 나에게 책을 읽어주는 아버지를 못 본 척하는 바람에 분위기가 더 이상해졌다. 나는 함박웃음을 지었지만, 책에서 시선을 떼지 않았다. 보통은 내 쪽에서 책장을 흘끗 쳐다보기만 해도 아버지가 의식을 했다. 그런데 이번만큼은 아무 말도 하지 않았다. 아버지가 읽는 부분을 내가 뚫어져라 쳐다보아도 내버려두었고, 다 읽은 뒤에는 책장을 덮고 재빠르게 아무 말 없이 차에 올랐다.

놀랍게도 우리는 서로를 이해하고 있었다. 내가 독서 마라톤 때문에 창피해한 적이 적어도 한 번은 있다는 사실을 아버지도 알게 된 것이다. 나는 그날 밤에 일어났던 그 어떤 일보다 그 사실이 더 부끄러웠다.

Chapter 23

2,986일째

그는 희망 없이 게임을 벌일 수는 없었다.
꿈 없이 게임을 벌일 수는 없었다.
– 게리 폴슨, 『손도끼』

"반지 봤어요?"

"아니, 밀가루 반죽에 손을 묻고 있어서. 꺼내보라고 할 수는 없잖니."

"악수를 하자고 했으면 됐잖아요."

"어이구머니나 맙소사, 러비! 이번에도 네 말이 맞구나. 다시 들어갈까?"

"안 돼요. 그러면 너무 속보일 거예요."

"시나몬 번을 먹고 싶었던 게 갑자기 생각난 척하면 어때?"

"봉투 안에 이미 한 개 들어 있는 것 같은데요."

"있는 것 같다니! 있다는 거냐, 없다는 거냐? 확인해봐!"

"있어요. 두 개나요."

"어이구머니나 맙소사."

"잠깐, 그분이 창가 쪽으로 걸어가는 것 같아요. 어쩌면 제 쪽에서 확실히 볼 수 있을지 몰라요. 여기 서서 도넛 먹는 척하고 계세요."

나는 대부분의 십대 여자아이들보다 이런 일에 경험이 많았다. 가끔은 홀아버지도 도움이 필요한 법이니까.

"왜 도넛을 먹는 척해야 하니? 정말로 먹으면 안 될까?"

"있어요. 반지 있어요."

"결혼반지야?"

"그런 것 같아요. 테두리가 금색이에요."

"어이구머니나 맙소사. 이제 우린 끝장이로구나, 러비."

아버지는 잘하는 게 많다. 야구 분석도 잘하고, 차로 어떻게 가면 되는지 길도 잘 가르쳐주고, 심지어 그림에도 상당히 재주가 있다. 그런데 연애만큼은 별로 소질이 없다. 아니, 운이 따라주지 않는다고 해야 할까?

물론 아버지가 연애 경험이 없는 것은 아니다. 한때는 우리 어머니 하고 연애를 했을 테니까. 그러다 혼자가 되었고, 그러다 리 아줌마를 만나기 시작했다.

리 아줌마는 호리호리했고, 금발 고수머리와 연처럼 생긴 어깨가 특징이었다. 그녀는 내가 고등학교 때 한 마티네* 공연을 관람한 뒤 나중에 찾아와 인사를 했다.

"너는 아마 날 기억 못 할 거야." 리 아줌마가 말을 꺼냈다.

나는 기억하지 못했다.

"당연히 기억하죠! 성함이 그러니까……"

"리! 예전에 너희 아빠랑 같이 근무했어. 아까 정말 잘하더라는 이야기를 하고 싶어서!"

리 아줌마는 웃는 모습이 예뻤고 집 냄새가 났다.

"고맙습니다! 보러 와주셔서 감사해요. 아빠한테 아주머니 만났다고 말씀드릴게요."

"그래, 꼭 전해주렴!"

나는 리 아줌마가 마음에 들었는데도 깜빡하고 말았다.

몇 주 뒤, 아버지가 저녁 때 리 아줌마를 만나러 나간다고 했다.

"맞다! 지난번에 제 공연 보러 오셨는데. 아빠한테 말씀 전하겠다고 했는데."

"알아. 리가 편지를 보냈거든."

"편지요? 뭐라고 했는데요?"

"나한테 홀딱 반했다고."

"설마!"

"대놓고 그렇게 말하지는 않았지만, 대충 그런 의미였어."

---

* 연극·영화 등의 주간 공연·상영.

나는 아버지가 데이트를 하고 싶어할지도 모른다는 생각을 전혀 하지 못했다. 아버지는 남자들보다 월등한 정신력을 언급할 때 말고는 지나가는 말로도 여자 얘기를 꺼낸 적이 없었다. 나중에 안 사실이지만, 아버지가 육 년 동안 여자 없이 지낸 이유는 집안 분위기를 안정시키고 우리 자매가 최우선임을 분명히 하기 위해서였다. 나는 그게 얼마나 이상한 일이었는지 그날 그 순간에야 깨달았다. 그날 밤 집에 돌아온 아버지는 싱글벙글 웃고 휘파람을 불며 차를 한 잔 끓였다. 나는 아버지가 이 순간을 얼마나 오랫동안 꿈꾸었을지 궁금했다. 아버지가 들떠 있을지 궁금했다.

이 주 뒤에 이번에는 내가 생애 첫 데이트 허락을 받으러 나섰다.

"벤하고 바닷가 산책하러 나가도 돼요?" 내가 문틈 사이로, 이제 막 낮잠을 자고 일어난 아버지에게 속삭였다(이때가 아버지가 가장 너그러운 때였다).

"또 누가 가는데?"

"둘이서만 가요."

아버지는 잠깐 눈을 감았다. 나는 아버지가 다시 잠을 자려는 모양이라고 생각했다. 그런데 잠시 후 아버지가 눈을 감은 채 말했다. "늦을 것 같으면 책을 먼저 읽어야겠구나."

나는 중요한 밤을 앞두고 옷을 갈아입으면서 나도 휘파람을 불며 돌아올 수 있을까 생각했다. 그날 밤 나는 휘파람을 불었고, 그해 여름이 막바지로 접어들 무렵 아버지와 나는 둘 다 만나는 사람이 생겼다.

우리는 같은 날 저녁에 데이트가 있으면 준비하면서 의견을 주고받았다. 대개 아버지가 당신 몸을 가리키며 탄탄하다는 둥, 무슨 옷이든 당신이 입으면 잘 어울리지만 개중 몇 개는 특별히 잘 어울린다는 둥 하는 식이었다. 그 말을 듣고 내가 그럼 내 옷은 어떻게 생각하느냐고 물으면 아버지는 괴로운 표정으로 색이 어쩌고, 옷감이 어쩌고 했다. 아버지는 시간이 있으면 내가 골라놓은 옷들을 통째로 건네받아 다림질을 해주었다. 아버지는 빳빳하게 다린 옷을 열렬히 신봉했다.

"몇 분만 투자하면 끔찍하게 쭈글쭈글한 원숭이 전사에서 진정한 귀부인으로 변신할 수 있거든."

원숭이 전사가 누굴 말하는 건지, 무슨 엄청난 일을 겪었기에 온몸이 쭈글쭈글해졌는지는 모르겠지만, 다림질을 사랑하는 아버지가 있어 편하기는 했다.

아버지와 나는 몇 년 동안 각자의 만남을 이어나갔고, 나는 진심으로 리 아줌마를 좋아하게 됐다. 리 아줌마에게도 아이들이 있었지만, 그녀는 고민하지 않고 나를 보듬었다. 부활절이면 달걀 바구니를 꾸며주었고, 생일이면 케이크를 만들어주었고, 나를 응원하는 자리마다 아버지와 동행했다. 심지어 우리 어머니하고도 잘 지내는 눈치였다. 우리는 완벽하게 균형이 잡히진 않았지만 그래도 적절하고 행복한 가족이 된 듯했다. 그러다 어느 누구도 이해할 수 없는 일이 벌어졌다.

그때 나는 졸업 파티를 몇 주 앞두고 주방에 앉아 있었다. 아버지가 직접 보러 간 필리스* 경기를 틀어놓고 집 안의 불은 모조리 켜놓은 상태였다. 혼자 집을 지키려니 신경이 바짝 곤두섰다. 무슨 소리가 들릴 때마다 우리 집 현관으로 누가 살며시 다가오는 것처럼 느껴졌다. 그래서 실제로 누가 현관 쪽으로 걸어오는 게 보였을 때, 전화기가 있는 곳으로 달려갈 뻔했다. 그 사람이 리 아줌마라는 걸 알아차린 순간, 나는 한숨을 쉬고 웃음을 터뜨리며 문을 열어주러 갔다. 그런데 가서 보니 리 아줌마가 벌써 우리 집 앞 진입로를 빠져나가고 있었다. 현관에는 나의 졸업을 미리 축하하는 선물이 놓여 있었다. 근사한 짙은 초록색 여행가방 세트와 진심이 담긴 예쁜 카드였다. 그 옆으로 시선을 옮기자 아버지가 리 아줌마에게 준 선물들이 하나도 빠짐없이 깔끔하게 차곡차곡 쌓인 채 유감스러운 듯 나를 올려다보고 있었다.

"이해가 안 되는군." 그날 밤, 아버지가 통화하는 소리가 들렸다.

잠깐 정적이 흐른 뒤. "마음을 정한 거요?"

또다시 정적. 이번에는 조금 전보다 짧았다.

"뭐, 매달리지는 않겠소." 아버지는 이렇게 말하고 전화를 끊었다.

* 필라델피아를 연고지로 둔 야구 팀.

이 년을 만났는데 마지막 통화 시간은 채 삼십 초가 안 됐다. 아버지는 기습 공격을 당한 것이다.

아버지는 하루 이틀 심란한 기색이더니, 주문을 외는 권투선수처럼 똑같은 말을 계속 중얼거리기 시작했다. "그녀도 괜찮은 사람이었지만, 나도 괜찮은 사람이야. 살다보면 더 좋은 사람을 만나겠지. 그쪽에서 내가 필요 없다는데 관두라지. 이때다 하며 달려들 사람이 있을 거야. 난 여전히 근사하잖아."

아버지는 데이트를 시도했다. 하지만 관심이 가는 여자가 있어도 처음부터 다시 시작해야 한다는 사실을 곧 깨달았다. 아버지는 편안했던 관계를 그리워했다. 리 아줌마를 그리워했다.

그래서 이후 몇 개월 동안은 둘 사이에 무슨 일이 있었던 건지 밝히는 데 주력했다. 리 아줌마에게 메시지를 남기고, 작은 성의를 보이고, 아직도 아버지의 마음속에는 그녀가 있음을 알렸다. 헤어지고 나서 꽤 지난 뒤에도 리 아줌마의 책상 위에 아버지와 함께 찍은 사진이 놓여 있는 것을 보았다고 친구에게 전해 듣는 감격스러운 순간이 왔다. 아버지는 희망에 부풀어 몇 달 만에 처음으로 리 아줌마에게 전화를 걸었다. 그런데 알고 보니 사진 속 주인공은 또 다른 백발 신사였다.

아버지는 다시 데이트에 돌입했지만, 오랜만에 하다보니(리 아줌마의 경우에는 그쪽에서 먼저 접근했고, 어머니와 리 아줌마 사이에는 여자를 만난 적이 없었다) 감이 떨어졌다. 처음에는 아버지의 눈이 너무 높았다. 외모도 뛰어나면서 요리도 잘하고, 우리 가족의 일원이 되어주길 바라고, 여행을 좋아하고, 가끔 엘비스를 듣는 여자를 찾았다. 한마디로 리 아줌마 같은 여자를. 내 충고에 따라 눈을 조금 낮춘 뒤에도 별 진전은 없었다.

"소개팅 어땠어요?" 어느 날 아침, 졸업여행을 앞두고 짐을 꾸리면서 나는 아버지에게 물었다. 지난 한 달 동안 아버지는 몇 차례 소개팅에 나갔지만, 바라던 성과를 거두지 못했다.

"처참했어." 아버지가 침대에 앉아 발을 주무르며 말했다.

"그 한마디면 요약이 돼요? 그 정도로 형편없었어요?"

"식당 쪽으로 걸어가는데, 조지 워싱턴을 꼭 닮은 남자가 밖에서 누군가를 향해 손을 흔들고 있지 뭐냐. 가까이 다가가보니 나를 향해 흔드는 거였어. 더 가까이 다가가보니 남자가 아니라 여자였고."

나는 입술 사이로 숨을 내뱉었다.

"뭐, 첫 단추부터 잘못 꿰어졌다는 건 인정해요. 하지만 여자들을 계속 외모로 판단해선 안 돼요. 누구나 아빠처럼 운동에 열심인 건 아니잖아요."

"밥을 먹으면서 쩝쩝 소리를 내고, 뱃사람처럼 욕을 하고, 취미 삼아 읽는 거라고는 만화밖에 없다고 자랑하더라. 그래도 내가 눈이 너무 높은 거냐?"

비슷한 일들이 몇 개월, 그 뒤로 몇 년 동안 되풀이되자 나는 아버지를 전담하는 세일즈맨이 되었다. 달리 뾰족한 수가 없었다. 아버지가 행복해졌으면 좋겠는데, 아버지 혼자서는 방법을 찾지 못하는 듯했다. 나는 처음에는 조심스러웠지만("신기해요, 저희 아빠도 꼭 그렇게 웃으시거든요!") 금세 탄력을 받았다.

"저기 있잖아요." 나는 우리 동네 백화점에서 내 발에 맞는 신발을 찾아주고 있는 매력적인 중년 여성에게 말을 걸었다. "저는 결혼한 사람은 결혼반지를 끼고 다녀야 한다고 생각해요."

그녀는 어리둥절한 표정을 지었다.

"하지만 나는 혼자 살고 있거든." 그녀가 말했다.

"우와! 저기, 그게, 저희 아버지도 혼자 사시는데. 두 분이 또 어떤 공통점이 있을까요?"

어쩌면 내 수법이 너무 빤했는지도 모르겠다. 지금 이 글을 쓰고 있는 이 순간까지도 아버지는 짝을 찾지 못했으니 말이다. 아버지는 낙관적인 나날과 좌절의 순간을 오가며 지금도 계속 짝을 찾고 있다. 나로서는 계속 그래주기만을 바랄 뿐이다. 나는 아버지가 아침에 눈을 떴을 때 자신에게 딱 맞는 여자가 있을 거라는 믿음만 버리지 않는다면 그런 여자에게 한 걸음 다가가는 거라고 생각한다. 다만 아직 만나지 못했을 뿐.

꼭 만나야 한다. 내가 그러길 바라서라기보다 아버지가 그런 여자를 만나지 못한다는 건 있을 수 없는 일이기 때문이다. 독서 마라톤 때 우리는 어머니가 떠난 뒤 집안을 다시 수습하려고 애쓰는 아버지나 할아버지가 등장하는 책들을 읽으면서 일종의 패턴을 간파했다.

그들은 하나같이 방 안에 틀어박혀 세상을 등지는 애처롭고 생기 없는 존재로 그려졌다. 우리 아버지는 절대 그런 남자가 아니었다. 우리는 그런 이야기들을 읽으면서 웃음을 터뜨렸다. 작가들은 도대체 어디에서 영감을 얻었길래 그렇게 말도 안 되는 이야기를 썼을까? 우리 아버지 같은 남자는 세상 어디에도 없는 걸까? 아침에 눈을 뜨면 앞으로 펼쳐질 하루에 흥분하고, 혼자 아이들을 키우는 현실을 긍정적으로 생각하고, 유머와 활기가 넘치는 남자. 자신의 상황을 우리 아버지처럼 바라보고, 홀아버지로서 누군가를 열심히 찾아다니면서도 딸들을 혼자 키우는 데 두려움이 없는 인물은 독서 마라톤 내내 단 한 명도 만날 수 없었다.

우리가 읽은 책에서는 그렇게 울적하고 이상한 남자들도 종종 누군가를 만났다. 매력적인 여자가 찾아와 몇 년 만에 처음으로 남자를 웃게 만들고, 활기를 되찾아주었다. 우리 아버지는 활기가 넘치는데도 절대 그런 여자가 나타나지 않았다. 그런 이야기를 읽고 아버지가 희망을 느꼈을지 나는 모르겠다. 하지만 계속 읽었으니 뭔가 남은 건 있었겠지. 어쩌면 이 책을 읽으면서 왜 우리 아버지 같은 남자를 한 번도 만나지 못했는지 의아해하는 천생연분이 어딘가에 있지 않을까? 나는 분명 그럴 거라고 믿는다.

나는 그분을 만나면 우리 아버지 같은 남자는 이 세상에 단 한 명도 없다고 알려줄 것이다. 그 비슷한 남자조차 없다고.

Chapter 24

3,156일째

이 세상도 바람개비였다.
수없이 많은 부분들이 보이지 않게 연결되어 있고,
감추어진 크랭크축과 연결봉을 통해 온 지구의,
몇 백 년 동안의 움직임이 이어진다.
– 폴 플라이쉬만, 『바람을 만드는 소년』

나는 한참 동안 교차로에 서서 맞은편으로 건너갈 순간을 기다리고 있었다. 따끈따끈한 면허증을 활용할 의사가 거의 없는, 겁에 질린 초보 운전자인 내가 집에 놀러 오라는 친구의 설득에 넘어간 이유는 단 하나, 그 친구의 집이 우리 집에서 걸어갈 만한 거리에 있기 때문이었다. 그런데 대문 밖으로 발걸음을 떼는 순간 갑자기 비가 내리기 시작했다. 차를 몰고 가는 수밖에 없었다.

"고속도로 지날 때 조심해라." 내가 아버지 협탁에 놓인 자동차 열쇠를 집어 드는데, 아버지가 외쳤다. "오늘 해변으로 나오는 차들이 많을 거야. 내가 데려다주지 않아도 되겠니?"

나는 속으로는 그랬으면 좋겠다고 생각하면서도 괜찮다고 대답했다. 그런데 지금 끝없이 이어지는 차량 행렬에 조그만 틈새라도 생기길 기다리고 기다리고 또 기다리고 있자니 돌아가서 아버지의 제안을 받아들이고 싶어졌다. 하지만 내 뒤로 이미 차가 세 대나 서 있었고, 차를 돌릴 만한 곳도 없었다. 나는 백미러로 그들을 쳐다보며 애써 미안한 표정을 지었다.

잠시 후 틈이 생겼다. 나는 물론이고 내 뒤의 모든 차가 지나갈 수 있을 만큼 넓고 넉넉했다. 나는 액셀을 밟았다. 아무 변화가 없었다. 더 힘껏 밟았다. 그래도 아무 변화가 없었다. 우리 집 앞 진입로를 빠져나오는 중에도 이런 현상이 일어난 적이 있었다는 데 생각이 미치면서 문득 식은땀이 흘렀다. 그때도 잠깐 멈춘 사이 시동이 꺼지는 바람에 시동을 다시 켜고 액셀을 다시 밟았다. 그때는 아무 문제가 없었다. 집으로 다시 들어가 아버지한테 이야기할까 잠깐 고민했지만, 원인이 뭐가 됐건 내가 사소하고 어이없는 부분을 깜빡한 게 아닐까 싶었다. 그런데 이제 보니 차가 문제였고, 나는 오도 가도 못하는 신세가 되었다. 차를 돌릴 만한 데도 없고 후진할 수도 없는 교차로 한쪽에서 꼼짝도 않는 차 안에 앉아 있게 된 것이다. 나는 침착하자고, 잠깐 생각을 정리해보자고, 겁먹지 말자고, 사방을 둘러싼 차들은 일절 쳐다보지 말자고 마음을 다잡았다.

이게 뭐지? 누가 내 배를 잡아당기는 듯한 느낌이 들었다. 너무 긴장했나 싶었는데, 알고 보니 내가 움직이고 있었다. 그것도 알아차리는 데 시간이 걸릴 만큼 천천히 움직이는 게 아니었다. 이 차가 이 정도로 속력을 낼 수 있는 줄은 몰랐다. 경주용 자동차에 끌려가고 있기라도 하듯 다가오는 차량 행렬을 향해 전속력으로 내달리고 있었던 것이다. 모든 게 앞으로 쏟아지면서 나도 운전대에 부딪혔다. 뒤늦게 깨달은 사실이지만, 잠깐 생각을 하는 동안 내가 발을 계속 액셀에 올려놓고 있었던 것이다. 속력을 내서 앞으로 움직이라는 내 명령을 어째서인지 이삼 초 뒤에 접수한 차가 그것을 열 배로 실행에 옮긴 것이다. 나는 브레이크를 밟을 생각조차 못 했다. 이 상황이 나한테 일어난 일로 느껴지지도 않았다. 나 자신과, 차량 행렬 쪽으로 내달리는 차를 구경만 하고 있을 뿐이었다. 무언가가 범퍼에 부딪혔다. 내 차는 빙그르르 돌아 어느 집 잔디밭으로 돌진한 뒤 다시 길거리로 나선 다음 왔던 길을 되짚어 고속도로로 향했다. 차에서 비명 소리가 들렸는데, 어쩌면 내가 내는 소리였는지도 모르겠다. 나는 소화전을 들이받았고, 사방에서 연기 냄새가 났다.

고개를 들었다. 내 차 범퍼에 받힌 것이 다른 차였는지, 보닛이 움푹 들어가고 종이접기에 쓰인 것처럼 구겨진 차 한 대가 고속도로에서 오도 가도 못하고 서 있었다. 사이렌과 사람들의 고함 소리가 들렸고, 연기는 더욱 자욱해졌고, 비는 전보다 거세게 퍼부었다. 머리가 지끈거렸다. 트럭들이 다가와 나를, 아니 우리를 에워쌌다. 맞은편 차 운전석에 낯익은 사람이 앉아 있었다. 보드랍고 동그란 두 뺨과 짧은 갈색 머리. 우리 어머니였다. 어머니는 내 쪽을 쳐다보지 않았다. 어머니를 데려가려고 사람들이 다가가고 있었다.

어지럽고 혼란스럽고, 사방에서 불빛이 번쩍이고 소음이 요란하다
보니 맞은편 차에 앉아 있는 낯선 사람의 얼굴이 어머니 얼굴로 보였
던 것이다. 나는 운전대 위에 엎드린 채 눈을 감고 그 순간을 애써 기
억에서 지우려 했다. 두 사람의 얼굴이 위험한 모습으로 한데 뒤섞였
다. 내가 꿈을 꾸는 건지 잠이 든 건지 알 수 없었다.

내가 아홉살 때의 일이었다. 평소에는 절대 없는 일이었는데, 한밤
중에 화장실에 가느라 일어났다. 그때 저 멀리서 내가 알아들을 수
있을 것 같은 언어로 서로 한탄하며 대화를 주고받는 사이렌 소리가
들렸다. 그보다 더 가깝게 들리는 소리도 있었다. 누가 집 안에서 신
음하고 있었다. 아래층으로 달려가보니, 내동댕이쳐진 인형처럼 어
머니가 주방 바닥에 쓰러져 있었다. 사방이 작은 점투성이였다. 온
싱크대를 뒤덮은 새하얀 벌레 같은 것이 바닥으로 기어 내려오고 있
었다. 어머니의 셔츠와 손 위에 벌써 몇 마리가 있었다. 두 눈이 불빛
에 적응된 뒤 보니 사방에 흩뿌려져 있는 건 원형과 타원형의 새하얗
고 작은 알약이었다. 나는 전에도 알약을 본 적이 있었다. 어머니는
우울증부터 물집에 이르기까지 온갖 증상 때문에 약을 먹었다. 하지
만 이 정도로 많이 먹은 적은 없었다. 수화기가 바닥에 떨어져 있었
고, 그 너머에서 대모님의 목소리가 들렸다.

"여보세요?" 나는 수화기에 대고 조심스럽게 말했다.

자기한테 하는 소리인 줄 알았는지 어머니가 고개를 들었다. 눈이
빨갛고 피곤해 보였다. 왠지 멀게 느껴졌고 묘하게 아주 편안한 분위

기였다. 어머니는 웃으며 나에게 무슨 말을 하려는 것 같더니 이내 얼굴이 어두워지면서 울음을 터뜨렸다. 어머니는 흐느끼며 뭐라고 중얼거렸다.

"아가!" 대모님이 놀란 목소리로 말했다. "좋아, 다행이로구나. 잘 들어라, 엄마는 괜찮을 거야. 구급차가 가고 있어. 곧 깜빡이는 불빛이 보일 거야. 문 앞에서 기다리고 있다가 그 사람들이 오거든 문을 열어주렴. 너 괜찮은 거지? 무슨 일인지 이해하지?"

"네." 대답은 이렇게 했지만, 어느 질문에 대해 "네"라고 대답한 건지는 알 수 없었다. 내가 괜찮은지 아닌지 판단이 되지 않았다. 아직 비몽사몽이었다. 무슨 일인지도 알 수 없었다. 어머니가 약을 먹다 몇 알을 쏟았고, 주방 바닥에서 깜빡 졸았는데 그것 때문에 지금 조금 기분이 좋지 않은 것 같았다. 나는 언니를 깨우려고 2층으로 올라갔다. 언니라면 어떻게 해야 하는지 알 것 같았다. 나는 어떻게 된 일인지 내가 할 수 있는 한 최선을 다해 설명했다. 내가 몇 마디 하고 난 뒤 사이렌 소리가 들리자 언니가 침대 밖으로 뛰어나왔다.

"아빠!" 언니가 어둠 속에서 외쳤다. "아빠, 일어나세요!"

우리는 차를 타고 구급차를 쫓아갔다. 구급차 때문에 길 위의 모든 게 빨갛고 하얗게 변해 크리스마스 때와 비슷했지만, 분위기가 그보다 더 절박했다. 사이렌의 신음 소리가 계속 이어졌다. 가끔 어머니가 내는 소리인가 싶기도 했지만, 어머니는 구급차 안에 실려 있고 문이 닫혔으니 그럴 리 없었다. 그 안에서 어머니를 에워싼 사람들이 움직이고 있었다. 우리 차가 구급차에 가까워질 때마다 그들이 뭔가 집고 서로 손짓하는 게 보였다. 그들이 집에 도착했을 때 내가 문을 열어주었는데, 다들 친절하고 여유 있고 침착했다. 그런데 지금은 화난 사람처럼 잔뜩 힘이 들어가 긴장한 얼굴을 하고, 두 팔을 허공에서 미친 듯이 흔들다 어머니 옆에 옮겨놓은 어떤 물건 위에 단단히 얹었다. 어머니는 보이지 않았지만, 나는 어머니가 거기 있다는 걸알고 있었다. 어머니는 밖에서 볼 수 없게 창문 바로 아래쪽으로 밀어놓은 매트 비슷한 데에 누워 있었다. 어쩌면 그들은 어머니의 우는 모습을 보여주고 싶지 않았던 건지도 모르겠다. 어머니는 울면 얼굴이 구겨지고 새빨개져서 보기 흉했다. 만약 나도 울고 있었더라면 내 얼굴이 그보다 더 흉측했겠지만, 빙글빙글 돌며 깜빡이는 불빛을 보고 있으니 이상하게 진정이 됐다. 이런 상황에서 잠을 잘 수 있는 사람은 없을 것이다. 어머니가 이대로 눈을 감고 사라지는 일은 없을 것이다. 어떻게 그럴 수 있겠는가. 귀청을 때리는 소음 속에서 신음 소리가 날카로운 비명으로 바뀌었다. 나는 우리 모두 잠을 쫓을 수 있게 그 소리가 점점 더 커졌으면 좋겠다고 생각했다. 특히 어머니를 깨웠으면 좋겠다고 생각했다. 어머니는 저 구급차 안 간이침대에 누워 잠들려고 했지만, 사람들이 그러도록 내버려두지 않았다. 그들이 계속 불빛을 깜빡이고 사이렌을 울린 덕분에 우리 모두 맑은 정신으로 병원에 도착했다.

한순간 나는 눈을 크게 떴다. 차 안이었다. 사람들이 나를 향해 달려오고 있었다. 사방에서 고함 소리가 들렸다. 비는 더욱 세차게 퍼부었다. 나는 눈꺼풀이 감기도록 내버려두었다.

나는 대기실에서 말똥말똥하게 한참을 기다렸다. 적어도 내가 느끼기에는 그랬다. 대기실에 도착하고 나서부터 훨씬 힘들어졌다. 병원 안은 조용했다. 환자들이 잠을 자야 하니 다들 가만가만 속삭였다. 불도 몇 개 꺼져 있었고, 대기실 텔레비전에서 나지막이 흘러나오는 인포머셜*은 강조해야 할 대목에서도 감히 소리를 높이지 못했다. 나는 고개를 들고 있을 수가 없어서 아버지의 어깨에 잠깐 기댔다. 잠시 후 사람들이 어머니를 면회하라고 불렀다. 눈을 떠야 했다.

어머니는 새하얀 커튼 뒤 수많은 관이 연결된 침대에 누워 있었다. 얼음이 든 병과 컵 몇 개가 어머니 옆에 놓여 있었지만, 물은 없었다. 어머니는 잠들어 있었지만, 병원 측에서는 그래도 괜찮다고 생각하는 듯했다. 그들이 아버지에게 몹시 낮은 목소리로 속삭였다. 차콜을 쓰는 수밖에 없었다고.** 난방을 위해 불을 피웠다는 뜻일까? 하지

---

* 정보(information)와 광고(commercial)의 합성어로, 상대적으로 정보량이 많은 상업광고를 의미한다.

** 약물 과다복용 환자의 경우 약물이 혈액으로 흡수되는 것을 막기 위해 차콜, 즉 활

만 아니었다. 병원은 이미 충분히 따뜻했다. 그럼 미술시간에 그러는 것처럼 목탄으로 어머니를 그렸다는 뜻일까? 뭐라도 바뀌면 알아차릴 수 있게 어머니 모습을 기억하려고 그린 건지도 모른다. 다른 사람들처럼 아버지도 지갑에 어머니 사진을 넣고 다닐까? 그래서 병원 사람들에게 그 사진을 보여줄 수 있을까? 하지만 내가 아는 한 아버지는 사진을 가지고 다니지 않았다.

나중에 다시 찾아가보니 어머니는 깨어 있거나 아니면 깨어 있는 척하려고 했다. 눈을 뜬 상태에서 무슨 말인가를 중얼거렸는데, 뭐라고 하는지 알아들을 수 없었다. 어머니는 언니한테 이 난리법석이 언니 때문에 벌어진 거라고, 둘이 싸우는 바람에 어머니가 울고 울고 울다 나한테 발견됐을 때의 그 상태가 된 거라고 했다. 하지만 그건 사실이 아니었다. 그날 밤, 나는 침대로 가는 길에 어머니가 최근 들어 가장 자주 통화하던 남자에게 미친 듯이 이메일을 쓰고 있는 것을 보았다. 모니터 한쪽 구석에 그 남자 사진이 떠 있었다. 십오 분쯤 지났을 때 어머니는 흐느끼며 남자에게 또 미친 듯이 뭐라고 적어 보냈다. 일 분 뒤 남자의 답장이 도착했고, 어머니의 울음소리는 더 심해졌다. 멀리서 잠을 청하면서 나는 그 소리를 처음부터 끝까지 들었다. 이 일이 언니하고 무슨 상관인지 알 수 없었다. 내가 알기로는 전혀 상관없었다. 하지도 않은 일 때문에 원망을 듣는 언니를 보고 있으려니 기분이 좋지 않았다. 나는 어머니가 진실을 밝혔으면 좋겠다

성탄을 사용하기도 한다.

고 생각했다. 내가 목격한 그대로의 진실을 밝혔으면 좋겠다고. 하지만 어머니는 자기가 무슨 말을 하고 있는지도 모르는 것 같았다. 우리한테 눈의 초점을 맞추지도 못했다.

병원에서는 어머니가 금방 좋아질 거라고 했다. 나는 그게 무슨 말인지 궁금했다. 내가 알기로 어머니는 환자가 아니었다. 우리가 읽었던 책이나 나중에 읽게 될 책에 등장하는 대부분의 어머니와 달리 환자가 아니었다. 『에스페란사의 골짜기』에 나오는 어머니처럼 병에 걸리지도 않았고, 『잘 지내길 바랄게』에 나오는 어맨다 카디널처럼 다치지도 않았다. 병원에 입원하기는 했지만, 무슨 일인가를, 그것도 순식간에 저질렀기 때문이었다. 그 전날까지 기침을 하거나 재채기를 하지도 않았다. 라모나 큄비가 학교에서 초파리 실험을 하고 속이 울렁거렸던 것과도 달랐다. 이건 우리가 책에서 읽은 적도 없고, 내가 본 적도 없는 일이었다. 내가 아는 한 우리 어머니는 더할 나위 없이 건강한데, 사람들은 어머니가 좋아질 거라고 말했다.

쨍한 햇살이 사열을 시작하러 고개를 내밀 무렵, 우리는 병원을 나섰다. 나는 온몸이 땀범벅이었고, 두 팔에 계속 소름이 돋았다. 병원을 나서는데, 감추어야 하는 일을 저지르기라도 한 것처럼 이상하게 비밀스러운 기분이 들었다. 나는 슬그머니 차에 올라타 살며시 집으로 돌아가서 이런 일이 있었다는 사실 자체를 잊어버리고 싶었다. 하지만 병원을 떠나려는 순간, 미친 듯이 경광등을 돌려대는 또 다른 구급차와 마주쳤다. 좀 전과 똑같은 비명과 날카로운 신음 소리가 새벽을 갈랐다. 지금도 그 소리가 들렸다. 내 기억 속의 그날처럼 점점 더 시끄럽게 울렸다. 그리고 또 다른 소리, 좀더 가까이에서 들리는 이 소리는 그렇게 크지 않다.

나는 눈을 떴다. 누가 내 차창을 두드리고 있었다. 레인코트를 입은 남자였다.

"괜찮아요?" 그가 물었다. "내가 저기 저 집에 살고 있거든요. 다 봤어요. 딱하기도 하지."

소방차와 구급차가 우리를 에워싸고 사이렌을 울려대는 바람에 그가 뭐라고 하는지 거의 들리지 않았다.

내가 아무 말도 하지 않았는지, 그가 나를 계속 쳐다보다 급기야 물었다. "내 말 알아듣겠어요? 괜찮아요?"

나는 고개를 끄덕이고 천천히 차에서 내렸다. 남자가 자기 레인코트를 벗어주었지만 밀어냈다. 남자가 건넨 휴대전화는 간절하게 필요했지만 혀가 잘 움직이지 않았다. 입안에 감각이 없었고 뇌에서 통제를 못 하는 듯했다. 나는 간신히 혀를 이에 대고 문질렀다. 피 맛이날 거라고 생각했다. 그런데 놀랍게도 모든 게 아무 이상 없는 것 같았다. 이가 나가지도 않았고, 부러지거나 심지어 멍든 곳조차 없었다. 머리가 아프고 멍하고 혼란스러운 것 말고는 집을 나섰을 때와 별반 다를 게 없었다. 나는 남자의 휴대전화 쪽으로 손을 내밀며 가까스로 "고맙습니다"라는 말을 내뱉고, 두통을 악화시키지 않는 한도 내에서 최대한 밝게 미소를 지었다.

나는 집 전화번호를 누르고 아버지가 받길 기다렸다. 내 차에 치인 여자가 구급차 안으로 걸어 들어가는 게 보였다. 여자도 다친 곳은 없었지만, 구급요원들은 우리 둘 다 검사를 받는 게 좋겠다고 했다. 그러더니 만일을 위해서 그런 거겠지만, 경광등을 켜고 사이렌을 울리며 사라졌다. 그 소리. 정신을 차리고 보니 내가 흐느끼고 있었다. 두 뺨이 뜨겁고 축축했다. 눈물이 전화기로 흐르는 게 느껴지자 나는 젖지 않게 전화기를 멀찌감치 들었다. 아버지가 전화를 받았을 때 나는 또다시 아무 말도 할 수 없었다. 너무나 차분하고 따뜻하고 포근한 아버지의 목소리가 들리는데 아무 말도 할 수 없었다.

"여보세요." 언제나처럼 아버지는 의문문이 아니라 평서문으로 전화를 받았다.

내가 아무 말 없이 흐느끼자 신음과 비명의 중간쯤에 해당되는, 묘하게 낯익은 소리가 났다.

"여보세요." 아버지가 다시 한번 말했다. 짜증 난 목소리였지만, 여전히 의문문이 아니라 평서문이었다.

"빠빠." 나는 내 입에서 튀어나온 단어를 듣고 잠시 숨 쉬는 걸 잊어버렸다. 어렸을 때도 거의 쓰지 않았던, 지난 십 년 동안 한 번도 쓴 기억이 없는 호칭이었다. "제가 교통사고를 냈어요." 나는 사이렌 소리와 내 울음소리에 묻히지 않도록 고함을 질렀다.

"내가 당장 달려가마." 아버지는 어딘지 묻지도 않고 이렇게 말했다.

그러고는 정말로 달려왔다.

우리는 집까지 걸어서 돌아왔다. 그동안에도 그 소리는 계속 들렸다. 삐뽀삐뽀 하는 그 서글픈 소리. 나는 그 소리가 잦아들 때까지 기다렸다. 온 골목이 조용해지고 모두 잠이 든 다음에야 나는 그 소리가 내 안에서 나는 것임을 깨달았다. 잠을 청하려는데, 구급차 소리와 어머니가 내던 소리가 내 심장이 뛰는 소리와 한데 뒤섞였다. 하지만 나에게 그 소리는 생존의 소리였다. 나는 이겨냈고, 우리 식구들도 모두 이겨냈다. 우리는 생존자들로 이루어진 가족이었다. 내가살아 있음이 너무 생생하게 느껴져 잠을 이룰 수가 없었다. 나는 가장 뜻밖의 방식으로 어머니를 이해하고 있었다.

어머니를 용서하고 있었다.

Chapter 25

3,170일째

봉오리*는 미래의 꽃이야. 꽃이 기다리고 있는 거야.
적당한 온기와 정성으로 피어나는 순간을.
펼쳐져 세상에 드러나 보이는 순간을 기다리는,
사랑으로 똘똘 뭉친 조그만 주먹. 그게 바로 너야.
- 크리스토퍼 폴 커티스, 『난 버디가 아니라 버드야!』

"꼭 '드레스'여야 하니? 있는 걸 그냥 입으면 안 돼?"

"그게 규정이에요. 그리고 너무 대충 입고 가면 진짜 우울할 거예요. 안 좋은 쪽으로 튀어 보일 테니까."

"깔끔한 스커트에 버튼업 셔츠를 입으면 어떨까? 그 정도면 규정을 따른 게 되지 않겠니?"

딸을 키우는 홀아버지가 직면하는 곤란한 문제는 한두 가지가 아니다. 사춘기, 남자친구, 데이트 같은 문제를 최대한 바람직하게 해결해야 한다. 이 점에 있어 세상 모든 홀아버지들에게 그리고 특히

---

* 봉오리가 영어로 버드(bud)다.

우리 아버지에게 존경을 표하고 싶다. 우리 할머니는 내가 열세 살 때 돌아가셨다. 우리 언니는 내가 중학생 때 독립했다. 고모에게 도움을 청하기에는 아버지의 자존심이 허락하지 않았다. 그래서 아버지는 여자들 도움 없이 내 옆에서 딸아이의 미로 같은 십대 시절을 헤쳐나가며 나를 믿는 법, 궁극적으로는 내가 선택한 남자아이들을 믿는 법을 터득했다. 나는 이 자리에서 자랑스럽게 이야기할 수 있다. 아버지는 거의 언제나 이성을 잃지 않았고, 합리적이고 논리적인 판단을 내렸다고. 우리가 여자아이들을 다룬 책을 함께 읽은 것도 어느 정도 도움이 됐을 것이다. 대부분 소설이었지만 그래도 매우 사실적이었다. 우리는 그 책들을 통해 '평범한' 여자아이와 '평범한' 가족은 어떻게 하는지 상당한 깨달음을 얻을 수 있었다. 하지만 그렇게 많은 책을 읽었어도 여전히 아버지를 당황스럽게 만드는 것들이 남아 있었다. 고등학교 3학년이 끝날 무렵 열린 졸업 파티도 그중 하나였다.

아버지는 왜 그렇게 난리법석인지 이해하지 못했다.

"딱 하룻밤이잖아!" 내가 사야 할 물건과 해야 할 일들을 적어놓은 목록을 볼 때마다 아버지는 똑같은 말을 반복했다.

다른 친구들에 비하면 내 목록은 양호한 편이었다. 할 줄 모르니까 머리는 미용실에 맡겨야 하고. 드레스가 있어야 하고. 아직까지는 그게 다였다. 핸드백도, 액세서리도, 심지어 구두조차 새로 살 필요성을 느끼지 못했다. 내 옷장을 뒤져 비슷한 것을 찾아내는 걸로 충분했다. 그럼에도 필요한 게 계속 생겼다.

"스테파니 말로는 손톱도 해야 된다고 하는데." 졸업 파티가 열리기 며칠 전 어느 날, 아침을 먹으며 내가 지나가는 투로 이야기를 꺼냈다. "하지만 그건 돈 낭비인 것 같아요. 아빠 생각은 어때요?"

"손톱을 '한다'고? '한다'니 그게 무슨 뜻이냐? 칠한다고?"

"뭐, 그것도 한 가지 방법이고요."

"네 손톱은 너무 뭉툭하잖아. 그 안에 영원한 젊음의 묘약이라도 들어 있는 것처럼 네가 하도 물어뜯어서 말이다. 손톱의 그 흰 부분을 뭐라 부르더라? 끄트머리?"

"가짜 손톱을 붙이면 될걸요?"

"맙소사, 그건 안 돼. 고양이 발톱 같잖아. 학교 선생들도 그거 붙이면 자판 두드릴 때마다 타닥타닥 소름 끼치는 소리가 나더구나. 그 소리에 사람이 미치고도 남겠더라."

"졸업 파티 때 자판 두드릴 일이 뭐가 있겠어요."

아버지는 드라마틱하게 입술 한쪽 구석으로 한숨을 쉬었다.

"그래도," 아버지가 말했다. "그걸 붙인들 누가 알아주기나 하겠니? 졸업 파티 사진을 보면서 네 손톱에 주목할 사람이 있을까?"

나는 윈터 포멀 댄스 파티* 때 찍은 사진을 보고 어머니가 내뱉은 첫마디가 생각나서 웃음을 터뜨렸다. "손톱 좀 하지그랬니!"

---

* 홈커밍과 졸업 파티 중간에, 1월에서 3월 사이에 열리는 댄스 파티.

어머니는 그동안 졸업 파티를 어떻게 준비해야 하는지 그럴듯한 조언을 많이 들려주었다. 하지만 올해 어머니는 직장생활이 힘들어서 우리에게 경제적으로 도움을 줄 여력이 없었던 데다(아버지는 학교에 다니는 동안 나에게 아르바이트를 하지 못하게 했다), 나를 학교에 태워다주지도 않았기 때문에(나는 사고 이후로 운전을 하지 않았다), 아버지와 나는 수수께끼 같은 어머니의 조언들을 해석하며 둘이서 모험을 끝마쳐야 했다. 그런데 아직까지 가장 중요한 문제를 해결하지 못했다. 바로 드레스였다.

내가 정한 가격대에서는 괜찮은 드레스를 찾을 수가 없었다. 나는 아버지와 함께 졸업 파티 전문점을 돌아다니며 가격표를 보고는 엄청난 충격을 받았다. 그리고 그런 건 어머니와 해야 하는 일이라는 사실도 깨달았다. 결코 잘산다고 할 수 없는 친구가 500달러짜리 드레스를 입고 탈의실 밖으로 고개를 삐죽 내밀었을 때 친구 어머니가 "그거야! 그게 딱이다. 다른 것들은 치워버려. 점원 불러라. 당첨작을 결정했으니까"라며 열렬하게 환호하는 것을 보고, 너무 부러워서 가슴이 아팠다.

나는 친구가 골라놓은 드레스에서 한 벌을 집어 가격표를 가리켰다. 200달러쯤 저렴한 드레스였다.

"얘," 친구 어머니가 말했다. "금액이 중요한 게 아니란다. 딱 보면 이거다 싶은 게 있거든. 게다가 우리 애가 입을 드레스 중에서 두번째로 중요한 드레스 아니니? 잘 어울리기도 하고. 그러면 된 거야.

엄마가 딸에게 주는 선물이랄까."

우리 어머니도 관심을 갖고 도와주었지만, 졸업 파티 공식 후원자는 아버지였다. 그렇다보니 나는 다른 친구들과 사정이 조금 달랐다.

"〈시련〉* 공연 때 입었던 이 드레스는 어때?" 어느 날, 재활용할 만한 드레스가 있는지 둘이 같이 옷장을 뒤지고 있을 때 아버지가 말했다. "다들 이 드레스가 참 잘 어울린다고 칭찬했잖아. 캐스가 오랜 시간을 들여서 만들어준 것이기도 하고."

"시대극 의상이잖아요. 〈시련〉 배경이 17세기 말이라는 거 잊으셨어요?"

"너는 빈티지를 사랑한다고 늘 주장하던 사람 아니냐."

"그거하고 이거는 달라요."

"괜히 까다롭게 구는구나."

문제는 내가 제대로 된 졸업 파티용 드레스를 입고 싶다는 것이었다. 적당한 구두만 갖춰 신으면 그럴듯하게 보일 선드레스나, 액세서리만 빌리면 대충 모양새는 갖출 캐주얼한 원피스는 싫었다. 졸업파티용 드레스를 입을 수 있는 기회는 이번 한 번뿐이었고, 나는 꼭 그걸 입고 싶었다. 죄책감이 들기는 했지만. 나도 뭘 입든 재미있을 거

---

* 아서 밀러의 작품.

라고, 댄스 파티의 여왕이 될 필요는 없다고 스스로를 설득하려 애썼다. 하지만 수십 년 전에 아버지가 자전거를 그렇게 가지고 싶어했던 것처럼 나도 꿈을 꾸기 시작했다. 벗어놓아도 모양이 그대로 유지될 만큼 크리놀린*이 빵빵한 분홍색 공주풍 드레스. 자전거. 나는 마침내 이해할 수 있었다. 드레스가 꼭 필요한 게 아니었다. 정 입고 싶으면 예전에 입던 다른 걸로도 충분했다. 그저 한심하고 불필요한 물건이었다. 하지만 드레스에 대해 상상하고 꿈꾸기 시작한 후로는 다른 걸 입으면 친구들은 앞에서 페달을 밟고 나아가는데 나만 혼자 뒤에서 달려가는 듯한 기분이 들 것 같았다.

아버지는 완벽한 드레스를 찾아 헤매는 나의 원정에 금세 싫증이 났는지 쇼핑 길에 잡지를 들고 따라나섰다. 나는 탈의실에서 나올 때마다 드디어 찾은 걸까 궁금해하며 점원을 대동하고 발끝걸음으로 당당하게 아버지를 향해 걸어가곤 했다.

"하루 종일 농어 낚시만 생각하는 사람처럼 보여." 아버지는 흘끗 보더니 이렇게 말하고 다시 〈뉴스위크〉 쪽으로 시선을 돌렸다.

점원은 아버지한테서 우아한 크림색 엠파이어 드레스 쪽으로, 그리고 다시 내 쪽으로 어색하게 시선을 옮겼다. 그러다 아버지가 어디에서 건너온 사람인지 완벽하게 알겠다는 듯 어깨를 으쓱하고 나를 다시 옷걸이 쪽으로 안내했다.

---

* 스커트를 부풀게 하기 위해 입었던 페티코트, 또는 버팀살을 넣은 스커트.

"더는 못 참겠다." 차를 타고 집으로 향하는 길에 아버지가 불쑥 내뱉었다. "잡지나 야구 책도 한계가 있지. 같이 쇼핑 다닐 만한 친구들 없니? 돈은 내가 줄 수 있는 만큼 줄게. 이 아버지 앞에 짠 하고 나타나주렴. 제발, 제발 부탁이다."

아버지가 주겠다는 돈은 졸업 파티용 드레스는커녕 제대로 된 청바지나 한 벌 겨우 살까 말까 한 금액이었다. 우리는 옷값을 놓고 수십 차례 이야기했다. 아버지는 최대한 지원을 아끼지 않겠다고 했지만, 나는 제대로 된 드레스 가격을 차마 밝힐 수 없었다. 오랫동안 빈곤층에 가깝게 살다보니 친구네 집에서는 기꺼이 지불하는 금액은커녕 손을 벌리는 것 자체가 죄스럽게 느껴졌다. 내가 견적을 아무리 낮춰도 십대 소녀로 지내본 적 없는 아버지 입장에서는 여전히 고가였다. 나는 사냥을 나설 때마다, 빈손으로 돌아오게 될 거라고 예상했다. 아무리 수수해도 그 정도 금액으로 살 수 있는 드레스는 없었다. 그래도 내 머리 한구석에서는 꿈에 그리는 드레스가 둥둥 떠다니며 나를 비웃고 하늘하늘한 치맛자락을 나풀거렸다. 그건 꿈이었다. 내 인생에서는 영원히 실현될 수 없는 꿈.

보자마자 한눈에 알 수 있었다. 친구와 함께 중고품 할인점 앞을 지나다 발걸음을 멈추었는데 3층 쇼윈도에서 졸업 파티용으로 제작된 게 분명한 풍성한 연분홍색 드레스가 나를 내려다보며 웃고 있었다. 나는 아무 말도 하지 않았다. 뭐라고 말을 꺼내면 지나가던 사람이 나를 제치고 계단을 달려 올라가 나보다 먼저 그 드레스를 차지할 것 같았다. 그래서 가로등 불빛에 홀려 날아드는 벌레처럼 입을 꾹 다물고 고개를 숙인 채 그 드레스를 향해 다가갔다. 드레스를 꺼내 들어보았다. 조금 무거웠지만 그래도 부드러웠고 딱 적당했다. 사이즈를 확인했다. 딱 내 사이즈였다. 가격을 확인했다. 내가 가진 돈으로는 15달러가 부족했다. 나는 꿈에 그리던 드레스를 중고로도 살 수 없는 신세인 것이었다. 그래도 한번 입어보았다. 별로 예쁘지 않다는 걸 눈으로 직접 확인하기 위해서. 내 예상이 맞았다. 예쁘지 않았다. 숨이 막힐 정도로 근사했다. 드레스를 막 벗으려는데 점원이 다가왔다. 그러더니 뭔가를 가리키며 크리놀린을 향해 손을 뻗었다.

"어머나, 이를 어째." 점원이 말했다. "미안해서 어쩌죠? 이 부분이 뜯어진 걸 몰랐네. 아까워라."

점원이 내 앞에서 그 부분을 들어 보였지만, 내 눈에는 다른 데와 다를 게 없었다.

"어디가 찢어졌다는 건지 잘 모르겠어요." 나는 솔직히 대답하고, 확인차 안경을 썼다.

"어머나." 점원이 미소를 지었다. "착하기도 하지. 흠집이 있는 드레스를 그 가격에 팔면 안 되겠죠? 흠, 어디 보자…… 15달러 깎아주면 괜찮을까?"

내가 할 수 있는 일이라곤 고개를 끄덕이고 주먹을 펴 땀에 젖은 지폐 뭉치를 점원에게 건네는 것뿐이었다. 나는 차를 타고 집으로 가는 내내 드레스를 꼭 끌어안고 보조개가 아플 때까지 미소를 지었다.

"준비 거의 다 끝났어요!" 아버지가 십 분 사이 네 번인가 다섯 번인가 불렀을 때 내가 대답했다. "하지만 제가 짠 하고 나타나야 하니까 여기 들어오시면 안 돼요."

"너 때문에 내가 신경이 다 곤두설 지경이야!" 아버지가 고함을 질렀다. "그 녀석이 언제 들이닥칠지 모르는데!"

그 녀석이란 내가 열세 살 때부터 알고 지낸 동네 친구, 라이언을 가리키는 말이었다.

"마무리 중이에요." 나는 이렇게 대답하고, 할머니가 쓰던 목걸이를 걸었다. 그러고 나서 거울을 보며 머리를 몇 번 매만진 다음 아버지 방으로 갔다.

"짜잔!" 드레스와 올림머리와 고양이 같은 가짜 손톱까지 처음으로 아버지에게 공개하는 순간이었다.

아버지는 한참 동안 나를 쳐다보았다. 나는 아버지가 이게 다 무슨 돈 낭비냐고 할까봐 겁이 났다. 아버지가 아직도 졸업 파티를 이해하지 못할 것 같아 겁이 났다. 나는 손으로 놓은 자수와 우아하게 흐르는 부드러운 연분홍색 치맛자락이 잘 보이도록 똑바로 섰다.

"흠." 아버지는 시선을 떨구고 나지막이 속삭였다. "다른 사람으로 변신을 하긴 했구나."

한 번의 행사를 위해 벌써 몇 개월을 바친 사람 입장에서는 그런 애매모호한 대답이 성에 찰 리 없다.

"마음에 드세요?" 나는 드레스 자락을 펼치고 무릎을 굽혀 절을 하며 물었다.

"러비." 아버지가 말했다. "지금까지 본 것 중에서 가장 예쁘다."

아버지는 사람에게 이런 표현을 쓴 적이 없었다. 그림이나 집이나 호수라면 모를까. 아버지는 원래 칭찬을 남발하는 성격이었지만, 이런 표현은 아껴두었다. 정말 중요한 순간에 쓰려고 기다리는 것이다. 나는 발개진 얼굴로 아버지를 보며 환하게 웃었다.

"이제 서둘러라." 아버지가 말했다. "너 때문에 내가 신경쇠약에 걸리겠다."

아버지는 침대에서 내가 늘 앉는 자리를 툭툭 쳤고, 나는 이불 속으로 기어 들어갔다.

"조심!" 내 올림머리가 침대 머리판에 부딪히려는 순간, 아버지가 외쳤다. 아버지는 머리카락이 한 올이라도 삐져나올세라 조심조심 내 머리 밑으로 베개를 넣어 기대게 했다.

졸업 파티는 자정까지 계속될 예정이었고 친구 하나가 그 뒤에 캠프파이어를 준비해놓았기 때문에 미리 책을 읽어야 했다. 내가 준비하는 데 워낙 시간이 걸려서 우리 둘 다 한가한 시간이 이때밖에 없었다. 그래서 나는 열여덟의 나이에 졸업 파티 복장을 완벽하게 갖춰 입고 남자친구가 도착하기 직전에 아버지 옆에 꼭 붙어 앉아 찰스 디킨스의『골동품 가게』를 들었다.

"지난번에 어디까지 읽었느냐면……" 아버지는 앞 장(章)을 요약하며 시작했다.

나는 아버지가 이렇게 말하는 소리가 들리는 듯했다. 지난번에 어디까지 읽었느냐면…… 너는 꼬맹이였지. 불안하면 머리카락을 씹었고. 남자아이와 원피스를 질색했고. 나는 홀아버지가 된 게 두려웠고.

하지만 아버지는 그렇게 말하지 않았다. 늘 그렇듯 앞 장의 내용을 요약하고 다음 장으로 넘어갔다. 그래서 우리가 책을 읽기 시작한 지 3,170번째 되던 날 밤은 첫날 밤과 별다를 게 없었다.

Chapter 26
3,218일째

이 길을 계속 따라가면 분명 나올 거야……
이 길 끝에 에메랄드 시가 있으니까 어느 방향이 됐건 따라가야 해.
—L. 프랭크 바움, 『위대한 마법사 오즈』

우리는 그날이 올 줄 알고 있었다. 피할 방법이 없었다. 우리는 대화 끝에 내가 대학에 입학하면 독서 마라톤을 끝낼 수밖에 없다고 결론을 내렸다. 그때가 아니면 언제 끝을 내겠는가. 시험과 동아리 모임 틈틈이 매일 밤마다 아버지에게 전화해, 아버지가 아직 잠들기 전 한가한 시간이길 바랄 수는 없는 일이었다. 전화요금은 상상을 초월할 테고, 매일 밤마다 연결이 될까 안 될까 마음 졸이는 도박을 벌여야 할 것이다. 아버지가 수화기를 잘못 내려놓았으면 어쩌지? 폭풍 때문에 전기가 끊기면 어쩌지? 하지만 무엇보다 중요한 건 독서 마라톤을 그런 식으로 계속하고 싶지는 않다는 것이었다. 그러면 즐거운 일이 아니라 힘든 일이 되어버릴 테니까. 독서 마라톤의 취지는 함께 시간을 보내면서 정신없었던 하루의 스트레스를 해소하자는 것이었다. 스트레스를 더하자는 것이 아니라. 나란히 앉아 한 공간에 있다는 데 감사하며 문학작품을 열심히 탐독하는 것이 우리의 목적이었다. 내가 대학교로 떠나면 전과 같을 수 없을 것이다. 그러니 끝내야 했다. 내가 오리엔테이션 안내 자료를 받는 순간 날짜가 확정됐다. 독서 마라톤은 2006년 9월 2일에 끝날 것이다. 햇살이 화창하고 저 멀리 무지개가 보이는 날이었으면 좋겠다는 생각이 들었다.

그날이 왔다. 열대폭풍 에르네스토가 동해안을 강타해 세찬 바람이 휘몰아치고 끝없이 비가 쏟아졌다. 어머니, 아버지, 내가 우르르 밴에 올라탔고 내가 운전대를 잡았다. 남들처럼 나도 불안했다. 룸메이트가 어떤 친구일지 궁금했고, 방이 널찍할지 궁금했다. 내가 고른 분홍색 패치워크 이불 세트가 너무 유치해 보이지는 않을지 궁금했다. 수학 수업을 따라가지 못하면 어떻게 하나 걱정스러웠다. 하지만 그보다 더 마음에 걸리는 게 있었다.

비가 최악으로 퍼붓는 순간에 도착하는 바람에 고맙게도 잊고 있었는데, 기숙사는 실망스럽게도 커다란 계단 꼭대기에 있었다. 우리는 텔레비전, 컴퓨터, 무거운 매트리스 패드를 낑낑대며 날랐다. 우리 몸을 비롯해 모든 게 흠뻑 젖었다. 머리카락은 얼굴에 들러붙고 청바지에서 타일바닥 위로 물이 뚝뚝 떨어지는 몰골로 나는 룸메이트에게 첫인사를 했다. 내가 잠깐 서 있을 때마다 조그만 웅덩이가 생겼다. 마지막 짐까지 다 옮기고 나자 때가 되었다.

우리는 적당한 장소를 찾았다. 나는 원래 야외에서 책을 읽고 싶었다. 어떤 풍경이었으면 좋겠는지 자세히 그림까지 그려놓았다. 기숙사에서 200미터 정도 걸어가면 지나다니는 사람이 없어서 잔디가 파릇파릇 길게 자란 양지바른 곳이 있었다. 밴에서 짐을 내리는 동안 완벽한 장소까지 점찍어두었는데, 비가 점점 거세게 퍼붓는 바람에 온 세상이 하나의 거대한 진흙탕이 되었다. 내가 기숙사 방에서 읽자고, 나는 작은 침대에 눕고 아버지는 책상에 앉으면 되지 않겠느냐고 하자, 아버지가 거부했다. 거긴 상자가 너무 많다는 것이었다. 좁고 어수선하고, 문을 닫아도 사람들이 침대를 질질 끌며 오가는 소리, 창문 너머로 새 친구들을 부르는 소리가 들린다고 했다. 마지막을 그런 식으로 장식할 수는 없었다. 나도 동의하는 바였지만, 문제는 제대로 마무리할 방법이 없다는 것이었다. 어떤 식으로 끝내든 합당하다고 느껴질 리 없었다. 나는 아무 데나 털썩 주저앉아 "여기가 좋겠어요. 여기서 끝내기로 해요"라고 하느니, 끝까지 찾고 또 찾고 싶었다.

그래서 우리는 찾아 나섰다. 구석진 곳이나 틈새를 찾아 온 건물을 뒤졌지만, 모든 곳이 노출돼 있었다. 그 어디에서도 우리의 프라이버시를 지켜줄 공간은 찾을 수 없었다. 그러다 우리는 터널을 발견했다. 우리 기숙사는 길고 구불구불한 지하 복도를 통해 다른 세 군데 기숙사와 연결돼 있었다. 터널을 따라가니 휴게실이 나왔고, 놀랍게도 이미 사람들이 앉아 있었다. 심지어 세탁실 사용법까지 파악한 애가 있는지 세탁기 한 대가 요란하게 덜컹거리며 돌아가고 있었다. 여기 이 지하에는 우리 목적에 부합하는 공간이 없었다. 다시 1층으로 올라가려는데, 아버지가 계단에서 나를 불러 세웠다.

"여기면 되겠다." 아버지가 이렇게 말하며 계단에 앉아 재킷에서 책을 꺼냈다.

"뭐가요? 이 복도요? 어디서 책을 읽자는 거예요?"

"바로 여기서. 이 계단에서. 여기 있으면 아무 소리도 안 들리잖니."

"하지만 계단이잖아요! 지하로 내려가려는 사람이 있으면 어떻게 해요? 여긴 춥고 축축하잖아요. 불빛도 거의 안 들고요!" 나는 생각나는 대로 따발총처럼 트집거리를 쏟아냈다. 불빛이라고는 비상구를 알리는 표지판 옆에 달린 큼지막한 백열등 두 개가 전부였다. 그 불빛이 서글프고 버림받은 듯한 분위기를 연출했다. 말을 하면 복도에 살짝 울렸다. 이런 데서 끝낼 수는 없었다.

"이제 찾는 것도 지친다." 아버지가 말했다. "그리고 어디도 우리 성에 차진 않을 거야."

"햇빛이 비치는 파릇파릇한 동산이면 마음에 들 거예요. 비가 그칠지 기다려볼까요? 뭐 좀 먹으면서 두세 시간쯤 있어봐요."

"열대폭풍이잖니, 러비. 그렇게 쉽게 날이 개지는 않을 거다. 며칠 동안 비가 올 거야."

"저는 아직 준비가 안 됐는데." 나는 말은 그렇게 하면서도 아버지 옆에 앉았다.

"나도 안다. 그래도 해야 할 일이잖니. 언젠들 우리가 준비가 되겠니?"

나는 한숨을 쉬었다. 그러고는 후드 재킷 밑에서 조그맣고 너덜너덜한 친구를 꺼냈다. 내가 네 살 때 아버지한테서 선물 받은 래기디 앤은 우리의 독서 마라톤을 줄곧 함께한 충실한 팬이었다. 이제 열네 살이 된 앤은 살갗이 가무스름했고, 눈썹은 한쪽이 다 풀렸다. 얼굴에는 어느 날 밤 침대에서 내가 매직으로 그려놓은 까만 점이 있었다. 원피스를 몇 번 갈아입히기는 했지만, 아버지가 책을 읽어줄 때마다 늘 내가 머리를 올려놓는 부분은 색이 바랬다. 앤이 가장자리가 빨간 실로 헐겁게 꿰매진 얼굴을 들어 나를 보며 미소를 지었고 나도 애써 미소를 지었다.

"꼭 이래야 하는 걸까?" 내가 인형에게 던진 질문에 아버지가 대답했다.

"달리 방법이 없잖니, 안 그래?"

아버지는 성서에 대고 선서하는 사람처럼 책 표지에 손을 올려놓았다. 맨 처음 독서 마라톤을 시작했을 때 읽은 책이 오즈 시리즈 중에서 어떤 것이었는지 합의를 보지 못한 우리는 타협안으로 『위대한 마법사 오즈』를 골랐다. 그때 읽은 책은 아니었지만 우리에게 상징적 의미가 있었다. 오즈 시리즈의 첫 권. 오즈 시리즈를 시작하는 책. 여기서 도로시는 나와 이름이 같은 오즈마를 아직 만나지 못했다. 앞으로 어떤 미래가 펼쳐질지 알지도 못한다. 하지만 우리는 알고 있었다. 어떻게 끝이 날지 알고 있었다. 그래도 모르는 것처럼 책을 읽었다.

우리는 평소처럼 책을 읽었다. 우리가 만들어낸 것은 아니지만 우리 둘만의 은어를 이루는 낱말들을 아버지와 나는 함께 나누었다. 아버지의 목소리는 차분했고 평소보다 더 나지막했고 맑고 푸근했다. 나는 두 팔로 무릎을 감싸 안고 들었다. 래기디 앤도 우리 둘 사이에 앉아 귀를 기울였다. 아버지가 여유롭고 자신감 있게 1장을 다 읽는 데 걸린 시간은 첫번째, 두번째, 세번째로 이 책을 읽었을 때보다 더 길었다. 아버지는 상당한 시간을 들여 연습을 했는지 아니면 오랜 세월을 거치는 동안 다 외웠는지 책장을 거의 들여다보지도 않았다. 나는 그 속으로 흠뻑 빠져들었다. 잠시 앞날은 생각하지 않기로 했다. 십 분 뒤면 달라질 것이다. 십 분 뒤면 나는 대학생이 될 테고, 아버지는 난생처음 나 없이 집으로 돌아갈 것이다. 하지만 그때, 바로 그때, 바로 그 순간만큼은 나는 러비였고 그는 아버지였다. 우리는 늘 하던 일을, 내 기억이 닿는 먼 옛날부터 늘 해오던 일을 하고 있었다. 점점 끝이 다가오는 게 보였다. 아버지가 클립으로 표시해놓은 1장의 마지막 부분이 점점 가까워지고 있었다. 마침내 클립이 꽂힌 페이지에 다다르자 내 눈에 눈물이 고이기 시작했다. 아버지의 목소리도 달라져 전보다 속도가 더 느려졌지만 어쩔 수가 없었다. 3,218일의 낮과 밤이 여기서 이렇게 우리 곁을 떠나가고 있었다. 그다음에 무엇이 올지 나는 알고 있었다.

우리는 책장을 넘겼다.

Chapter 27

나는 도망치는 게 아니야.
- 제리 스피넬리, 『하늘을 달리는 아이』

　나는 대학에 입학했고, 독서 마라톤의 딸이라는 이름에 걸맞게 영문학과를 선택했다. 독서 마라톤은 끝이 났고 나는 집에서 나와 살았지만, 여전히 여러 방식으로 아버지와 함께 시간을 보냈다. 주말에 내려가면 예전에 자주 갔던 곳들을 찾아다니며 필라델피아 일대를 누비느라 하루가 바빴다. 우리의 독서생활 앞에 어떤 난관이 기다리고 있는지 미리 알았더라면 그 시절을 좀더 즐겼을 텐데. 그 시절은 그저 평화롭기만 했다. 아버지는 행복했다. 하지만 어느 여름 우리가 나눈 대화가 섬뜩한 전조였을까. 아버지는 당신에게 닥칠 일을 처음부터 알고 있었던 것 같다. 자기 자식만큼이나 사랑한 것을 위해 투쟁을 벌여야 할 거라는 것을 말이다.

"화장실 세면대에서 받은 물이 주방 싱크대에서 받은 물보다 더 맛있는 이유가 뭔지 알아?"

내가 이제 대학생이니 언니가 집을 떠난 지 사오 년이 지났을 때인데도 언니가 여전히 그걸 기억한다는 게 놀라웠다.

"정말로 그렇지는 않은 것 같은데." 나는 이렇게 대답했지만, 언니가 왜 그런 말을 하는지 알고 있었다.

"맞아, 내 말이 그 말이야. 그 남자에게는 그 산이 그랬던 거지. 항상 화장실 물이 더 맛있게 느껴지는 이유는 화장실에 컵이 없기 때문이야. 수도꼭지 밑으로 고개를 숙이고 마셔야 하잖아. 그게 일종의 도전인 셈이거든. 굳이 내 생각을 밝히자면, 도전을 위해 목숨을 거는 건 상당히 이기적인 이유라고 생각해."

"나도 동감이야. 그 수도꼭지 말고. 언니가 마지막에 한 이야기 말이야."

아버지, (기쁘게도 주말을 맞아 내려온) 언니 그리고 나는 프랭클린 박물관에서 아이맥스 영화를 보고 집으로 돌아오는 차 안에서 영화를 놓고 토론을 벌이는 중이었다. 같이 따라나선 내 새로운 남자친구 댄은 아직은 낯선 우리 가족 틈바구니에서 얼핏 보기에 따로 놀았다. 물론 속마음도 그랬겠지만. 영화의 주인공은 뭔가를 입증하겠답시고 스위스의 어떤 산을 오른 남자였다. 적어도 내가 보기에는 그것이 그의 목적이었다. 하지만 아버지는 계속 "해야만 했던 일"이라고 주장했다.

"어째서 해야만 했던 일이라는 거예요?" 내가 따지고 들었다. "그 남자 아버지가 바로 그 산을 오르다 죽었잖아요. 영화 전반부 내내 이 사람이 아버지 없이 사느라 얼마나 힘들었는지 이야기했잖아요. 그런데 이제, 딸이 아버지가 돌아가셨을 때 자기 나이가 됐는데, 그래도 그 산을 오르겠다고요? 그건 딸아이를 버리겠다고 결정한 거나 다름없는 일이에요."

"이기적인 처사지." 언니가 복창했다.

우리는 동시에 고개를 끄덕였다.

나는 논쟁을 벌일 때 가끔 손가락질을 하는 습관이 있는데, 이번에는 우연찮게 댄을 손가락질하게 됐다. 그는 내 손가락을 보더니 억지로 웃으면서 자기 얼굴 반대 방향으로 손가락을 돌렸다. 나는 나쁜 뜻이 있어서 그런 게 아니라는 의미로 그의 등을 토닥여주었다. 하지만 주머니에 손을 넣었다 다시 빼 이번에는 의도적으로 댄을 가리켰다. 그도 동참하라는 의미였다.

"그러게." 댄은 가족 간의 말싸움에 끼어들기가 영 불편했던지 나지막이 중얼거렸다. "나도 아버님 말씀이 맞다고 생각해. 해야만 했던 일이거든, 친구."

댄은 강조하고 싶은 대목이 있으면 '친구'라는 단어를 붙였다. 하지만 나는 허튼 데 정신을 팔지 않을 작정이었다.

"러비," 아버지가 말했다. "가끔 눈앞에 난관이 닥치고, 그 난관을 해결하지 않으면 인생의 다음 단계로 넘어가지 못하겠구나 싶을 때가 있단다. 나 자신에게 나의 진가를 보여줘야 하는 거지."

우리 아버지는 남들보다 훨씬 승부욕이 강하다. 한번은 함께 스크래블 게임*을 시작해보자고 아버지를 부추긴 적이 있었다. 나는 게임판을 설치하고, 방법을 알려주고, 몇 개의 시나리오를 통해 아버지를 한 걸음씩 인도했다. 처음 게임을 시작하고 십 분인가 십오 분 동안 아버지는 정말 재미있다고, 교육용으로도 정말 훌륭하다고, 매주 게임을 몇 가지씩 같이 했으면 좋겠다고 했다. 그런데 오십 분 뒤에 내가 겨우 40점인가 50점 차이로 승리를 거두자, 아버지는 나더러 게임을 치우라며 다시는 게임 같이 하자는 말은 꺼내지도 말라고 했다. 아버지는 조금만 더 빨리 걷거나, 조금만 더 살을 빼거나, 동네 벼룩시장에서 단돈 1~2달러라도 더 깎아보자는 식으로 자기 자신조차 다그쳤다. 이런 성격 때문에 세계관마저 살짝 뒤틀린 게 분명했다.

"아빠, 인생을 하나의 거대한 경기로 보는 사람이 그렇게 많을까요? 설령 그런 사람들이 있더라도 추운 산꼭대기에 올라가는 게 1등이고 몇천 미터 밑으로 추락해 목숨을 잃는 게 2등일지 모르는 그런 경기에 누가 참가하겠어요?"

"게다가 부인과 딸도 있었잖아요." 언니가 옆에서 거들었다. "산기슭 오두막에서 정신 나간 남편과 아빠가 아무 이유 없이 산에 오르는

---

* 철자가 적힌 플라스틱 조각들로 글자를 만드는 게임.

광경을 지켜보고 있어야 했던 부인과 딸이요."

"내가 이유를 충분히 설명하지 않았니?"

"아빠." 나는 내 입장을 고수하며 논쟁을 마무리 지으려 했다. "한 가지만 여쭤볼게요. 언니하고 제가 어린 나이에 숨도 제대로 못 쉬고 손가락을 십자가 모양으로 걸고 산 밑에서 기다리고 있다 해도 그 남자처럼 그렇게 하셨겠어요?"

언니와 나는 서로 얼굴을 쳐다보며 긴장감 속에서 아버지의 반응을 기다렸지만, 이미 답변을 알고 있었다.

"당연하지." 아버지는 일말의 망설임도 없이 차분하게 대답했다.

우리의 기대가 어긋났다. 댄은 소맷부리에 대고 기침을 하며 급수대에 들러 일부러 뒤로 처졌다. 그는 한 모금 마실 때마다 숨을 길게 내뱉어가며 천천히 한참 동안 물을 마셔 언니와 나에게 거의 셋만의 공간에서 아버지를 몰아세울 수 있는 기회를 마련해주었다.

"지금 제정신이세요?"

언니는 이렇게 물으며 한 걸음 뒤로 물러서더니 아버지가 지난 몇 주 동안 물이 아니라 인간의 피로 목욕을 했다고 공표라도 한 것처럼 혐오스러워하는 표정으로 아버지를 바라보았다.

"인생의 우선순위가 참 삐딱하네요." 나도 뒷걸음쳤다. 내가 지금까지 이 지구 상에서 가장 헌신적인 아버지라고 생각했던 사람의 입에서 그런 대답이 나오다니 충격이었다.

"가끔은 말이다," 아버지가 말했다. "다른 일을 하려면 먼저 해결해야 하는 일들이 있는 법이란다. 그 남자는 두려움을 정복하지 않는 한 좋은 부모가 될 수 없었어. 자기는 밤마다 침대에 누워 자신이 무서워하는 것을 생각하며 나뭇잎처럼 벌벌 떨면서 딸아이한테는 유령이나 어둠이나 전직 대통령의 썩어가는 시체가 뭐가 무서우냐고 어떻게 말할 수 있겠니?" 이 대목에서 아버지는 나를 보며 미소 지었다. "살다보면 꼭 해야 할 일들이 있는 법이란다. 심지어 가족보다 우선인 것들도 있지. 그런 것들을 먼저 해결하지 않으면 가족을 보살필 수 없거든."

댄은 눈썹을 쫑긋 세우고 고개를 끄덕였다.

"정말이지 아주 일리가 있는 말씀이네요." 그가 말했다.

내가 내 의견에 맞장구칠 거 아니면 말참견 사절이라는 의사를 분명히 전달하기 위해 흘끗 노려보았지만, 댄은 내 눈빛을 잘못 해석했는지 하던 이야기를 계속했다.

"저한테는 그게 어떤 게 될지 모르겠지만요. 하지만 저한테 아이가 있는데 정말 신경이 쓰이는 일이 있다면 어떻게 좋은 아빠가 될 수 있겠어요? 될 수 없을 거예요."

"신경 쓰이는 정도가 아니었지." 아버지가 설명을 덧붙였다. "이 경우에는 그 남자의 인생을 잠식하고 있었잖아. 약물 남용이나 도박 중독과 다를 바 없지. 계속 그 생각만 날 정도로 신경 쓰이는 일이 있다면 그걸 떨쳐버려야 인생의 새로운 단계로 넘어갈 수 있는 거야. 그래야 더 나은 부모가 될 수 있는 거라고."

290

아버지의 말이 이번에는 전과 다르게 들리면서 마음을 울렸다. 누가 들어도 분명한 진실이었다. 그 영화의 경우에서만큼은 동의할 수 없었지만, 그래도 일리는 있었다. 더 나은 부모가 되려면 더 나은 인간이 되어야 하는 법인데, 그러자면 아주 위협적인 괴물과 맞서 싸워야 할 수도 있었다. 아버지는 사실상 언니와 나에게 좋은 부모가 되는 법을 조언하고 있었다. 문득 이 사실을 깨닫자 나는 당황스러워졌다.

"나는 아직 스무 살밖에 안 됐는데." 나는 중얼거리며 댄과 함께 가족계획을 고민할 생각이 전혀 없음을 분명히 하기 위해 그에게서 고개를 돌렸다. 그러다 그를 대화에서 배제한 것이 어쩐지 미안해졌다. 내가 팔을 몇 번 찌르자 댄이 손을 잡아주었다. 그 무렵, 우리 둘의 관계는 상당히 발전한 참이었다.

"아빠 말씀은 장차 태어날 제 아이를 버리라는 건데," 언니는 계속 그 산을 오른 남자 이야기에 집착했다. "그런 아빠 밑에서 에그와 제가 어쩌면 이렇게 잘 자랐을까요?"

"아니야." 내가 말했다. "그런 뜻이 아니야. 아빠 말씀은 뭐든 되고 싶으면 그 전에 온전한 내가 되어야 한다는 뜻이야. 아빠도 제임스로 존재할 수 있어야 아빠가 될 수 있었을 테니까. 그렇죠?"

우리는 아버지의 육아 경험과 내가 아이를 키울 때 필요해질 아버지의 노하우를 놓고 어른 대 어른으로 대화를 나누며 이 순간을 공유하고 있었다. 내가 아버지와 계속 함께 지내며 전적으로 아버지의 보호를 받던 일 년 전이었다면 나누지 못했을 대화였다. 아버지는 머지않은 미래에 펼쳐질 세상, 아버지의 세상이라기보다 내 세상이라고 해야 할 그곳에 대비해 나를 준비시키고 있었다. 이런 깨달음이 온 순간 내 몸에서 이상한 반응이 나타나며 등골이 오싹했다.

"아니다, 러비. 네가 아주 단단히 착각을 한 거야. 어쩌다 그렇게 황당한 생각을 하게 됐니?"

"정말요?" 나는 김이 샜다. 공유는 무슨.

"아니, 농담이다. 당연히 네 말이 맞지. 아이들을 기르기 전에 먼저 자기 본연의 모습을 편안하게 받아들일 수 있어야 해. 그런데 영화 속 그 남자는 그러질 못했지. 그는 이기적인 결정을 내린 게 아니었어. 오히려 더 나은 부모가 되려고 노력했던 거지. 자기 자신을 이해해야 했던 거야. 나는 그 사람을 탓할 수 없다고 본다."

"아빠도 자기 자신을 이해해야 했던 적이 있었어요?"

"아니." 아버지는 당당하게 가슴을 내밀고 타잔처럼 가슴을 때렸다. "나는 두 딸을 거의 완벽하게 키워냈고, 내가 어떤 사람인지 일찍부터 알고 있었지."

아버지는 머리 위로 두 팔을 올리더니, 갖가지 괴상한 모자를 쓰고 동네를 산책하면서 늘 가지고 다니는 스티로폼 바벨을 드는 흉내를 냈다. 동네 산책과 이상한 소품은 아버지가 자기 자신은 물론이고 밀 빌 주민들에게 즐거움을 선사하기 위해 몇 년 전에 만들어낸 전통이었다.

"하지만," 아버지가 팔을 내리며 말했다. "도중에 장애물을 만나기 십상일 게다. 누구나 나처럼 아이들을 키울 수는 없거든. 아이들한테 책을 읽어줘야 한다는 것만 명심하거라. 책을 읽어주는 게 해로울 일은 없을 테니까."

아버지는 내가 아버지의 가르침을 따를 수 있게 오륙 년 전부터 손자들에게 선물할 책을 모으고 있다.

그날 우리는 프랭클린 박물관을 나서는 길에 예전에 공중 곡예를 보았던 대형 원형 홀을 지났다. 내가 댄을 팔꿈치로 찌르며 천장을 가리켰다. 아버지가 공중 곡예에 동참해보지 않겠느냐고 나를 부추기는 수준을 넘어 실제로 계획까지 세우고, 훈련은커녕 받아쓰기와 더하기 말고는 기초교육조차 받지 못한 나를 천장 높이 매달리게 하려고 했던 일을 댄에게 이미 수백 번 들려준 터였다. 놀랍게도 아버지도 똑같은 기억을 떠올리고 있었다.

"있잖아, 댄." 아버지가 말했다. "한번은 내가 공중 곡예를 보여주려고 러비를 여기에 데려온 적이 있었어. 그런데 러비가 자기도 올라갈 수 있다고 생각하는 거야. 그래서 내가 멀리서 보면 둘이 이야기를 나누고 있는 것처럼 보일 만한 곳까지 가서 곡예사에게 말을 건네는 척했지. 러비 눈에 내가 그를 설득하는 것처럼 보이게 말이야. 그가 두말 않고 어린아이를 데리고 올라갈 사람이라도 되는 것처럼!"

아버지는 길고 세찬 코웃음을 내뱉었다. 나는 발걸음을 멈추었다.

"물어보는 척했다고요? 그러니까 실제로 물어보지는 않았고요?"

"너 제정신이냐, 러비? 내가 정말로 초등학생인 어린 딸을 공중에 같이 매달아 재주넘기를 시키고 싶다고 했겠니? 만약 그랬다면 그 남자가 뭐라고 했겠니? 나를 정신병자 취급했을 거다!"

아버지는 또다시 큰 소리로 껄껄 웃었다.

"그 말씀을 듣고 보니 이제 훨씬 이해가 잘 되네요." 댄이 이렇게 말하고, 돔형 천장을 빤히 쳐다보며 미소 지었다.

"왜 진작 말씀하지 않으셨어요? 왜 그러셨어요? 그 사람한테 아무 말도 안 했으면서 왜 저한테는 그 사람이 저를 데리고 올라갈 생각이 있는 것처럼 하신 거예요?"

이제는 나만 빼고 모두들 웃고 있었다.

"이게 아버지가 세운 육아 철학의 어느 부분하고 들어맞는 거예요?" 나는 당황한 나머지 신발 뒤축을 바닥에 대고 문지르며 고집스럽게 따져 물었다.

"그런 거 없다." 아버지가 웃으면서 대답했다. "가끔은 부모 노릇이 아무 이유 없이 재미있을 때도 있거든."

Chapter 28

나는 내가 내린 선택을 몇 번이고 다시 점검했다.
아이들의 지성을 키워주기보다
부담만 주는 그릇된 정책으로 보이는 것들을
완화시키기 위해 노력할 것이다.
그렇지 않으면 항의의 뜻에서 사임하고자 한다.
– 이반 도이그, 『휘파람 소리가 들리는 계절』

대학 시절은 놀라울 만큼 빠른 속도로 지나갔다. 집 근처 학교에 다니는 게 다행이었다. 너무 바빠서 짬이 나지 않을 때는 전화를 자주 했다. 전화를 받을 사람이 아버지밖에 없었지만 그래도 내 전화기에는 그 번호가 '아버지'가 아니라 '집'으로 저장돼 있었다. 마치 우리 집이 전화를 받아 고양이들은 어떻게 지내는지 인동은 꽃을 피웠는지 알려주기라도 할 것처럼. 하지만 늘 아버지가 전화를 받았고 내 목소리에 반가워했다. 내가 학교 수업에 대해 이야기하면 아버지는 가장 최근에 도서관에서 진행하고 있는 가장 엄청난 프로젝트에 대해 이야기하곤 했다. 하지만 4학년 때부터 점점 이상한 낌새가 느껴지기 시작했다. 일 년 전쯤, 영화에서 산을 오른 남자를 두고 아버지와 나누었던 대화가 생각났다. 아버지가 왜 그를 옹호했는지 이제 알 것 같았다. 제임스 브로지나가 자신만의 산을 오르려 하고 있었던 것이다.

변화가 시작된 것은 실제로 문제가 발생하기 얼마 전부터였다. 도서관에 컴퓨터가 들어왔고, 내가 아버지에게 수업에 컴퓨터를 활용하는 방법을 가르쳐드렸다. 작품 분석을 좀더 늘려달라는 요구 사항이 전달되자 아버지는 이에 따랐다. 학교가 한 군데 더 배정돼서 업무량이 두 배로 늘었을 때도 아버지는 별로 투덜거리지 않았다. 오백여 명의 학생들을 떠맡게 되는 바람에 이름과 성격조차 제대로 파악하기 힘들어졌지만 그래도 묵묵히 견뎠다. 일이 버거웠지만 그래도 그 일을 사랑하는 마음은 여전했다.

그런데 4학년 마지막 학기 어느 토요일 오후, 아버지가 같이 점심을 먹자며 찾아왔다. 나는 아버지를 본 순간 뭔가 문제가 생겼음을 직감했다. 내가 아버지를 워낙 잘 알기 때문에 그런 것도 아니었다. 조금 꾸깃꾸깃한 셔츠는 아버지의 기준으로 보자면 많이 꾸깃꾸깃했고, 얼굴은 풀이 죽어 있었다. 머리숱이 눈에 띄게 줄었고, 그 밑을 흐르던 혈관이 갑자기 늙거나 슬퍼지기라도 한 것처럼 안색이 이상하게 우중충했다. 체중도 줄었다. 눈썹도 예전에 비해 옅어졌다.

"나더러 책을 읽지 말라는구나."

대학교 근처 글래스보로 가에서 발굴한 어느 식당에서 브런치를 먹으며 이야기를 나누는데, 아버지가 당신 팬케이크를 내려다보며 말했다. 우리는 늘 같은 음식을 주문했다. 아버지는 팬케이크와 스크래플*과 우유, 나는 BLT**와 콜슬로***와 아이스티. 지금까지 수십 번 시켰던 똑같은 메뉴. 그런데 오늘은 아버지가 스크래플을 깜빡했다. 내가 알려드렸지만, 아버지는 스크래플을 먹을 기분이 아니라고 했다. 스크래플이 없는 아버지 접시는 횅해 보였다.

"누가요?"

"교장이. 두 학교 중에서 한쪽 교장이 말이다. 한 시간에 그림책 한 권만 읽으라는구나. 오 분에서 십 분 정도 그림책을 읽은 다음 다른 수업을 하라는 거야."

"오 분에서 십 분이요? 클리퍼드****도 제대로 읽으려면 그보다 시간이 더 걸릴 텐데!"

아버지는 내 말에 열심히 고개를 끄덕이며 우유를 벌컥벌컥 마셨다.

"그리고 다른 학교 교장은 뭐라고 했느냐면, 사실 이게 압권인데…… 나더러 그림책을 아예 읽지 말란다."

"설마요!"

아버지는 고개를 저었지만 조금 마음이 풀린 듯했다. 아버지가 나

---

* 옥수수가루에 다진 고기, 야채를 섞어 튀긴 음식.

** 베이컨, 양상추, 토마토 샌드위치.

*** 양배추, 당근, 양파 등을 채 썰어 마요네즈에 버무린 샐러드.

**** 1960년대에 출간된 짤막한 아동용 그림책 시리즈의 주인공. 커다랗고 빨간 개 이름이다.

를 찾아온 건, 이 일이 부당한 처사라는 말을 듣고 싶어서였는지도 모르겠다는 생각이 들었다. 어쩌면 다른 사람들한테 이미 그런 소리를 들었을지도 모르겠지만.

"그럼 그 대신 무슨 수업을 하래요?"

아버지는 원래 고음인 목소리를 낮춰 교장의 목소리를 흉내 냈다.

"컴퓨터!"

그 단어를 듣고 우리는 동시에 움찔했다. 시간이 지나면서 점점 나아지기는 했지만, 아버지는 아직도 도서관에 컴퓨터가 있어야 할 필요가 없다고 생각했다. 컴퓨터가 있어야 할 곳은 컴퓨터실이었다. 도서관은 신성하고 너덜너덜한 책들이 있어야 할 공간이었다. 도서관은 책을 읽는 곳이었다.

"어쩌다 이렇게 된 거예요? 어떻게 두 학교에서 똑같이 그럴 수가 있어요?"

아버지는 식사를 아예 멈추고 남은 팬케이크를 나에게 넘겼다. 아버지는 당신 몫을 마지막 한입까지 먹어치운 뒤 내 몫이 남아 있으면 내 몫까지 노리는 분인데, 충격적인 일이었다.

"둘 다 내 의도를 이해 못 해. 데이비스 씨는 내 의견을 듣지도 않고 올여름에 새 책을 수백 권이나 주문했지. 학생들은 새것을 좋아하니 새로운 요즘 책이 필요하다면서 말이야. 그림책만 남겨두고 소설이 됐건 비소설이 됐건 나머지는 모두 치워버렸단다."

아버지가 오랜 세월에 걸쳐 마련한 장서들을 변호하려고 내가 손을 드는 순간, 아버지가 눈썹을 치켜세우고 그렇다는 듯이 손을 흔들며 하던 이야기를 계속했다.

"나도 알아! 말도 안 되는 일이지! 그런데 제일 황당한 게 뭔지 아니, 러비? 이미 도서관에 있는 책까지 주문했다는 거야! 하드커버로 소장하고 있는 책을 페이퍼백으로 주문한 거야. 나는 페이퍼백을 절대 주문하지 않아. 일 년도 안 돼서 너덜너덜해지거든. 그런데 데이비스 씨가 이미 소장하고 있는 책을 얇은 페이퍼백으로 또 주문했지 뭐냐. 예산도 삭감됐는데, 도서관에 할당된 소중한 돈을 그런 식으로 써버린 거야. 정말로 필요한 게 있는데, 아이들이 소중히 여길 책들이 있는데. 내가 몇 년에 걸쳐 모아놓은 장서는 어떻게 했는지 아니? 상자에 담아서 학교 지하실로 옮겼단다."

도서관이 이제 어떤 모습일지 상상조차 되지 않았다. 나는 일이 년 전까지만 해도 아버지가 집이라고 불렀던 그 행복했던 공간을 열심히 그려보았다. 최신작에서부터 절판된 걸작에 이르기까지 아버지가 오랜 시간에 걸쳐 직접 고른 책들로 즐비했던 서가. 어떤 날은 독서 마라톤 때 아버지가 당신 레퍼토리에 추가하려는 작품을 읽어주고 내 의견을 구한 적도 있었다. 아버지는 사재를 털어가며 동네 벼룩시장에서 많은 시간을 들여 책을 모았고 인테리어에도 신경을 썼다. 그렇게 도서관이 아늑하고 매력적인 공간이 될 수 있도록 노력했고, 뜻하는 바를 이루었다. 사방의 벽은 손수 그린 편안한 풍경들로 채웠다. 한쪽 구석에는 조그만 분수를 틀어놓아, 아이들이 책을 읽는 동안 배경음악으로 흐르는 클래식 위로 백색소음이 깔리게 했다. 천장에 전등을 달고, 교실용 의자를 비치하는 대신 스탠드와 푹신한 의자를 마련해 학생들이 정말로 편안하게 책을 읽을 수 있게 했다. 더운 날이면 커튼으로 햇볕을 차단했고, 장식용 러그로 우중충한 회색 카펫을 덮었다. 심지어 가만가만 책을 읽어줄 수 있게 남학생과 여학생 모두를 위한 인형까지 대거 마련돼 있었다. 그런데 아이들과 책을 위해 건설된 천국이 하루아침에 무너진 것이다. 아버지가 인테리어를 그대로 유지하자고 간청하며 이유를 설명해도(도서관을 좋아하는 아이들이 혼자서도 책을 읽을 가능성이 크다고) 소용없었다. 지금 똑같은 일이 재연되고 있었다. 최대한 열심히 책을 읽어주면 아이들 마음속에서 책에 대한 사랑이 스스로 자라날 수 있다는, 충분한 연구를 거쳐 확립된 아버지의 방식에 의문이 제기됐다. 아버지가 심혈을 기울여 선정한 책들은 다른 책으로 대체되었다.

"내가 가장 좌절하는 부분이 뭔가 하면," 아버지가 계산서 쪽으로 손을 뻗으며 한마디로 요약했다. "책을 읽어주는 것이 쓸데없는 일이 돼버렸다는 거야."

그 뒤로 몇 주 동안 나는 〈환상특급〉의 한 편이 계속 생각났다. 버지스 메러디스가 주인공으로 나오는 '무용지물이 된 남자'라는 에피소드였는데, 그는 사서로 일한 죄로 재판에서 사형을 선고받았다. 그 작품이 만들어졌을 때만 해도 작품 속 배경은 머나먼 막연한 미래였다. 그런데 이제 우리 아버지가 재판을 받는 듯한 심정으로, 아이들에게 책을 사랑하는 마음을 심어주려던 당신의 노력이 한물간 구닥다리 무용지물로 전락하는 것을 바라보아야 했다. 물론 아버지가 극형을 목전에 둔 상황은 아니었지만, 그것들이 쓸데없는 짓으로 전락하는 광경을 지켜보고 있는 것 자체가 사형선고나 다름없었다. 몇 주 뒤 책 읽는 시간을 수업에서 아예 없애라는 지시사항이 전달됐을 때 아버지가 아침마다 무슨 기운으로 자리에서 일어났을지 나로서는 짐작이 되지 않았다.

아버지는 반항적이고 고분고분하지 않다는 낙인이 찍혔다. 애서가답게 저항하는 쪽을 택했기 때문이다. 아버지는 교장들과 차분하게 대화를 나누며 그 희한한 규칙을 왜 이제 와서 시행하려 하는지 이유를 물었다. 하지만 그들은 이런 논의에 관심이 없는 눈치였다. 아버지는 교과과정에 맞는 수업을 실시하고 있다고, 연령에 알맞은 도서를 구입하고 아이들에게 읽어주는 것이 주 차원에서 권장하는 사항이라고 설명했다. 하지만 이런 설명은 아버지의 입에서 흘러나오자마자 귀담아듣는 이 없이 바람결에 흘러가버렸다. 학교 도서관에서 책을 읽어주는 것이 금지되자 아버지는 도서관 뒤쪽으로 자리를 옮겨 불을 끄고 아이들을 옹기종기 모아놓고 몰래 책을 읽어주었다.

아이들에게 책을 읽어주는 것을, 혹은 우리 아버지의 어떤 점을 그들이 그렇게 못마땅하게 생각했는지 나는 잘 모르겠다. 아마도 변화에 대한 욕구 때문이 아니었을까. 그들은 자신이 교장으로 부임한 시점과 비교해 달라진 학교에서 퇴임하고 싶었을 것이다. 그래서 변화를 원했을 테고, 나도 그 마음은 이해한다. 별다른 발자취 없이 떠나는 것은 상상하기 어려웠을 테니까. 하지만 우리 아버지가 세운 전통을 독단적으로 폐기처분한 것은, 오래됐다는 이유로 책들을 폐기처분한 것과 마찬가지로 잘못된 판단으로 보였다. 그 책들과 아버지의 수업 방식이 지금까지 계속되어온 것은 제 역할을 다했기 때문이다. 그런데 현대화라는 미명 아래 이 두 가지를 재고의 여지도 없이 내쳐버리다니. 도서관에서 책을 읽어주는 광경이 아예 사라진 것이야말로 그중 최악이었다.

"맞서 싸워야 해요." 어느 날 밤 통화하면서 내가 말했다.

"음, 나도 그럴 생각이다. 아이들을 생각했을 때 그게 옳은 일이니까. 아이들을 위해 책을 읽어주는 사람이 있어야 하고, 도서관에도 양서가 있어야 하지 않겠니."

"아빠를 생각해서라도 싸워야 해요. 그게 아빠 직업이고 지금까지 잘해오셨잖아요. 아빠 일은 아빠가 알아서 할 수 있다는 걸 인정받아야죠. 불과 아홉 달 전만 해도 도시의 모든 후보를 제치고 올해의 교육자로 뽑힌 아빠인데! 그 정도면 설명이 되는 거 아닌가요? 제가 찾아가서 이야기해볼까요?"

그것이 실질적인 해결책이 될 수 없음은 나도 알고 있었다. 그럼에도 가끔 심판에게 항의하고 코치에게 분노의 편지를 보내는 좌절한 부모의 심정을 이해할 수 있었다. 관여하면 안 되는 줄 알지만, 사랑하는 사람이 부당한 취급을 당하고 있는데 손놓고 지켜볼 수만은 없는 노릇이었다.

"아빠가 허락만 해주시면 제가 신문사에 연락해볼게요." 내가 혹시나 하는 마음에 덧붙였다. "아빠 기사가 실리면 사람들이 열렬한 반응을 보일 거예요."

"러비, 네가 돕고 싶어한다는 거, 마음만 먹으면 정말 잘할 거라는 거 나도 안다. 네가 변호사였으면 이 사건을 재판에 붙여 모두 꼼짝 못 하게 만들었겠지. 하지만 내 나이가 이제 예순하나잖니. 교사들은 대부분 예순둘에 정년퇴직을 한단다. 나를 생각해서 그 스트레스 받아가며 싸울 필요가 뭐가 있겠니? 칠 개월 더 내 자리를 보전하겠답시고 그럴 필요는 없지. 아이들을 위해 나설 사람이 있어야 하니까 내가 나서는 거지, 나를 위해 그러는 게 아니야. 그렇게까지 할 만한 가치가 없는 일이거든."

아버지가 '그렇게까지 할 만한 가치가 없다'는 말로 자기 자신 또는 자기 직업을 표현하는 것을 듣고 있으려니 더없이 이성적인 말인 줄 알면서도 마음이 아팠다. 아버지가 자신의 일에 투자한 돈과 시간을 두고 '그렇게까지 할 만한 가치가 없다'고 말할 사람들이 많을 것이다. 하지만 아버지에게 그것은 하나의 일이나 직업이 아니었다. 일종의 소명이었다.

"아버지는 예순둘에 퇴직할 생각이 없잖아요! 그건 아버지답지 않아요!" 나는 애써 눈물을 참았다. 얼굴을 마주 보며 이야기하는 중이었으면 내 눈이 점점 빨개지는 것을 들켰을 텐데 전화 통화라 다행이었다.

"책을 읽어주는 게 앞으로도 가장 중요한 업무라면, 내게 도서관으로 향하는 계단을 올라갈 여력이 있는 한 계속 일을 할 거다. 하지만 완벽한 걸작들은 창고에서 먼지만 뒤집어쓰고 있고, 인터넷을 가르치는 데 모든 시간을 할애해야 한다면 계속 출근할 마음이 나지 않겠지."

"하지만 우선은 아이들을 위해서 위에다 이야기해볼 거죠?"

"우선은. 아이들을 위해서."

아버지는 관할 지역 고위 공무원들과 면담 약속을 잡았다. 날짜가 정해지자 큰 소리로 책을 읽어주었을 때의 장점을 조사하는 데 여가 시간을 모두 할애했다. 기사와 논문을 모조리 인쇄해 두툼하게 쌓아놓고 특별히 설득력 있는 자료가 있는지 살폈다. 책 읽어주기를 주제로 베스트셀러도 낸 적 있고 이 분야에 관한 한 미국에서 가장 유명한 권위자로 꼽히는 짐 트렐리스에게 도움도 청했다. 트렐리스는 몇 가지 의견을 내고 자료 조사를 하는 데 도움이 될 만한 아이디어도 알려주었다. 그뿐 아니라 우리 아버지 이야기를 듣고 이런 상황을 주제로 글을 써서(아버지의 요청에 따라 이름과 도시는 밝히지 않았다) 홈페이지에 게재하기까지 했다. 나도 수업을 받는 틈틈이 아이들에게 책을 읽어주었을 때의 장점을 조사했고, 아버지에게 관련 사이트 주소와 도움이 될 만한 의견을 전했다. 면담일이 다가왔을 때 나는 자신 있었다.

다음 날, 아버지는 우리가 가장 좋아하는 식당으로 나를 데려가려고 찾아왔다. 지난 몇 개월과 비교했을 때 안색이 훨씬 좋았다. 면담은 잘 끝났다. 실제로 아주 잘 끝났다. 참석한 교육감들은 책 읽어주기가 교과과정의 일부분이고, 컴퓨터도 나름대로 중요하기는 하지만 도서관 수업의 주안점은 아니라고 단언했다. 아버지는 이번 면담으로 실질적으로 달라지는 게 있겠느냐며 회의적인 태도를 보였지만, 내가 보기에는 말도 안 되는 소리였다. 그들은 지역 공무원이 아닌가! 그들이 아버지 편을 든 게 아닌가! 나는 내 몫의 BLT를 가까스로 해치웠다. 이번에는 순전히 흥분해서였다. 드디어 이해해주는 사람이 생겼으니까.

일주일 뒤에 면담 내용을 요약한 편지가 도착했다. 아버지가 내게 전화로 읽어주었다.

"'면담을 통해 의논했다시피,'" 아버지는 낱말들이 입에 걸려 잘 나오지 않는 것처럼 힘겹게 읽어내려갔다. "'한 시간당 오 분에서 십 분 이내로 책을 한 권씩 읽어야 합니다.'"

"진짜 그렇게 적혀 있어요? 다시 원점으로 돌아간 거잖아요! 면담 때 그랬어요? 진짜 그랬어요?"

"아니, 천만에. 면담 내용을 적은 메모지가 지금 내 앞에 놓여 있는 걸. 내가 중간에 착각한 모양이다. 내 귀가 안 좋은 건 나도 알고 있지만, 그 정도일 리는 없는데."

"그래서 어떡하실 거예요?"

"이렇게 된 이상 뭘 어쩔 수 있겠니? 내 능력이 닿는 한도 내에서 가장 윗선까지 접촉했는걸."

"어떻게 된 일인지 솔직히 이해가 안 돼요. 왜 이렇게 바뀐 걸까요?"

"나하고 이야기를 나눈 사람들보다 더 윗선에서 안 된다고 한 모양이지. 내가 추측할 수 있는 건 거기까지야. 요즘은 책 읽어주기가 인기가 없는 모양이다. 아니면 내가 인기가 없든지."

후자는 말도 안 되는 이야기였다. 아버지는 지금까지 내가 만난 사람들 중에서 가장 인기 있는 사람이었다. 특히 교단에서는 더 말할 것도 없었다. 다른 교사들은 아버지의 노력에 감탄을 금치 못했고, 가끔 쉬는 시간을 포기하면서까지 아버지의 수업 뒷자리에 앉아 그림책을 들으며 그 일 분 일 초를 음미했다.

"누구하고라도 이 문제에 대해 의논해보세요!" 나는 강력히 주장했다.

"소용없을 거야."

아버지는 아이들을 생각해서 이메일을 한 통 보냈다. 아버지가 면담 도중에 받아 적은 메모와 편지 내용이 왜 그렇게 다른지, 그날 만났던 사람 중 한 명에게 정중히 묻는 내용이었다. 답장은 짧고 퉁명스러웠다. 그 자리에서 의논한 내용을 "오해한 모양"이라고 했다. 아버지는 추가로 이메일을 한 통, 또 한 통 보냈지만 답장이 없었다. 아버지는 난생처음으로 스트레스 때문에 병원을 찾았다. 병원에서는 직장생활을 계속하면 건강이, 어쩌면 생명이 위태로울지도 모른다고 단언했다. 그래서 아버지는 변화 비슷한 것을 기대하며 몇 달 동안 병가에 들어갔다. 그리고 얼마 후 친구의 전화를 받았다. 도서관에 비치됐던 책들이 전부 없어졌다는 소문이 들린다는 전화였다. 집처럼 편안했던 분위기가 사라진 게 불과 얼마 전의 일이었다. 그런데 이제 그곳을 도서관답게 만들었던 마지막 소품마저 사라져버린 것이다.

스트레스만 제외하면 건강에 아무런 문제가 없었건만, 아버지는 계단을 올라갈 기운이 있는 한 계속 다니고 싶어했던 직장에서 예순한 살의 나이에 퇴직했다.

Chapter 29

일단 예인선을 타고 외양선으로 다가가더라도 갖은 애를 써야 승선할 수 있어.
이쪽 갑판에서 저쪽 갑판으로 그냥 건너갈 수 있는 게 아니거든.
— 캐서린 패터슨, 『위풍당당 질리 홉킨스』

아버지가 퇴직하고 처음 몇 주 동안 나는 가능한 한 집에 자주 내려가 아버지에게 별문제 없는지 확인했다. 어떤 날은 둘이서 대화조차 나누지 않을 때도 있었다. 나는 그저 온종일 곁을 지키며 아버지가 혼자가 아니라는 사실을 알리는 데 주력했다. 아버지가 침대에 누우면 아버지가 잠이 들 때까지 옆에서 종알거렸고, 그런 다음에는 내 방에서 졸음이 쏟아질 때까지 아버지의 평화로운 숨소리에 귀를 기울였다. 그리고 드디어 긴장이 풀리고 아무 일 없을 거라는 확신이 생기면 남자친구에게 전화를 걸었다. 남자친구와 통화하면 우리의 문제가 덜 심각하게 느껴졌다. 나는 깔깔대며 웃었다. 사서 교사와 책을 하찮게 취급하는 세상에서 탈출했다. 그보다 밝고 행복한 세상을 향해 천천히, 조심조심 나아가도 될 것 같았다. 아버지에게 무언가 생각이 있음을 알기에, 나도 결국에는 잠을 자야 하기에.

"재미있는 이야기 하나만 더 들려주면 잘게." 나는 요란한 하품 소리를 내며 내 말을 좀더 그럴듯하게 포장했다. 정말로 이제 막 졸음이 쏟아지기 시작했지만, 아직은 부족했다.

"이거 왜 이래." 남자친구가 말했다. "아까 그 이야기 듣기 전에도 그렇게 얘기했잖아. 내가 두 번 속을 것 같아?"

"그때는 피곤하지 않았단 말이야! 그런데 지금은 피곤해. 너 진짜 너무한다. 내 마음대로 되는 일도 아니잖아."

"알았어." 그는 한숨을 쉬었지만, 짜증스럽게 들리지는 않았다. "이번에는 어떤 이야기가 듣고 싶어?"

"잠깐." 내가 속삭였다. "아버지가 뭐라고 말씀하시는 것 같아."

둘이서 잠자코 기다려보니 아버지가 잠결에 휘파람으로 노래를 부르고 있었다. 나는 키득거렸다.

"허위 경보였어."

나는 수화기를 이불 속으로 더 깊숙이 묻고 머리 주변에 베개를 둘러 소리의 장벽을 만들었다. 그렇게 그 속에 묻힌 채 머리 뒤로 팔을 뻗어 불을 껐다. 방 안은 시원하고 어두컴컴했다. 때마침 에어컨이 작동을 시작해 내 목소리를 덮어주었다.

"이봐, 친구." 댄이 말했다. "난 곧 기력이 다할 것 같은데. 짧게 끝내도 될까?"

"안 돼, 어젯밤에도 그랬잖아! 어젯밤에도 그러는 바람에 내가 말똥말똥한 상태로 침대에 누웠잖아."

"어젯밤에는 이야기를 두 개 들려줬는데, 오늘 밤에는 벌써 세 개째잖아! 왜 내가 늘 이야기를 들려줘야 해? 너도 재미있는 이야기 잘하잖아. 하나 들려줘."

"그러면 의미가 없잖아. 넌 벌써 졸리니까. 네가 잠이 안 온다고 할 때 내가 들려줄게."

댄은 수화기 저편에서 툴툴거리며 열심히 생각 중이었다.

"알았어." 댄이 이야기를 시작했다. "옛날에 고슴도치가 살았어."

"이름이 뭔데?"

"워딩턴."

"아하." 나는 기쁨의 탄성을 질렀다. "워딩턴! 멋지다."

"워딩턴은 자기가 아주 사나운 짐승이라고 생각했어. 모든 짐승들 중에서 가장 사납다고 생각했지."

"고슴도치 주제에?"

"그런 식으로 말하지 마! 누가 너더러 계집애 주제에, 라고 하면 좋겠어?"

"네 말이 맞아. 솔직히 인정할게. 하지만 나는 아주 멋진 계집애야. 작지만 힘이 센."

"이야기 짧게 끝내자고 했잖아."

"미안. 알았어. 그러니까 워딩턴은 자기가 모든 짐승들 중에서 가장 사납다고 생각했다 이거지?"

"응. 그런데 새끼 거북이들 돌보는 일을 떠맡으면서 갑자기 자신감을 조금 잃게 됐어."

나는 동그랗게 몸을 말고 미소를 지으며, 새로운 친구들을 위해 블루베리를 찾아 나선 워딩턴이 커다랗고 털이 북슬북슬한 나무늘보를 만나 기겁하는 이야기를 들었다. 나무늘보도 블루베리를 찾고 있었으니 둘이 서로 힘을 모으면 되는 상황이었다. 그런데 나무늘보가 사실은 워딩턴의 가시를 무서워하고 있었다고 내가 거들었다.

내가 언제부터 잠자리에 누워 남자친구에게 규칙적으로 이야기를 들려달라고 했는지는 생각나지 않는다. 우리는 대학에서 만나 사귀기 시작했다. 독서 마라톤이 끝나고 내가 잠자리에 누워 혼자 책을 읽기 시작한 지도 꽤 지났는데, 전 같지 않았다. 내 바로 옆에 앉아 있는 누군가의 목소리를 들으며 꿈나라로 떠나고 싶었다. 하도 오랫동안 그 과정을 일상처럼 반복한 터라 잠자리에서 다른 소리를 들으면 적응이 되지 않아 아주 힘들었다. 라디오 소리가 들리면 잠이 오지 않았다. 텔레비전 소리가 들리면 짜증이 났다. 가끔 방 밖 복도에서 사람들이 싸우는 소리가 들리기도 했는데, 그것도 내가 찾던 푸근한 무언가가 될 수는 없었다. 봄이면 고향 생각이 나게 하는 귀뚜라미 소리가 들렸지만, 내 방은 2층이라 침대를 창가로 옮기고 방충망에 머리를 대고 자도 그들의 음악 소리를 제대로 감상할 수 없었다. 아버지와 함께하던 우리만의 의식이 없으니 쉽게 잠을 이룰 수가 없었다.

댄과 우리 아버지 사이에는 공통점이 거의 없다는 것이야말로 내가 두 사람 모두에게서 마음에 들어하는 부분이다. 덕분에 이쪽을 만나도 저쪽이 생각나지 않는다. 물론 그래야 할 필요도 없다고 생각하지만. 댄에게 책을 읽어달라고 했다면 맞지 않았을 것이다. 대신 그는 훌륭한 이야기꾼이었다. 한번은 내가 친구와 말다툼을 하고 화가 나서 좀처럼 마음을 가라앉히지 못하고 있는데, 댄이 집으로 가려다 말고 내 침대 가장자리에 걸터앉았다. 그러더니 내 이마에 손을 얹고, 눈을 덮고 있던 고수머리를 쓸어 넘겼다.

"그거 궁금한 적 없어?" 댄이 물었다. "양털 사이에 뭐가 끼는 경우는 없을지."

나도 모르게 웃음이 터졌다.

"무슨 소리야. 당연히 그런 경우가 있겠지. 나뭇가지나 낙엽이나 뭐 그런 거."

"아니, 내 말은 집에서 쓰는 물건들 말이야. 수건, 주걱, 뭐 그런 거. 고양이용 장난감, 계량스푼."

"솔직히 나는 한 번도 그런 생각 해본 적 없어." 나는 그의 심각한 말투를 열심히 따라했지만, 미소를 짓고 있었다.

"애완동물로 양을 키우면 얼마나 골치 아플까? 매일 밤마다 재우기 전에 일렬로 세워놓고 몸을 털어야 할 거 아냐."

"몸을 털어?!" 그 생각을 했더니 눈앞이 아찔했고, 이불 속에서 발가락이 오므라들었다.

"응, 그렇게 해줘야 하잖아. 달리 방법이 없으니까. 재우기 전에 몸을 털어주지 않으면 중요한 물건들이 수도 없이 사라질 거야. 평생 리모컨을 찾아다녀야 할 거라고. 그리고 양들도 그런 상태를 좋아하지 않을 테고. 일어나보니까 시트 위에 패들볼*이 있으면 기분이 어떻겠어? 지금이야 재미있겠다는 생각이 들 수도 있지만 그 때문에 누군가 심하게 다칠 수도 있잖아!"

이 이야기는 며칠 밤 동안 계속됐다. 처음에는 그냥 양이었던 것이 세 마리의 구체적인 양으로 발전했다. 매들린, 폴 그리고 거트루드. 녀석들은 우리 집에 살았고, 매일 밤마다 기를 쓰고 나에게서 뭔가를 슬쩍하려 했다. 언젠가는 무슨 수를 써서라도 밤에 자기들 방에서 토스트를 구워 먹는 게 녀석들의 목표였다. 하지만 나는 녀석들의 꿍꿍이를 알고 있었고, 매일 밤 녀석들이 잠자리에 들기 전에 녀석들의 몸을 터는 것을 잊지 않았다. 침대에서 뭘 먹으면 사방이 부스러기투성이가 될 테니까. 그러다 양들마다 개성이 생겼다. 거트루드는 말썽꾸러기로 항상 음모를 꾸미지만, 디저트를 한 개 더 슬쩍하는 수준을 넘어서는 장난은 치지 않았다. 매들린은 여성스럽고 사교적이며 노는 걸 좋아했다. 립스틱을 발랐고, 내가 집에 없을 때 내 구두를 신어보는 걸 좋아했다. 실제로는 폴이 가장 착한 아이인데, 누나들이 항

---

* 라켓에 고무공이 달려 있어 그 공을 연속해서 때리는 게임. 여기에서는 패들볼 게임에 사용되는 볼을 이야기한다.

상 그에게 누명을 뒤집어씌우기 때문에 그걸 알아주는 사람이 아무도 없었다. 하지만 내가 폴을 안쓰럽게 생각했기 때문에 가끔은 녀석을 주인공으로 만들어야 했다.

연속으로 등장하는 주인공들이 생기자 주인공의 친구들도 연속으로 등장하기 시작했다. 그러고 나서 얼마 뒤에는 탄탄한 TV 프로그램처럼 친구들이 주인공으로 등장하는 속편이 탄생했고, 얼마 안 있어 각자 뚜렷한 개성과 기벽을 자랑하는 삼십여 마리의 동물들로 이루어진 레퍼토리가 만들어졌다. 출연진은 모두들 균형이 잘 잡혀 있었다. 착하기만 하거나 사악하기만 한 동물이 한 마리도 없었다. 이런 동물들끼리 싸움을 벌일 때도 있었고, 무시무시한 계략을 꾸밀 때도 있었다. 정말 재미있었다. 어쩌면 대학생 둘에게만 그렇게 재미있었던 것일지도 모르지만.

독서 마라톤이 없는 삶에 적응하는 건 쉽지 않았다. 이런 이야기들은 대용품이 될 수 없었다. 그 어떤 것도 오랜 세월 동안 단 하루도 빠짐없이 매일 밤마다 똑같은 사람이 책 읽어주는 것을 듣는 것과 같을 수는 없었다. 나도 그 사실은 순순히 인정한다. 그 어떤 것도 비슷할 수 없다는 것을. 하지만 나 혼자서 책을 읽으면 너무 조용했고, 아버지는 멀리 있었다. 이런 밤이면 내가 아직 놓을 준비가 되지 않은 삶의 일부분을 붙잡는 데 그런 이야기들이 도움이 되었다. 이런 생활은 대학 시절 내내 계속됐다. 그리고 집으로 내려갈 때마다 아버지가 늘 뭔가를 읽어주었다. 신문에 실린 자투리 기사, 옆방에서 아버지가 훑어보고 있던 책의 일부분. 나도 아버지에게 뭔가를 읽어드렸다. 내가 쓴 글의 몇 단락 아니면 언니한테서 받은 이메일. 독서 마라톤은 끝났지만 우리는 새로운 책을 놓고 계속 씨름을 벌였다. 책을 좋아하는 가족은 책 읽기를 절대 멈추지 않는 법이다. 내가 집에 가 있는 동안에는 거의 매일 밤마다 아버지는 당신 방에서, 나는 내 방에서 책을 읽을 테고, 서로 재미있거나 좋은 구절을 읽어줄 것이다. 그러다 아버지가 잠이 들면 나는 휴대전화를 집어 들고 이불 속으로 기어 들어가 아버지가 깨지 않게 나지막이 속삭일 것이다.

"여보세요." 댄이 전화를 받으면 내가 말한다. "오늘 밤에는 네가 어떤 이야기를 해줄까 궁금해하고 있었어. 미리 말하겠는데, 험난한 여정이 널 기다리고 있어. 내가 하나도 안 피곤하단 말이지."

옆방에서 아버지가 헛기침을 하고 몸을 뒤척이는 소리가 들린다. 나 때문에 잠을 못 주무시는 걸까? 잠자기 전에 다른 사람이 들려주는 이야기를 듣다니, 아버지의 자리를 다른 누군가에게 빼앗긴 기분일까? 그 때문에 심란해하고 있을까? 그런데 잠시 후 아버지가 획하고 똑바로 눕더니 지붕이 떠나가라 코를 고는 소리가 들린다. 나는 미소를 짓는다.

"계속해." 나는 전화기에 대고 속삭인다. "하나만 더 들려주면 그만 잘게."

Chapter 30

포크스는 불사조다, 해리.
불사조는 죽을 때가 되면 불꽃을 터뜨리고 잿더미 속에서 다시 태어나지.
그를 지켜보거라.
J. K. 롤링, 『해리 포터와 비밀의 방』

우리 아버지와 나는 그때까지도 가끔 시무룩해졌다. 너무나도 소중했던 것을 잃어버렸으니, 함께 책을 읽던 시간이 끝나버렸으니 누구라도 그럴 수밖에 없었을 것이다. 하지만 다른 일들이 우리 곁을 찾아왔다. 그해 겨울 들어 끊임없이 내리던 눈이 드디어 그쳤다. 내가 펜실베이니아 대학교에서 진행하는 프로그램에 참여하는 데 필요한 면접을 본 뒤에는 아버지와 나 사이에 이야깃거리가 생겼다. 합격한 뒤에는 기뻐할 거리가 생겼다. 우리는 외식을 하고 박물관을 찾아다녔다. 드디어 기분이 좋아지기 시작했다.

하지만 우리 아버지는 집에 들어앉아 퇴직생활에 순순히 적응할 사람이 아니었다. 아버지는 아무 때나 일어나고, 마음 내킬 때 잠자리에 들고, 대낮에도 당장 산책하러 나갈 수 있는 생활을 좋아했다. 하지만 책을 읽어주던 시절을 그리워했다. 그래서 방법을 찾았다.

"양로원에 가게 됐어."

"양로원이라는 단어는 정치적으로 올바른 표현이 아니에요. 그리고 아버지는 퇴직한 지 얼마 되지도 않았잖아요. 몸도 아직 좋으시고. 아버지가 그런 데 들어갈 이유가 없어요."

"내 몸 상태야 당연히 아주 좋지, 요 새대가리 아가씨. 자원봉사자로 노인들에게 책을 읽어주러 가게 됐다는 뜻이야."

분명히 밝히지만 내가 아는 한 나는 예나 지금이나 새대가리인 적이 없다.

"뭘 읽어드릴 건데요?"

"그림책."

"어른들한테요?"

"뭐 어때?"

"기분 나빠하시지 않을까요?"

"그러지 마시라고 말씀드리지."

"그게 그렇게 될까요?"

그런데 나중에 알고 보니 정말 아버지가 생각한 대로 됐다. 아버지는 개인적으로 모은 책들에서 최고 중의 최고만 뽑아 몇 주 동안 연습했다. 『메리 크리스마스』 『스페이스 케이스』 『참견대장 생쥐 아주머니』 『밀로의 모자 마술』과 『토라진 달님의 잠옷』 등 나한테 읽어주었던 고전을 연습했다. 그러고는 어느 금요일 오전에 세 군데 양로원을 찾아가기로 했다. 아버지는 일찍 일어나 연습을 하고, 빳빳하게 다린 와이셔츠를 입고 넥타이를 맸다. 양로원에 찾아가서는 스스로 생각하기에 가장 소질 있는 분야가 그림책 읽어주기라고 설명했다. 모욕하려는 게 아니라 그 반대라고 말했다. 아버지는 스스로 생각하기에 가장 바람직한 방식으로 호의를 표현하려는 것이었고, 그곳의 노인들이 마음껏 즐길 수 있길 바랐다.

그들은 정말 마음껏 즐겼다. 아버지의 표현에 따르면 '넋을 잃었다'. 영웅과 깜찍한 아이들이 나오면 미소 지었고, 악당이 등장하면 못마땅한 듯 고개를 저었다. 책이 한 권 끝날 때마다 박수를 쳤고, 다음 책이 시작되기 전까지 잠깐 동안 자기들끼리 토론을 벌였다. 아버지는 중간에 잠이 든 사람도 몇 명 있었다고 솔직히 인정했지만, 노인들을 대하다보면 예상할 수 있는 일이니 기분 나쁘지 않다고 했다. 오히려 아버지의 자장가 덕분에 늦은 오전, 달콤한 선잠에 빠진 거라고, 온몸의 긴장을 완전히 풀 수 있었던 거라고 해석했다. 밤 열두시 십오 분 전에 아슬아슬하게 책을 읽을 때면 아버지 목소리가 가끔 달콤하게 들릴 때도 있었던 건 사실이다.

아버지는 자신이 기울인 노력의 결과에 극히 만족했다. 지금까지 만나보지 못한 전혀 새로운 청중이었기에 더욱 그랬다. 아버지는 매주 금요일을 책 읽어주는 날로 정했고, 청중은 점점 늘어났다. 그 일이 한 달 정도 계속됐을 때 나는 아버지로부터 무척 가슴 뭉클한 광경을 전해 들을 수 있었다.

"그날 마지막 그룹에 책을 읽어주러 찾아갔더니 한 방에 의자들이 줄줄이 놓여 있고 사십 명도 더 되는 인원이 모여 있지 않겠니. 모두 한 방향을 쳐다보고 있길래 영화를 보고 계신 줄 알았어. 늘 책을 읽어드리던 시간이라 내가 오는 줄 다들 알고 계셨을 텐데 싶어 적잖이 서운하기도 했지만, 몇 명이 됐든 허락하는 분들께라도 읽어드려야겠다고 결심했지. 그런데 출입장부에 이름을 적으려고 안내 데스크로 갔더니 여직원이 그러는 거야. '선생님을 기다리고 계세요.' 그러면서 여직원이 그 방을 손가락으로 가리키는데, 다들 조용히 앉아서 내 쪽을 쳐다보고 계시지 뭐냐."

그날 아버지는 사상 최대 규모의 성인 청중 앞에서 책을 읽었다. 내가 기억하기로 아버지가 그렇게 흥분한 건 최근 들어 처음이었다. 아버지는 전화 통화를 하거나 차를 타고 어딜 찾아갈 때마다 그날의 경험에 대해 열변을 토하며, 그 많은 사람들이 아버지가 읽어주는 이야기를 들으려고 모여 있었다는 사실을 알았을 때 느낀 놀라움과 불쑥 밀려들던 기쁨을 이야기하고 또 이야기했다. 한동안 자신의 재능이 아무 데도 쓸모없는 것인가보다 생각했던 터라 그렇게 열렬한 반응에 안심했고 우쭐해했다. 아버지는 소장 도서를 늘리기 시작했고, 급기야 초등학생들에게는 너무 어려울지 모르는 작품들까지 시도하기에 이르렀다. 절실했던 부활이었고, 아버지는 그 어느 때보다 열심히 기술을 연마했다.

그러다 동네 유치원을 방문 목록에 추가했고, 교육청에서 뭐라 하건 요즘 아이들도 예전 아이들만큼이나 책 읽어주는 것을 좋아한다는 사실을 알게 됐다. 아버지가 병원에서 수술을 앞둔 아이들에게 책을 읽어주는 자원봉사 얘기를 꺼냈을 때, 나는 아버지가 이제는 두 번 다시 공교육 시스템에 연연하지 않을 거라고 장담하기에 이르렀다.

하지만 두고 온 아이들에게로 향하는 마음은 어쩔 수 없었다. 아버지는 대부분의 재학생이 소수 인종과 주 정부에서 무료 급식을 받는 아이들인 학교에서 근무했고, 이 때문에 항상 소외된 아이들을 걱정했다. 글을 깨쳐야 세상 밖으로 나아가 가난에서 벗어날 수 있는 아이들에게, 책이 없는 도서관은 끔찍한 형벌이나 다름없었다. 나는 아버지가 부당함을 오랫동안 참고 견디지 않으리라는 걸 알고 있었다. 그래서 아버지가 이렇게 선언했을 때 전혀 놀라지 않았다.

"교육위원 선거에 나가려고 한다." 어느 날 아버지가 긴 잠에서 깨어난 사람처럼 말했다.

"그렇게 골머리를 썩었는데 다시 학교로 돌아가시려고요? 존경스럽기는 하지만, 현명한 생각이신지 그건 잘 모르겠어요."

"옳지 않은 일이 벌어졌는데 내가 바로잡을 수 있다면 바로잡아야지."

"바로잡을 수 없다면요?"

"러비, 어려움이 없을 거라고 이야기하려는 게 아니다. 하지만 책 읽어주기가 모든 학교에서 완전히 사라지기 전에 누군가는 나서야 하지 않겠니? 전직 교사는 교육위원 선거에 출마한 적이 없어. 항상 전직 행정인의 몫이었지. 그들 입장에서도 나의 관점이 필요하지 않을까? 하지만 내가 생각하기에 가장 중요한 건 상황이 어떻게 돌아가고 있는지, 우리 학생들이 무얼 잃고 있는지 아는 사람이 필요하다는 거야."

물론 나도 진작부터 알고 있었다. 다만 아버지의 목소리에 담긴 열정을 확인해야 했기에 아버지의 육성으로 직접 듣고 싶었던 것이다. 나는 지금껏 그랬던 것처럼 앞으로도 아버지 편에 서겠지만, 지금 이렇게 투지를 불사르는 아버지 편에 서고 보니 아버지와 한편인 것이 훨씬 더 마음에 들었다.

"그거 알아요? 아빠가 상당히 설득력 있게 주장을 펼친다는 거?"

"그렇다니 다행이로구나. 내년쯤에 선거가 시작되면 그런 면이 도움이 될 거야."

"내년이요? 한참 남았네요."

"그러니까 준비할 시간을 번 셈이지."

그렇게 아버지는 준비를 시작했다. 지금 당장은 자원봉사를 하고 집 주변에서 이런저런 일을 벌이는 등 전형적인 퇴직자의 삶을 살고 있다. 목요일 아침에는 장을 보고 라디오로 야구 중계를 듣는다. 이런 모습 덕분에 내게는 아버지가 전보다 더 흥미롭게 다가온다. 아버지는 도서관과 책과 책 읽어주기라는 없어서는 안 될 예술의 수호자로 나서기 전에 평범하게 사는 법을 연습하는 슈퍼 영웅 비슷하다. 선거 때가 되면 이 도시는 자기가 어떤 위험에 직면해 있는지 알아차릴 테고, 아버지는 세상의 선과 정의를 위해 싸우고 재앙으로부터 우리를 보호할 것이다. 하지만 우선은 정체를 숨기는 방법부터 익혀야 한다.

앞마당에 새들이 쉬었다 가는 물그릇이 생겼다. 아버지가 거실 창문 너머로 새들을 감상할 수 있게 콘크리트 블록으로 조그맣게 단을 쌓고 그 위에 설치한 것이다. 하지만 아버지는 현관에서 감상하는 쪽을 더 좋아한다. 책과 아이스크림 한 접시를 들고 나와 흔들의자에 앉는 것이다. 의자는 흔들지 않는다. 새들이 날아가지 않게 꼼짝 않는다. 가끔 책장조차 펼치지 않을 때도 있다. 책은 그냥 무릎 위에 얹어놓고 찾아오는 새들의 숫자를 센다. 뭔가를 기다리는 것처럼 보이는 이유는 사실이 그렇기 때문이다. 아버지는 변화를 기다리고 있다. 아버지는 과거에 한 맹세를 아직도 떨쳐버리지 못하는 듯하다.

우리는 그것을 독서 마라톤이라고 불렀지만 실제로는 약속에 가까웠다. 서로에게 한 약속, 우리 자신에게 한 약속이었다. 항상 그 자리를 지킬 것이며 절대 포기하지 않겠다는 약속이었다. 희망이 없던 시절에 맺은 희망의 약속이었다. 모든 게 불안하던 시절에 맺은 안정의 약속이었다. 그리고 우리는 서로에게 한 약속을 지켰다.

무엇보다 세상에게 한 약속이었다. 활자의 힘을 기억하고, 시간을 들여 그것을 사랑하고, 무슨 일이 있더라도 그것을 지켜나가겠다는 약속이었다. 아버지는 문학이 인생을 바꿀 수 있다고 믿었고, 만나는 모든 사람에게 문학을 설파하겠다고 약속했다. 그것을 위해 싸우겠다고 약속했다. 그래서 아버지는 그렇게 하고 있는 것이다.

십삼 년 전, 아버지는 나에게 책을 읽어주겠노라고 약속했다.

그리고 그 약속을 지켰다.

우리 아버지 혼자 이런 약속을 한 것은 아니었다. 전 세계 수백만 명이 그랬듯 나도 그중 한 명이었다. 책이 맨 처음 창조되고 타오르는 불빛 아래 필사를 하던 시절부터 수많은 사람들이 책의 진가를 알아봤다. 전 세계 남녀노소가 이 보물을 소중히 여기고 보호했다. 그들이 독서 마라톤을 시작하지 않는다고 맹세가 사라지는 것은 아니다. 책을 읽겠다는 맹세, 독서의 전통을 수호하겠다는 맹세는 언제든지 할 수 있고, 그 맹세는 언제 하더라도 값진 것이다. 바로 지금, 그 맹세가 그 어느 때보다 중요하다. 안타깝게도 우리 아버지만 특별한 상황을 겪고 있는 게 아니다. 우리 일상에서, 아이들의 일상에서 점차 문학이 사라져가고 있다. 이제 행동으로 옮길 때가 됐다. 약속을 할 때가 됐다.

책을 읽겠다는 약속

나, ＿＿＿＿＿＿는 책을 읽겠노라고 약속한다.

나는 종이책이 됐든 전자책이 됐든 어디에서건 책이 보이기만 하면 자발적으로 읽겠노라고 약속한다. 상상의 세계 속에서 새로운 시각을 터득하겠다고 약속한다. 표지가 마음에 들지 않고 작가가 낯설더라도 열린 마음으로 책을 대하겠노라고 약속한다. 재미있는 내용이 나오면 (특히 공공장소에서) 큰 소리로 웃고, 좋아하는 등장인물이 죽으면 침대에서 몇 시간 동안 줄기차게 흐느껴 울겠노라고 약속한다. 모르는 단어, 어디에 있는지 모르는 도시, 기억이 나지 않는 사람이 나오면 찾아보겠노라고 약속한다. 시간이 가는 것도 잊겠노라고 약속한다.

　매일 밤은 아니더라도 여력이 되는 한 ＿＿＿＿＿＿＿ 와 함께 책을 읽겠노라고 약속한다. 그 사람이 그저 아들이나 딸이나 어머니나 아버지나 여자형제나 남자형제나 숙모나 삼촌이나 사촌이나 집주인이나 개를 산책시키는 사람이 아니라, 나처럼 머리를 쓰고 자극하는 것을 무척 좋아하는 사람임을 기억하기로 약속한다. 서로에게 읽어주는 방식이든 한자리에 모여 토론을 하며 집에서 만들어온 음식을 나눠 먹는 방식이든, 형편이 닿는 대로 사람들과 책을 공유하겠노라고 약속한다. 아무리 스트레스에 시달리고 피곤하고 햇볕에 익더라도 (혹은 이 세 가지가 끔찍한 협공을 펼치더라도) 책은 함께 읽을 때 더욱 유익하기에 함께하는 시간과 우리가 접한 문학작품에 감사하겠노라고 약속한다. 목표가 천 일 밤 동안 책을 읽는 것이든 서로를 좀 더 알아나가는 것이든 그 목표를 달성할 수 있도록 최선을 다하겠노라고 약속한다. 목표를 달성했건 달성하지 못했건 책 읽기를 포기하지 않겠노라고, 서로를 포기하지 않겠노라고 약속한다.

나는 내가 사는 _____뿐 아니라, 어느 장소가 됐건 내가 아는 모든 방법을 동원해 독서문화를 지원하겠노라고 약속한다. 인근 도서관에서 자원봉사를 하는 방식이든 친구들에게 좋은 책을 소개하는 방식이든 입소문을 퍼뜨리는 사람이 되겠노라고 약속한다. 학교 교과과정에서 책을 읽는 시간이 빠지면 큰 소리로 내 의견을 밝히겠노라고, 책의 유용성에 대한 반론이 제기될 때마다 힘껏 싸우겠노라고 약속한다. 책을 읽으면 어떻게 진정이 되고, 자극을 받고, 생각을 하게 되는지, 아니면 밤에 숙면을 취할 때 어떤 식으로 도움이 되는지 내가 아는 모든 사람들에게 이야기하겠노라고 약속한다. 인간의 사상이 중요시되고 이야기가 공유되는 한 책을 읽겠노라고, 누군가에게 책을 읽어주겠노라고 약속한다.

책이 항상 내 곁을 지켜줄 것임을 알기에 나도 책 곁을 지키겠노라고 약속한다.

이 책의 실마리를 제공해준 신디 비토, 바버라 발스, 마이크 위너립. 당신들이 내 인생을 어떻게 바꾸어놓았는지 모를 거예요. 진심으로 감사드려요.

사랑스럽고 상냥한 에이전트 제니퍼 게이츠. 제 평생 당신 같은 사람은 처음이에요. 당신과 함께 일하는 매 순간이 행복했고, 당신이 해준 모든 일이 이 책을 더욱 훌륭하게 발전시키는 데 도움이 됐어요. 이보다 더 운이 좋을 수는 없었을 거예요. 당신은 정말이지 놀라운 사람이에요.

어이가 없을 정도로 다재다능한 담당 편집자 캐런 코츠톨니크. 대학교를 갓 졸업한 스물두 살짜리가 대필작가 없이 책을 쓸 수 있다고, 그렇게 해야 한다고 믿어줘서 고마워요. 나를 위해 엄청난 도박을 벌였는데, 그게 성공했으면 좋겠어요. 당신을, 당신이 내 원고에 쏟은 수고를 내가 얼마나 감사하게 생각하는지 몰라요. 우리가 만난 지 이십 분 만에 교감을 느꼈던 데에는 이유가 있었어요. 이 길이 옳은 길임을 우리 둘 다 알았던 거죠.

때로는 부정확하게 이 책에 등장한 우리 아버지, 어머니, 캐스 언니, 댄, 네이선, 브리타니, 그 밖의 많은 사람들에게. 내가 착각한 부분이 있다면 용서해주고, 내가 얼마나 고마워하는지 알아주었으면 좋겠어요. 그리고 끙끙대며 원고를 쓰는 동안 내가 쏟아낸 하소연을 들어줄 수밖에 없었던 댄, 스테프, 캐스 언니, 이 세 사람에게는 두 배로 감사를. 나는 세 사람의 판단과 진심을 믿어. 내가 동물원 구경 한번 쏠게.

홀리 캐퍼티나, 돈 코프레스키, 캐시 프로코피오 그리고 도나 세더마크, 제시 주바(이분을 놓치면 로언 대학교, 큰 실수 하는 거예요!), 네이선 카브, 에번 로스코스, 글렌 오돔, 캐시 패리시, GCP의 모든 분들, 책 읽어주기 계의 대부 짐 트렐리스, 진 버즈올, 르마이어 가족, 니키 존스, 애덤 조던, 애덤 체이즌, 라이언 S. 호프먼(당신은 진정한 천재)에게는 따뜻한 포옹을. 브로지나, 샌던, 안젤루치-도노프리오, 르마이어 가족에게는 키스를. 할머니와 할아버지와 나만의 영웅 브렛 포버, 언제나 그리울 거예요. 빌과 제인 서먼에게는 내 모든 사랑을, 그리고 '책 읽어주기 채터누가'와 함께 전속력으로 전진! 내

홈페이지(어떤 곳인지 알고 싶어 죽을 것 같은 분들을 위해 알려드리자면 makeareadingpromise.com입니다) 작업을 맡아준 케빈 딕슨과 사진작가 라이언 콜러드, 알렉스 포스터에게 특별한 감사를. 〈베뉴 매거진〉, 퍼브 스위트 친구들, TVM 출연진, 앤젤로스 다이너 그리고 로렌홀 210호를 떠올리면 얼마나 가슴이 따뜻해지는지. 스트링 치즈와 주스 팩(글이 막힐 때 이보다 더 좋은 치료제는 없었다!), 러쉬의 도로시 거품 입욕제가 없었다면(그렇다, 다시 출시해주길 바라는 마음에서 굳이 상품명을 언급하는 것이다!) 내가 과연 이 책을 쓸 수 있었을까? 브라이언과 랍비, 너희 같은 고양이는 그 어디에도 없을 거야. 내가 현관에서 글을 썼을 때 옆에 앉아 있어줬던 거 고마워! 필리스 화이팅!

그리고 낯 뜨거울 정도로 감상적이라며 이 책을 절대 읽지 않겠다고 약속한 아버지. 내 결혼식 때 이 노래에 맞춰서 춤을 추기로 한 거 잊지 마세요. "당신 없는 내 모습은 상상할 수 없어요."

아버지와 나는 독서 마라톤이 어떤 식으로 발전할지 전혀 몰랐기 때문에 읽은 책을 따로 적어놓지 않았다. 그래서 잊어버린 것도 많지만, 기억이 나는 대로 소개하자면 다음과 같다.

『마지막 보물 The Last Treasure』, 재닛 S. 앤더슨

『파퍼 씨의 12마리 펭귄』, 리처드 앳워터 & 플로렌스 앳워터

『헛간 The Barn』, 애비

『잘 지내길 바랄게 Wish You Well』, 데이비드 발다치

---

* 국내에 번역되어 소개된 작품은 번역 제목만 쓰고, 아직 국내에 소개되지 않은 작품은 원서명을 병기했다.

『독 지네 해리 Harry the Poisonous Centipede』, 린 리드 뱅크스

『데이비드의 심장을 찾아서 Searching for David's Heart』, 셰리 베넷

『모인 날들 A Gathering of Days』, 조앤 W. 블로스

『스켈리턴 맨 Skeleton Man』, 조지프 브루샤크

『비밀의 화원』, 프랜시스 호지슨 버넷

『고난의 강 Trouble River』, 베치 바이어스

『떠돌이 할아버지와 집 없는 아이들』, 나탈리 새비지 칼슨

『이상한 나라의 앨리스』『거울 나라의 앨리스』, 루이스 캐럴

『알 카포네의 수상한 빨래방』, 제니퍼 촐덴코

『바다의 셴 Shen of the Sea』, 아서 보위 크리스먼

『오리엔트 특급 살인』『열 개의 인디언 인형』(『그리고 아무도 없었다』라는 제목으로 널리 알려진 작품이기도 하다), 애거사 크리스티

『피노키오』, 카를로 콜로디

『나의 대니얼 My Daniel』, 팸 콘래드

『바다 바다 바다』, 샤론 크리치

『난 버디가 아니라 버드야!』, 크리스토퍼 폴 커티스

『제임스와 슈퍼 복숭아』『우리의 챔피언 대니』『민핀』, 로알드 달

『내 친구 윈딕시』, 케이트 디카밀로

『위대한 유산』『픽윅 클럽의 기록 The Pickwick Papers』『크리스마스 캐럴』『골동품 가게 The Old Curiosity Shop』, 찰스 디킨스

『휘파람 소리가 들리는 계절 The Whistling Season』, 이반 도이그

『셜록 홈스의 모험』, 아서 코넌 도일

『진저 파이』, 엘레노어 에스테스

『실버 랜드 이야기 Tales from Silver Lands』, 찰스 J. 핑거

『바람을 만드는 소년』 『반달 여인숙 The Half-A-Moon Inn』, 폴 플라이쉬만

『조금만, 조금만 더』, 존 레이놀즈 가디너

『홀리스 우즈의 그림들』, 패트리샤 레일리 기프

『셰퍼드 가의 다른 형제들 The Other Shepards』, 아델 그리핀

『그림자 아이들 1: 숨어 사는 아이들』 『그림자 아이들 3: 배신당한 아이들』, 마거릿 피터슨 해딕스

『후트』, 칼 히어슨

『안녕하세요 아그네스 선생님』, 커크패트릭 힐

『굿바이 미스터 칩스』, 제임스 힐턴

『인디고 Indigo』, 앨리스 호프만

『재커리 비버 우리 마을에 오다』, 킴벌리 윌리스 홀트

『스톰브레이커』 『포인트 블랭크 Point Blank』 『스켈리턴 키 Skeleton Key』 『아크 앤젤 Ark Angel』 『이글 스트라이크 Eagle Strike』, 앤서니 호로비츠

『라즈베리 소네트』 『다섯 번의 4월을 지나 Across Five Aprils』, 아이린 헌트

『비밀 여행 The Secret Journey』, 페그 케럿

『인 더 스톤 서클 In the Stone Circle』, 엘리자베스 코디 킴멜

『클로디아의 비밀』『퀴즈 왕들의 비밀』, E. L. 코닉스버그

『열린 문 너머에 Beyond the Open Door』, 앤드루 랜스다운

『숲 속의 비밀 The Secret in the Woods』, 로이스 글래디스 레퍼드

『암호명: 스파이 X Spy X: The Code Name』, 피터 르랭기스

『마법에 걸린 엘라』, 게일 카슨 레빈

『사자와 마녀와 옷장』『새벽 출정호의 항해』, C. S. 루이스

『기억 전달자』『아나스타샤 크룹니크 Anastasia Krupnik』, 로이스 로리

『여행 Journey』, 패트리샤 매클러클런

『단 삼 일 만에 완벽한 사람이 되는 법 Be a Perfect Person in Just Three Days』, 스티븐 메인스

『모든 집에는 비밀이 있어』, 앤 M. 마틴

『잘 자요, 엄마 Good Night, Maman』, 노르마 폭스 메이저

『곰돌이 푸우는 아무도 못 말려』『푸우 코너에 있는 집』, A. A. 밀른

『토머스 제퍼슨: 식민지 시대의 소년 Thomas Jefferson: A Boy in Colonial Days』, 헬렌 A. 몬셀

『냥이를 위해 건배!』, 에밀리 네빌

『푸른 돌고래 섬』, 스콧 오델

『위풍당당 질리 홉킨스』, 캐서린 패터슨

『손도끼』, 게리 폴슨

『시골에서 보낸 일 년 A Year Down Yonder』, 리처드 펙

『무스파이어 The Moosepire』『옛날에 파란 사슴이 Once Upon a Blue Moose』, 대니얼 매너스 핑크워터

에드거 앨런 포 단편집과 시선집

『폰 Pawns』, 윌로 데이비스 로버츠

『에스페란사의 골짜기』, 팜 뮤뇨스 라이언

『그리운 메이 아줌마』『섬사람 The Islander』, 신시아 라일런트

『구덩이』, 루이스 쌔커

『곰이 사는 집 The Bear's House』, 메릴린 색스

『한여름 밤의 꿈』『맥베스』, 윌리엄 셰익스피어

『인형들 속에서 Among the Dolls』, 윌리엄 슬리터

『캣, 달리다 Cat Running』, 질파 키틀리 스나이더

『봄 여름 가을 겨울』, 버지니아 소렌슨

『하늘을 달리는 아이』『블루 카드』, 제리 스피넬리

『애머스트의 생쥐 The Mouse of Amherst』, 엘리자베스 스파이어스

『소년병 앤디 잭슨 Andy Jackson: Boy Soldier』, 오거스타 스티븐슨

『나비 날다』, 스테파니 S. 톨런

『시타델의 소년』, 제임스 램지 울만

『디시가 부르는 노래』, 신시아 보이트

『작은 새의 노래』『사랑을 담아서, 루비 라벤더 Love, Ruby

Lavender』, 데버러 와일스

　『문라이트 맨 The Moonlight Man』 베티 렌 라이트

　『피그맨』, 폴 진델

　L. 프랭크 바움의 작품들

　『위대한 마법사 오즈』

　『환상의 나라 오즈』

　『오즈의 오즈마 공주』

　『도로시와 오즈의 마법사』

　『오즈로 가는 길』

　『오즈의 에메랄드 시』

　『오즈의 누더기 소녀』

　『오즈의 틱톡』

　『오즈의 허수아비』

　『오즈의 링키팅크』

　『오즈의 사라진 공주』

　『오즈의 양철나무꾼』

　『오즈의 마법』

　『오즈의 착한 마녀 글린다』

　『메리랜드의 도트와 토트 Dot and Tot of Merryland』

　『미국 동화집 American Fairy Tales』

『마스터 키: 전기에 얽힌 이야기 The Master Key: An Electrical Fairy Tale』

『산문으로 풀어쓴 마더 구스 Mother Goose in Prose』

『익스 나라의 직시 여왕 Queen Zixi of Ix』

『바다의 요정 The Sea Fairies』

『하늘 섬 Sky Island』

『마법에 걸린 섬, 유 The Enchanted Island of Yew』

『모 나라의 알쏭달쏭 국왕 The Magical Monarch of Mo』

『파더 구스: 그의 책 Father Goose: His Book』

『꼬마 마법사 오즈 이야기 Little Wizard Stories of Oz』

주디 블룸의 작품들

『주근깨 주스』

『별 볼 일 없는 4학년』

『못 말리는 내 동생』

『퍼지 어 매니아 Fudge-a-Mania』

『퍼지는 돈이 좋아!』

『가운데 아이가 초록 캥거루 The One in the Middle Is the Green Kangaroo』

비벌리 클리어리의 작품들

『비저스와 라모나 Beezus and Ramona』

『라모나는 거머리 Ramona the Pest』

『용사 라모나 Ramona the Brave』

『라모나는 아빠를 사랑해』

『라모나는 엄마를 사랑해 Ramona and Her Mother』

『라모나는 아무도 못 말려』

『라모나여 영원히 Ramona Forever』

『라모나의 세상 Ramona's World』

J. K. 롤링의 해리 포터 시리즈

도널드 J. 소볼의 과학탐정 브라운 시리즈

　우리의 아버지들은 아이들과 어떤 식으로 관계를 맺어야 하는지 모르는 경우가 대부분이었다. 상대가 아들이어도 그랬는데 딸인 경우엔 오죽했을까. 반면에 지금 세대 아버지들은 '아들 바보' 혹은 '딸 바보'라는 호칭까지 만들어낼 정도로 자식에 대한 사랑을 표현하고자 하는 욕구가 크다. 하지만 그럴 만한 시간이 없다. 아무리 아이와 놀아주고 좋은 아빠가 되고 싶어도 사회 분위기상 그럴 만한 여력이 없다. 그러니 3200여 일 동안 단 하루도 빠짐없이 매일 밤마다 딸에게 최소 십 분씩 책을 읽어준 아버지와, 아버지가 그렇게 읽어준 책을 듣고 자란 딸의 이야기가 어쩌면 먼 나라 이야기처럼 들릴 수도 있을 것이다.

하지만 과연 그럴까.

어렸을 때 우리 아이들은 이 엄마의 사정을 봐주는 법이 없었다. 엄마가 원고를 마감하느라 간밤을 꼴딱 새웠건 말았건 배가 고프면 우유 달라고 울었고, 허전하면 안아달라고 울었고, 기저귀가 젖으면 갈아달라고 울었다. 그러면 나는 그것을 엄마만의 혹은 부모만의 특권이라고 생각했다. 누군가에게 이만큼 절대적인 존재가 될 수 있는 기회를 이때가 아니면 또 언제 누릴 수 있겠느냐고 생각했다.

그런데 이 책을 번역하면서 미처 몰랐던 사실을 깨달았다. 아이들에게 책을 읽어주는 것도 부모만이 누릴 수 있는 특권이라는 것을. 내가 들려주는 이야기에 그렇게 절대적으로 귀를 기울여주는 사람이 아이들 말고 또 누가 있을까. 기억을 더듬어보면 글이 꽤 많은 책을 혼자 읽을 수 있을 만큼 제법 자란 큰아이도 내가 동생한테 책을 읽어주고 있으면 슬그머니 다가와 내 한쪽 옆구리를 차지하곤 했다. 그러면 나는 '아이고 지겨워라. 둘째 녀석도 빨리 커서 제 언니처럼 혼자 책을 읽기 시작하면 이 귀찮은 일도 땡인데' 하고 생각했으니, 하나만 알고 둘은 몰랐던 셈이다.

책 읽기의 중요성이 대두되면서 요즘 학교마다 독서 교육 열풍이 불고 있다. 하지만 나는 개인적으로 독서마저 틀에 짜인 교육의 대상이 되어야 하는 세태가 못마땅하다. 안 그래도 아이들이 점점 스스로 생각하지 못하고 외운 대로 앵무새처럼 따라하는 기계가 되어가고 있는데 독서 교육이라니. 진부하고 상투적인 이야기이지만, 부모가 모범을 보이는 것보다 더 훌륭한 교육은 없다. 이것이 진부하고 상투적인 이야기처럼 느껴지는 이유도 그 안에 보편타당한 진실이 들어 있어서가 아닐까. 하루에 십 분씩 책 읽어주기. 십 분이라는 그 길지 않은 시간 속에 어쩌면 우리 아이들의 미래가 달려 있을지 모른다. 내가 부모로서 모범을 보이겠다는 엄청난 약속이 담겨 있는 십 분이니까.

　지난 주말 아이들을 데리고 가까운 도서관에 다녀왔다. 내가 사는 이 신도시에서 가장 마음에 드는 부분이 곳곳에 포진한 도서관인데, 새로 생긴 도서관의 동굴처럼 꾸며놓은 공간에 누워 책을 읽는 아이들을 보며, 저 아이들에게 책을 사랑하는 마음을 물려준 엄마로 기억되고 싶다는 생각을 했다. 그리고 옮긴이로서 나중에 헌사를 바칠 기회가 주어진다면 책을 사랑하는 마음을 나에게 물려주신 아버지에게 바치고 싶다는 생각을 했다. 내가 이들 부녀의 이야기에 진심으로 공감하고 감동받았던 이유도, 앨리스 오즈마의 아버지처럼 이성적인 사랑으로 나를 길러주셨고 내가 하는 이 일에 전폭적인 지지와 응원을 아끼지 않는 우리 아버지, 문자중독증의 산 증인인 우리 아버지가 생각났기 때문일 것이다.

2012년 여름
이은선

지은이 **앨리스 오즈마**
미국 뉴저지 주 밀빌에서 나고 자랐고, 지금은 필라델피아에 살고 있다. 요리, 단어 게임, 화창한
오후 공원에서 강아지들을 바라보는 것을 좋아한다. 그리고 모든 형태의 이야기를 사랑한다. 로
언 대학교를 졸업하고 현재 대학원에 재학 중이며, 문학, 교육, 아이들과 함께하는 일에 큰 관심
을 가지고 있다. 아버지와 3200여 일 동안 함께한 독서 마라톤의 경험을 살려, 2011년 첫 책 『리
딩 프라미스』를 발표했다.

옮긴이 **이은선**
연세대학교 중어중문학과와 같은 학교 국제학대학원 동아시아학과를 졸업했다. 출판사 편집자,
저작권 담당자를 거쳐 번역가로 활동 중이다. 옮긴 책으로는 『사라의 열쇠』 『딸에게 보내는 편
지』 『로우보이』 『누들메이커』 『셜록 홈즈 실크 하우스의 비밀』 『기적』 『굿독』 『몬스터』 『그대로
두기』 등이 있다.

문학동네 세계문학
리딩 프라미스

초판인쇄 2012년 6월 20일 ｜ 초판발행 2012년 6월 29일

지은이 앨리스 오즈마 ｜ 옮긴이 이은선 ｜ 펴낸이 강병선
기획 이현자 ｜ 책임편집 이현자 ｜ 편집 김경미 오영나 ｜ 독자 모니터 양은희
디자인 김현우 이원경 강혜림 ｜ 저작권 한문숙 박혜연
마케팅 정민호 김도윤 박보람 ｜ 온라인 마케팅 이상혁 장선아
제작 안정숙 서동관 임현식 ｜ 제작처 영신사(인쇄) 경일제책사(제본)

펴낸곳 (주)문학동네
출판등록 1993년 10월 22일 제406-2003-000045호
주소 413-756 경기도 파주시 문발동 파주출판도시 513-8
전자우편 editor@munhak.com ｜ 대표전화 031) 955-8888 ｜ 팩스 031) 955-8855
문의전화 031) 955-3576(마케팅) 031) 955-8859(편집)
문학동네카페 http://cafe.naver.com/mhdn

ISBN 978-89-546-1846-5 03840

www.munhak.com